B.C. SCHILLER

BÖSES GEHEIMNIS

ISBN: 3950395482
ISBN 13: 9783950395488

Lektorat: Wolma Krefting, bueropia: das textbuero
Korrektorat: Sybille Weingrill, S/W Korrekturen
Titelgestaltung: www.afp.at
Foto credits: Background of dark clouds before a thunder-storm:
149848472, gyn9037, copyright shutterstock
Wooden latch on Neusiedler See, Lake Neusiedl. Rust, Burgenland, Austria:
662375869, Jana Kollarova, copyright shutterstock

ANMERKUNG

Wir haben uns erlaubt einige Namen und Örtlichkeiten aus Spannungsgründen neu zu erfinden, anders zu benennen und auch zu verlegen. Sie als Leser werden uns diese Freiheiten sicher nachsehen.

ÜBER DIE AUTOREN B.C. SCHILLER

Barbara und Christian Schiller leben und arbeiten in Wien und auf Mallorca. Gemeinsam waren sie über 20 Jahren in der Marketing- und Werbebranche tätig und haben ein totales Faible für packende Thriller.

B.C. Schiller gehören zu den erfolgreichsten Selfpublisher-Verlags-Autoren im deutschsprachigen Raum. Bisher haben sie mit ihren Thrillern über 1.300.000 Leser begeistert.

„Böses Geheimnis" – ist der erste Band mit dem ehemaligen Inspektor Levi Kant.

DIE TONY BRAUN THRILLER:

TOTES SOMMERMÄDCHEN – der erste Tony Braun Thriller „wie alles begann"

TÖTEN IST GANZ EINFACH – der zweite Tony Braun Thriller

FREUNDE MÜSSEN TÖTEN – der dritte Tony Braun Thriller

ALLE MÜSSEN STERBEN – der vierte Tony Braun Thriller

DER STILLE DUFT DES TODES – der fünfte Tony Braun Thriller

RATTENKINDER – der sechste Tony Braun Thriller

RABENSCHWESTER – der siebte Tony Braun Thriller

STILLER BEOBACHTER – der achte Tony Braun Thriller

Alle Tony Braun Thriller waren monatelang Bestseller in den Charts. Die Thriller sind in sich abgeschlossen und können unabhängig voneinander gelesen werden.

Wenn Sie laufend die **B.C.SCHILLER-NEWS** erhalten wollen, dann senden Sie uns doch bitte Ihre E-mail-Adresse an bc.schiller@blue-velvet.com oder melden Sie sich einfach auf unserer Website an: www.bcschiller.com

Tauchen Sie ein in die B.C. Schiller Thrillerwelt.

Wir freuen uns über jeden Fan auf Facebook und Follower auf Twitter – DANKE!

www.facebook.com/BC.Schiller
www.twitter.com/BCSchiller
www.bcschiller.com
www.instagram.com/bc.schiller

B.C. SCHILLER

BÖSES GEHEIMNIS

THRILLER

„Ein Mund, der lügt, tötet die Seele."
(altertümliches Sprichwort)

1

„Es tut mir leid!"

Heute vor fünf Jahren hatte sich ihr Leben aufgelöst. Heute vor fünf Jahren waren ihr Mann und ihre kleine Tochter verschwunden. Heute vor fünf Jahren hatte sie aufgehört zu leben.

Olivia Hofmann wusste, was sie erwarten würde, als sie vor dem Briefkasten stand. Sekundenlang zögerte sie, das Fach zu öffnen. Wünschte sich, dass es leer wäre. Wünschte sich gleichzeitig, dass sie Post bekommen würde. Öffnen oder vorbeigehen. Das Fach ignorieren. Das hörte sich einfach an. War es aber nicht. Nicht an diesem Tag. Dem Jahrestag. Mit einem leisen Seufzer stellte Olivia ihre Tasche auf den Boden. Suchte den Schlüssel für den Briefkasten und öffnete ihn.

Wie an jedem Jahrestag lag die Karte zuoberst in dem Postfach. Wie immer gab es keinen Poststempel. Wie immer war auf der Vorderseite ein Motiv, das ihr die Tränen in die Augen trieb. Wie immer packte sie die Karte und lief die Treppe nach oben. Olivia sperrte die Tür ihrer Wohnung auf. Setzte sich sofort an den Schreibtisch in ihrem Arbeitszimmer. Öffnete die unterste Lade. Sie blickte auf die vier anderen Postkarten. Vier Jahre, vier Postkarten. Langsam legte sie die fünfte Karte auf die anderen. Sie las den Text, den sie bereits auswendig kannte:

„Es tut mir leid."

Nur dieser eine Satz. Seit vier Jahren bekam Olivia diese handschriftlich verfassten Karten.

„Es tut mir leid."

Mehr hatte der unbekannte Absender nicht zu sagen.

„Mir tut es auch leid", flüsterte Olivia.

Wie viele Jahre würde sie diese Karten noch erhalten? Solange sie lebte? Aber irgendwann musste Schluss damit sein. Mit der Spitze ihres Schuhs schob sie die Schreibtischlade zu. So verbannte sie die Karten aus ihrem Blick und verschloss damit gleichzeitig auch die Schublade ihrer Erinnerung.

Dort war jetzt nur noch ein schwarzer Fleck. Ein Loch, das keine Fragen und keine Antworten enthielt. Eine schwarze Sonne, die einmal im Jahr eiskalt aufleuchtete. Diese Sonne beleuchtete die bittere Wahrheit, die keine Spekulationen zuließ. Die keine Antworten hatte, nur am Jahrestag die Fakten in ein grelles Licht tauchte:

Heute vor fünf Jahren waren ihr Mann Michael und ihre Tochter Juli aus Olivias Leben verschwunden.

2

Die Haut des Mannes war von einer ungesunden hellroten Farbe. Sein Gesicht mit dem weit aufgerissenen Mund war fratzenhaft verzerrt. Um die Lippen konnte man noch die eingetrockneten Überreste von feinem Schaum erkennen. Die Finger des Mannes waren verkrampft und ragten spinnenartig nach oben.

„Es war ein harter Kampf, bis das Leben aus diesem Mann gewichen ist. Sein Mörder hat ihm Kaliumcyanid verabreicht. Da erstreckt sich die Todeszeit von fünfzehn Minuten bis zu einer Stunde", sagte Levi Kant. Er ging langsam um den Stahltisch herum, auf dem die Leiche lag.

„Was sagt uns dieser Tote?", fragte er die Studenten, die mit bleichen Gesichtern um den Tisch standen. Levi war fünfundfünfzig Jahre alt und Dozent an der Polizeiakademie. Früher war er Leiter der Mordkommission gewesen, aber eine Kugel hatte seine Laufbahn jäh beendet. Da er es ablehnte, in Frühpension zu gehen, hatte man ihn auf einen Dozentenposten abgeschoben. An diesem Nachmittag hatte er mit seinen Studenten eine realistische Übung in der Pathologie. Levi war ein Verfechter der praktischen Arbeit. Dabei konnte man am besten einschätzen, wer für den zukünftigen Dienst in der Mordkommission geeignet war.

„Ich will spontane Meldungen", sagte Levi, da die Studenten betreten schwiegen und nervös umherblickten. Der große Raum, in dem sie sich befanden, war niedrig und grell ausgeleuchtet. Ein Gebläse an der Wand schaufelte kalte Luft herein, trotzdem sah Levi, dass einigen seiner Studenten Schweißperlen auf der Stirn standen.

„Kann niemand etwas zu der Leiche sagen?", wiederholte Levi seine Frage.

„Der Mann wurde vergiftet", meldete sich endlich einer seiner Polizeianwärter.

„Ach, darauf wäre ich jetzt nicht gekommen", ätzte Levi. „Natürlich war Gift im Spiel, das habe ich doch bereits erwähnt. Aber ich will eine etwas tiefer gehende Analyse."

„Der Mörder war kein Profi", meinte ein anderer Student.

„Warum nicht?", fragte Levi auf einmal interessiert.

„Ich hätte das mit flüssiger Blausäure gemacht. Da tritt der Tod sofort ein."

„Sie sind ja ein richtiger Humanist. Aber vielleicht war der Mörder ein Sadist und wollte sein Opfer leiden sehen", warf Levi ein. „Bei einer letalen Dosis tritt der Tod innerhalb weniger Sekunden bereits nach zwei bis drei Atemzügen ein." Levi klopfte mit der Handfläche auf die kalte Haut. „Dieser Mann krümmte sich vor Schmerzen zusammen und sank in die Knie. Auf allen vieren kroch er über den Boden und erbrach sich mehrmals. Schließlich setzte Atemnot ein, aber noch immer war er am Leben. Sein Unterbewusstsein sagte ihm, dass er sterben würde, aber der Körper wollte weiterleben."

Levi öffnete das Kautschukband seiner Armbanduhr und hielt sie in die Luft.

„Nehmen wir an, das Opfer hat noch zwei Minuten gelebt“, sagte er. „Es beginnt mit Sodbrennen. Das Herz beginnt wie verrückt zu schlagen. Kalter Schweiß dringt aus allen Poren. Das Atmen wird immer schwerer. Man erbricht Galle und erst dann kommt es zum Herzstillstand. Das waren jetzt zwei Minuten. Was aber, wenn der Mann vielleicht eine halbe Stunde mit dem Tod gekämpft hat?“ Levi machte eine Pause und blickte in die Runde. „Ich will Ihnen mit dieser Demonstration zeigen, dass Sie sich in die Opfer einfühlen müssen. Sie sollen das Leid und die Schmerzen dieser armen Menschen spüren. Nur dann haben Sie den unbedingten Willen, denjenigen zu fassen, der das getan hat.“

„Das ist entsetzlich“, flüsterte ein Student und wandte sich würgend ab. Levi taxierte ihn lange mit einem finsteren Seitenblick.

„Wie wollen Sie den Täter fassen, wenn Sie vor dem Opfer die Augen verschließen?“, fragte er den jungen Mann. „Drehen Sie sich gefälligst um.“

„Ich glaube, dass ich für diesen Beruf nicht geeignet bin“, keuchte der Student und ging zur Tür. In seiner Hektik stieß er gegen einen Tisch und ein schlaffer Arm rutschte unter der grünen Abdeckung hervor.

„Aufpassen, sonst verfolgen die Toten Sie“, rief ihm Levi hinterher. Dann drehte er sich wieder zu seinen Studenten. „Sie müssen die eigenen Gefühle zurückdrängen, sonst fehlt uns der analytische Blick des Ermittlers.“

Unauffällig stützte sich Levi an dem Stahltisch ab. Seine Schussverletzung schmerzte, wenn er lange stehen musste. Doch er ließ sich nichts anmerken. Zum Glück hatte er es mit eisernem Training geschafft, dass er fast nicht mehr hinkte. Auf keinen Fall wollte er von seinen Studenten bemitleidet oder – noch schlimmer – für einen Krüppel gehalten werden.

„Kommen wir jetzt zum Täter", sagte Levi. Sein kantiges Gesicht mit dem grauen Bart spiegelte sich in dem polierten Stahltisch. „Welche Rückschlüsse können wir ziehen?", fragte er in die Runde.

„Der Täter ist vermutlich eine Frau gewesen."

„Wie kommen Sie zu dieser Annahme?"

„Frauen morden gerne mit Gift."

„O. K. Was stellen Sie noch fest?"

„Es war kein Mord im Affekt, nehme ich einmal an." Ein Student drängte sich nach vorn.

„Das ist interessant", sagte Levi.

„Frauen planen meistens ihre Taten heimtückisch", antwortete der Student.

„Es gibt noch einen gravierenden Unterschied", sagte Levi. „Männer morden in den meisten Fällen, um zu dominieren, Frauen, um aus der Unterdrückung auszubrechen. Frauen geht es häufig um Selbstschutz, das heißt, sie morden, um zu überleben. Deshalb passieren diese Morde oft im häuslichen Milieu."

„Das bedeutet, dass sich Opfer und Täter wahrscheinlich gekannt haben."

Levi nickte und blickte in die Runde. „Sie sehen, dass uns eine Leiche eine Menge an Informationen geben kann. Wir suchen also einen Täter, der das Opfer gekannt hat. Das heißt, Familie, Freunde und Bekannte werden unter die Lupe genommen."

Levis Handy piepste.

„Für heute sind wir am Ende der praktischen Übung. Nächste Woche widmen wir uns der Spurenanalyse. Wie kann man eine verbrannte Leiche identifizieren."

Als die Studenten aus der Pathologie gegangen waren, blieb Levi noch eine Weile in dem düsteren Kellergewölbe stehen. Seine Gedanken wanderten zu den Toten, die hier darauf warteten, von den

Gerichtsmedizinern untersucht zu werden. Wie oft war er im Zuge einer Ermittlung hier gewesen. Wie oft hatte er sich geschworen, nicht eher zu ruhen, bis der Täter gefasst wurde. Wie sehr hatte er diesen Job geliebt. Wie sehr vermisste er sein früheres Ich.

„Levi Kant, was für eine Überraschung."

Levi zuckte zusammen, als er die Stimme hörte. Sie gehörte dem Gerichtsmediziner Grünberg, mit dem er früher oft zusammengearbeitet hatte.

„Was führt dich in unsere Katakomben?", fragte Grünberg.

„Eine praktische Übung mit den Studenten", antwortete Levi einsilbig. „Steht so im Lehrplan."

„Oh, und da habt ihr euch die Giftleiche vorgenommen." Grünberg deutete auf den halb zugedeckten Toten. „Der Fall ist leicht zu lösen. Es war sicher die Ehefrau."

„Das muss erst einmal bewiesen werden", antwortete Levi. „Aber mir kann das egal sein, ich bin nicht mehr hinter den Bösen her."

„Du hattest eine spektakuläre Aufklärungsquote." Grünberg klopfte Levi anerkennend auf die Schulter. „Bis auf deinen letzten Fall. An dem hast du dir die Zähne ausgebissen."

„Ich weiß, worauf du anspielst", sagte Levi, obwohl er bereits ahnte, worauf Grünberg hinauswollte.

„Der Fall Lisa Manz, das verbrannte Mädchen", sagte Grünberg. „Manchmal muss ich noch an die verkohlte Leiche hier auf dem Tisch denken. Kein schöner Anblick. Kommt sie dir auch noch oft in den Sinn?"

„Nein. Für mich ist der Fall abgeschlossen. Ich bin draußen", antwortete Levi knapp und tippte mit dem Zeigefinger an seine Schläfe. Natürlich war das gelogen. Natürlich dachte er oft an diesen Mordfall. Es war ihm nicht gelungen, den Mörder von Lisa Manz zu finden. Das war ein schwarzer Punkt in seinem Leben. Fünf Jahre war es bereits her, doch noch immer konnte er die Entscheidungen seiner damaligen Vorgesetzten nicht nachvollziehen. Aber es war müßig, sich darüber noch weiter den Kopf zu zerbrechen.

„Wie geht es übrigens deinem Bein?", wechselte Grünberg abrupt das Thema.

„Das ist fast völlig in Ordnung. Ich spüre so gut wie nichts mehr. Bald kann ich Marathon laufen", scherzte Levi, obwohl er froh war, überhaupt gehen zu können.

„Das freut mich für dich." Grünberg strich mit den Fingern fast zärtlich über die zugedeckte Giftleiche auf der Stahlplatte. „Du könntest jetzt im Rollstuhl sitzen."

„Ja, ich habe damals Glück gehabt." Levi presste die Lippen zusammen und versuchte, nicht daran zu denken. Er hatte sich wie ein Anfänger benommen.

Grünberg blickte ihn mitfühlend an. „Willst du auch einen Kaffee?"

„Nein, danke", winkte Levi ab. „Ich habe noch zu tun. Muss die Seminararbeiten meiner Studenten korrigieren."

„Ich hätte nie gedacht, dass du einmal als Lehrer enden wirst."

„Tja, das Schicksal geht eben manchmal seltsame Wege", meinte Levi und stieß sich von der Stahlplatte ab. „Ich muss dann wieder. War schön, mit dir zu plaudern."

Kerzengerade steuerte er auf den Ausgang zu, obwohl ihn plötzlich ein heftiger Schmerz durchzuckte. Aber Levi war hart im Nehmen.

3

Der Patient wirkte anders als sonst. Irgendetwas stimmte nicht mit ihm. Er war nervös und vermied es, ihr in die Augen zu schauen. Plötzlich griff der Mann in die Plastiktüte zu seinen Füßen und zog blitzschnell einen Gegenstand hervor.

„Lisa ist zurückgekehrt!“

„Was soll das bedeuten?“, fragte Olivia Hofmann. Sie war Psychiaterin und Jonathan Stade ihr Patient. Ihre Praxis befand sich in einem Gründerzeithaus im neunten Bezirk von Wien. Von ihrem Fenster aus hatte sie einen wunderbaren Blick auf einen kleinen Park. In den kurzen Pausen zwischen zwei Terminen konnte sie von dort aus die Leute beobachten, die den Park frequentierten.

„Ich habe Sie etwas gefragt.“

Olivia blickte abwartend auf Jonathan, der jetzt auf ihren Schreibtisch starrte, so als würde er dort etwas suchen. Doch Olivias Schreibtisch war leer. Keine Papiere, kein Laptop, keine Lampe, nicht einmal ein Stift. Nichts sollte ihre Patienten ablenken, sie sollten sich ausschließlich auf ihr Innenleben konzentrieren.

„Ich habe Lisa heute fotografiert!" Jonathan hielt Olivia den Gegenstand entgegen. Erst jetzt sah sie, dass es ein Handy in einer bunten Hülle war.

„Jonathan, seit wann besitzen Sie wieder ein Handy?", fragte Olivia überrascht und ließ schnell die Protokolle der vergangenen Sitzungen vor ihrem geistigen Auge vorbeirauschen. Jonathan Stade war ein Exhibitionist, der sich vor jungen Mädchen entblößte. Mit dem Handy machte er Fotos der überraschten oder entsetzten Mädchengesichter, um so den Kick zu konservieren. Die psychiatrische Klinik, in der Olivia zwei Tage die Woche arbeitete, hatte ihn zu ihr überwiesen. Olivia war eine Psychiaterin mit Kassenvertrag und deshalb wurden Jonathans Stunden vom Sozialamt übernommen. Manche von Olivias wenigen Bekannten konnten nicht verstehen, dass sie Patienten wie Jonathan betreute, die eine dunkle Vergangenheit hatten und manchmal auch gefährlich waren.

„Auch Psychopathen haben eine Seele", antwortete Olivia meist darauf und blockte dann weitere Fragen immer ab. Plötzlich überfiel sie ein unangenehmes Gefühl und sie schreckte aus ihren Gedanken. Sie hob den Kopf und bemerkte, dass Jonathan sie anstarrte.

„Wollen Sie das Foto sehen?", fragte er und streckte Olivia erneut das Handy entgegen.

„Ja! Zeigen Sie es mir", meinte Olivia mit neutraler Stimme. Ihren Patienten gegenüber war sie absolut unparteiisch. Auf dem Foto war nicht viel zu erkennen. Man sah bloß einen abgewetzten roten Rucksack im Vordergrund eines düsteren Raums liegen. Dahinter stand eine Person. Das Gesicht war nur unscharf im Profil zu sehen. Olivia konnte nicht feststellen, ob es ein Mann oder eine Frau war.

„Das ist also Lisa", konstatierte Olivia und gab Jonathan das Handy wieder zurück. „Von wo ist sie zurückgekehrt?"

„Aus der Hölle. Denn sie ist schon lange tot."

„Ach, sie ist tot." Olivia beugte sich interessiert vor. „Was ist mit ihr passiert?", fragte sie Jonathan.

„Jemand hat sie verbrannt." Jonathan schluckte heftig, ehe er weiterredete. „Lisa Manz war ein schönes Mädchen. Aber keines von diesen Mädchen."

Dann machte er eine ausladende Handbewegung, so als wollte er alle Mädchen dieser Welt damit umarmen. „Lisa war ganz anders."

„Wie anders?"

„Lisa war ein Engel. Sie ist in dem Feuer gestorben. Aber jetzt sie ist zurückgekehrt, denn ich habe sie gesehen!" Jonathan redete sich ein wenig in Rage und gestikulierte mit seinen Händen.

„Beruhigen Sie sich, Jonathan. Waren Sie ein Freund von dieser Lisa?"

„Nein, leider. Lisa hatte nur Augen für einen anderen."

„Woher kennen Sie dann Lisa?"

„Lisa war in der gleichen Klinik wie ich."

„War Lisa krank?"

„Nein, nicht so krank wie ich. Lisa war anders krank. Aber ich habe sie gerne angeschaut", antwortete Jonathan und knetete verlegen seine Mütze zwischen den Händen.

Olivia musterte ihn skeptisch. Wahrscheinlich hatte Jonathan diese Lisa beobachtet, da sie ein ideales Opfer für seine fehlgeleiteten Triebe gewesen war. Doch irgendetwas anderes musste zwischen den beiden vorgefallen sein, sonst wäre Jonathan nicht so nervös.

„Woher wissen Sie so genau, dass die Person auf dem Foto Lisa ist?", fragte Olivia.

Jonathan griff in die Tasche seines Parkas und zog ein Lederband hervor, an dem ein verschnörkelter Anhänger baumelte, der überhaupt nicht zu dem abgewetzten Leder passte.

„Das trägt Lisa immer um den Hals, es ist ihr Talisman."

„Woher haben Sie dieses Amulett?"

„Es war in Lisas Rucksack. Nehmen Sie den Anhänger. Bitte!" Plötzlich warf Jonathan die Kette auf Olivias Schreibtisch. „Ich kann es nicht behalten. Es ist so unheimlich."

Olivia betrachtete den Anhänger und wog ihn dann in der Hand. Er war schwer, wahrscheinlich aus massivem Silber. Interessant war die feine Silberschmiedearbeit. Es waren zwei kunstvoll ineinander verflochtene Schlangen, deren Köpfe, im Profil dargestellt, sich berührten, so als würden sie sich küssen. Jede der Schlangen hatte ein winziges rubinrotes Auge, das den Betrachter zu verfolgen schien und tückisch leuchtete. Jonathan hatte recht, der Anhänger wirkte trotz der feinen Arbeit unangenehm.

„Zeigen Sie mir noch einmal das Foto", forderte sie Jonathan auf, der ihr gehorsam sein Handy reichte. „Warum hat die Person den Rucksack nicht mitgenommen?"

„Lisa ist vor mir geflüchtet. Sie hat Angst, dass sie wieder in die Hölle muss", entgegnete Jonathan.

„Wo ist eigentlich dieser Rucksack?"

„Den habe ich mitgenommen", antwortete Jonathan und beruhigte sich wieder ein wenig. „Er ist bei mir zu Hause in Sicherheit."

„Bringen Sie diesen Rucksack bei unserem nächsten Termin einfach mit."

„Aber ich komme doch erst in einer Woche wieder zu Ihnen. Das ist viel zu spät." Jonathan blickte panisch umher. „Dann wird sie mich finden."

„Lisa?"

„Sie wird einfach auftauchen und alles beginnt von Neuem", sagte Jonathan mit zitternder Stimme. „Sie müssen mir helfen."

Olivia überlegte eine Weile und musterte Jonathan, der eigentlich ganz gut aussah und sicher eine normale Beziehung haben könnte, wenn es diese schwere Störung seiner Psyche nicht gäbe. Nachdenklich strich Olivia mit der Hand über den Anhänger auf ihrem Schreibtisch.

„Na gut, ich komme morgen zu Ihnen und Sie zeigen mir diesen Rucksack."

Schlagartig hellte sich Jonathans Miene auf und sein Rücken straffte sich.

„Sie sind ein guter Mensch, Doktor Hofmann."

„Übertreiben Sie bloß nicht", antwortete Olivia und warf einen schnellen Blick auf ihre Armbanduhr. „Unsere Stunde ist vorüber. Ich bin morgen um neun Uhr bei Ihrer Wohnung."

Nachdem Jonathan die Praxis verlassen hatte, holte Olivia ihren Laptop aus der mittleren Schreibtischlade und tippte in die Internet-Suchmaschine den Namen „Lisa Manz" ein. Schon nach wenigen Minuten fand sie zu dem Namen mehrere fünf Jahre alte Berichte.

„Tochter des berühmten Chirurgen Richard Manz bestialisch ermordet", lautete die Schlagzeile einer Boulevardzeitung. „Im Mordfall der vierzehnjährigen Lisa Manz tappt die Polizei nach wie vor im Dunkeln. Wie berichtet, wurde die verbrannte Leiche des Mädchens in einer Schottergrube nahe beim Neusiedlersee gefunden. Mehrere verdächtige Personen mussten nach intensiven Verhören wieder auf freien Fuß gesetzt werden. Bisher fehlt von dem Mörder jede Spur."

4

Während ihrer Mittagspause musste Olivia immer an Jonathan und seine Verbindung zu der toten Lisa denken. Sie hatte zwar versucht, Jonathan mit Fragen aus der Reserve zu locken, aber viel hatte er nicht erzählt. Sie scrollte im Netz durch die verschiedenen Berichte über den tragischen Mord an dem jungen Mädchen. Plötzlich stieß sie auf den Namen einer ihr bekannten Journalistin.

„Anna hat einen ausführlichen Bericht über diesen Mordfall geschrieben", sagte Olivia halblaut. Sofort wählte sie die Handynummer ihrer Bekannten. Aber das Handy war ausgeschaltet. Deshalb versuchte sie es in der Redaktion.

„Ich möchte mit Anna Hauser aus der Gerichtsredaktion sprechen."

„Tut mir leid, aber Frau Hauser ist gerade außer Haus", gab die Dame aus der Telefonzentrale zur Auskunft.

„Wissen Sie zufällig, wo ich sie finden kann?", fragte Olivia.

„Ich weiß nicht, ob ihr das recht ist", antwortete die Frau zögernd.

„Es ist wirklich dringend", sagte Olivia. „Ich bin eine gute Freundin von ihr."

„Das ist etwas anderes“, sagte die Frau freundlich. „Normalerweise isst sie zu Mittag in dem Gasthaus ‚Schöne Perle‘.“

Olivia blickte auf die Uhr. Es war kurz vor dreizehn Uhr. Ihren nächsten Klienten hatte sie erst in drei Stunden. Sie hatte also genügend Zeit, um in den zweiten Bezirk zu radeln. Einen Versuch war es jedenfalls wert. Sie schwang sich auf ihr Fahrrad und fuhr los.

Vor dem Gasthaus kettete sie es an einen Laternenmast und lief die Treppen zur Eingangstür hoch. Die Gaststätte wirkte wie eine Bahnhofshalle mit Mobiliar aus den Sechzigerjahren. Aber dieser Retrostil war im Moment angesagt und deshalb war die „Schöne Perle“ auch gut besucht. Ausschau haltend blickte Olivia umher. Sie hatte Glück und entdeckte Anna Hauser sofort. Diese saß an einem langen Tisch und war in die Lektüre einer Tageszeitung vertieft.

„Hallo, Anna!“, sagte Olivia und setzte sich unaufgefordert zu ihr.

„Olivia, was machst du denn hier?“, fragte Anna erfreut und fuhr sich durch ihre halblangen blonden Haare. Die beiden kannten sich aus der gemeinsamen Studienzeit. Später hatten sich ihre Wege erneut gekreuzt, als Annas Mutter gestorben war. Daraus war eine schöne Frauenfreundschaft entstanden.

Olivia kam sofort auf den Punkt. „Ich brauche eine Auskunft von dir.“

„Ja gerne, wenn ich dir helfen kann. Worum geht's denn?“, fragte Anna interessiert.

„Du hast vor fünf Jahren über den Mordfall Lisa Manz geschrieben.“

„Ja, ich erinnere mich“, sagte Anna und ihre Augen begannen zu leuchten. „Eine große Sache. Der Mörder wurde nie gefasst. Es war mein Durchbruch als Journalistin. Das war doch zur selben Zeit, als deine familiäre Tragödie passiert ist."

„Kann sein", antwortete Olivia einsilbig. „Erzähle mir bitte von dem Mordfall."

„Warum willst du das wissen?", fragte Anna neugierig und fixierte Olivia.

„Ein Patient von mir hat bei einer Sitzung das Mädchen Lisa Manz erwähnt", gab Olivia ausweichend zur Antwort.

„Einer deiner Patienten? Das ist aber eigenartig", sagte Anna interessiert. „Hat er damals etwas damit zu tun gehabt?"

„Nein, ausgeschlossen."

„Wie heißt dein Patient?", fragte Anna weiter, deren journalistische Neugierde geweckt worden war.

„Das darf ich nicht sagen. Der Fall Lisa Manz interessiert mich einfach. Im Internet finde ich nur oberflächliche Berichte. Da wollte ich von dir einige Details wissen. Du schreibst viel tief greifender als die anderen Journalisten", machte Olivia ihr ein Kompliment.

„Lisa war die Tochter des Chirurgen Richard und der ehemaligen Schauspielerin Theresa Manz."

„Das ist mir bekannt. Ich habe darüber gelesen. Weißt du etwas Genaueres über Lisa?", fragte Olivia weiter.

„Lisa Manz war ein verhaltensauffälliges Mädchen, das bereits einige kürzere Aufenthalte in psychiatrischen Kliniken hinter sich hatte. Nach einem folgenschweren Zwischenfall wurde sie erneut stationär therapiert."

„Was war das für ein Zwischenfall?"

„Lisa hat jemanden tätlich angegriffen. Aber das muss unter uns bleiben. Ich habe die Auskunft nur von einem meiner Informanten. Alle damals involvierten Personen beriefen sich auf den Datenschutz und die Privatsphäre."

„Das kann ich gut verstehen. Eine angesehene Familie will nicht die psychischen Probleme ihrer Tochter in der Öffentlichkeit breittreten", sagte Olivia.

„Damit hast du sicher recht, aber dieser Fall war noch viel mysteriöser." Anna beugte sich vor und flüsterte verschwörerisch: „Lisa verschwand aus der geschlossenen Abteilung der Klinik und erst Tage später wurde das bemerkt. Die Polizei wurde überhaupt nicht eingeschaltet."

„Das gibt's doch nicht." Olivia schüttelte den Kopf. In der psychiatrischen Klinik, in der sie tageweise arbeitete, gab es auch einen geschlossenen Trakt. Dort war es unmöglich, einfach so zu verschwinden. „Jemand muss ihr dabei geholfen haben."

„Dafür gab es keine Anhaltspunkte. Niemand hat damals etwas gesehen." Anna zuckte bedauernd mit den Schultern. „Eine Woche später hat man Lisas Leiche im Burgenland gefunden. Sie lag im Steinbruch von Sankt Margarethen und war bis zur Unkenntlichkeit verbrannt. Tragischerweise hatte ihre Mutter dort vor vielen Jahren einen Auftritt als Medea."

„Haben die Eltern sie identifiziert?", fragte Olivia zögernd. Sie versuchte sich vorzustellen, wie es für Eltern sein musste, die verkohlte Leiche ihres Kindes zu sehen. Der blanke Horror.

„Das war laut Polizei nicht mehr möglich. Deshalb musste man sich mit einem Zahnabdruck begnügen. Und der Vergleich mit den Aufnahmen ihres Zahnarztes besagte eindeutig, dass die Tote Lisa Manz war."

„Das arme Mädchen ist also verbrannt. Ich habe bei meinen Recherchen gelesen, dass die Suche nach dem Mörder im Sande verlaufen ist."

„So kann man das auch sagen." Anna verzog angewidert den Mund. „Die Ermittlungen wurden blockiert, wenn du mich fragst. Aber wie kann man das schon beweisen? Es gab zwar zu Beginn eine

Soko, aber die wurde nach den ersten Misserfolgen gleich wieder aufgelöst."

„Gab es Verdächtige oder eine heiße Spur?"

„Natürlich hatten sie einige Personen, die verdächtig waren, aber da war nichts dran."

„Wieso glaubst du, dass die Ermittlungen behindert wurden?", fragte Olivia gespannt.

„Niemand hat sich die Mühe gemacht, herauszufinden, wie sie aus der geschlossenen Abteilung entkommen konnte. Auch hat es anscheinend keinen interessiert, wo sie die Tage bis zu ihrem Tod gewesen ist. Nicht mal die eigenen Eltern."

„Das ist doch komisch, dass die Eltern nicht wissen wollten, was mit ihrer Tochter passiert ist."

„Vielleicht waren sie froh, dass das schwierige Mädchen aus ihrem Leben verschwunden ist. Jedenfalls hatte ich so ein Gefühl bei den beiden. Ein eigenartiges Ehepaar. Sie, die frühere Schauspielerin, und ihr Mann, der emotionslose Chirurg", meinte Anna.

„Eine traurige Geschichte. Weißt du, wo Lisa nach ihrer Flucht untergetaucht ist?"

„Ich habe durch einen Informanten aus dem Drogenmilieu herausgefunden, dass sie kurz in einem leer stehenden Haus Unterschlupf fand."

„Wer hat damals die polizeilichen Ermittlungen geführt?", fragte Olivia.

„Der Inspektor der Mordkommission hieß Levi Kant", antwortete Anna. „Ich habe ihn zu Beginn der Ermittlungen interviewt. Da war er noch sehr euphorisch. Er glaubte, den Täter bald zu fassen."

„Da hat er sich aber gründlich getäuscht."

„Kann man wohl sagen." Anna lächelte versonnen. „Levi war ein cooler Typ und hat nicht aufgegeben. Er hat mich immer auf dem

Laufenden gehalten. Er war hartnäckig und ganz nahe dran, den Schuldigen zu schnappen."

„Glaubst du, ich kann mit ihm sprechen?" Olivia zückte ihr Notizbuch, um sich den Namen zu notieren: Levi Kant.

„Er ist nicht mehr bei der Mordkommission", antwortete Anna.

„Wurde er versetzt?"

„Nein", sagte Anna knapp wie bei einem Ratespiel.

„Ist er in Pension?"

„Er hätte eigentlich in Frühpension gehen können. Aber er hat sich an die Polizeiakademie versetzen lassen. Ich habe schon lange nichts mehr von ihm gehört."

„Du hast gesagt, er war ganz nahe dran, den Mörder zu ergreifen. Wieso ist ihm das nicht gelungen?"

„Er wurde im Zuge einer Festnahme von einem Kriminellen niedergeschossen und schwer verletzt. Anschließend lag er mehrere Wochen im Koma und wäre beinahe gestorben. Er ist nach seiner Genesung nie wieder in die Abteilung zurückgekehrt. Die Soko wurde aufgelöst und niemand kümmerte sich mehr um die Aufklärung des Mordes an Lisa."

„Das hat dich nicht stutzig gemacht?", fragte Olivia erstaunt, denn sie kannte den journalistischen Ehrgeiz von Anna.

„Natürlich haben wir unsere Vermutungen angestellt. Dass jemand von ganz oben die Ermittlungen abgewürgt hat. Aus welchem Grund auch immer. Tatsache ist, dass der Fall Lisa Manz ein Cold Case geworden ist wie viele andere."

5

Der alte Mann schlurfte durch das Wohnzimmer und breitete die Arme aus. „Flora, endlich bist du zurückgekehrt. Ich habe dich so vermisst." Sein faltiges Gesicht verzog sich zu einem breiten Lächeln und seine Augen wurden feucht.

„Flora", flüsterte er.

„Papa. Ich bin es. Olivia, deine Tochter." Sie umarmte ihren Vater und führte ihn behutsam wieder zu seinem Lehnstuhl zurück.

„Olivia?" Überrascht hob ihr Vater die Augenbrauen und räusperte sich. „Es war nur ein Traum. Ich bin eingenickt und habe dich im Halbschlaf verwechselt", entschuldigte der alte Mann sich schnell.

„Natürlich, Papa." Olivia strich ihrem Vater liebevoll über die Wange und setzte sich auf die Stuhllehne. Leopold Hofmann war Ende sechzig und bis vor fünf Jahren als Psychiater mit eigener Praxis in Wien tätig gewesen. Doch dann erkrankte er an Alzheimer und war immer öfter verwirrt. Deshalb musste er seine Arztpraxis aufgeben.

Zu diesem Zeitpunkt befand sich Olivia am Tiefpunkt ihrer Existenz, als Michael und Juli urplötzlich aus ihrem Leben verschwanden.

Wie so oft erinnerte sie sich an diesen bestimmten Tag vor fünf Jahren:

Olivia kam früher als gewohnt von der Arbeit nach Hause und freute sich auf die Überraschung. In ihrer Hand hatte sie eine große Schachtel, die sie vorsichtig auf den Esstisch legte.

„Ist das ein Geschenk für mich, Mami?", rief ihre kleine Tochter Juli und klatschte vor Freude in die Hände. Sie hüpfte vor Aufregung und die zarten Wangen färbten sich rosarot.

„Ja, mein Schatz. Das ist eine Überraschung für dich. Aber jetzt schnell ins Badezimmer. Wir baden gemeinsam und dann darfst du das rosa Rüschenkleid anziehen."

Olivia ging ins Wohnzimmer und stutzte. Ihr Mann Michael lag auf dem Sofa und starrte ins Leere.

„Ist mit dir alles o. k.? Hast du das Geschenk für Juli besorgt? Du weißt schon, die blonde Barbiepuppe mit dem roten Regenmantel."

„Es ist alles in Ordnung. Ich hatte nur etwas Kopfschmerzen und ein paar schwarze Gedanken", antwortete Michael mit schleppender Stimme.

„Bitte reiß dich heute einmal zusammen und lass uns eine kleine glückliche Familie sein", sagte Olivia.

„Ich verspreche es dir. Wir gehören für immer zusammen, mein Liebling", sagte Michael und schwang sich vom Sofa. Dann gab er ihr einen flüchtigen Kuss auf die Wange.

„Wir gehören für immer zusammen." Diese Worte hatten sich in Olivias Gedächtnis gebrannt. Wie oft hatte sie überlegt, ob sie in diesem Moment etwas an seinem Verhalten übersehen hatte. Ob sie als Psychiaterin etwas hätte bemerken müssen …

Plötzlich hörte sie ihren Vater etwas murmeln und sie war wieder im Hier und Jetzt. Ihre Familie bestand ja nur noch aus ihrem Vater und den wollte sie nicht verlieren. Deshalb kam ein Pflegeheim nicht infrage. Das war vielleicht ein bisschen egoistisch gedacht, aber sie wollte Leopold ein Leben in den eigenen vier Wänden ermöglichen.

„Hast du deine Tabletten heute schon genommen?“, fragte Olivia, denn sie wusste aus Erfahrung, dass Mediziner sich selbst nie an ärztliche Ratschläge hielten.

„Aber natürlich.“ Leopold nickte bekräftigend und erhob sich ausgesprochen dynamisch. Wenn er bei klarem Verstand war, dann war er ein stattlicher Mann mit seinen grauen Haaren und den blauen Augen im wettergegerbten Gesicht. „Täglich drei von den blauen und abends eine weiße. Am Morgen die gelbe Tablette. Ich habe doch nicht Alzheimer.“ Er zwinkerte Olivia vertraulich zu.

„Ach Papa!“, seufzte Olivia und ging in die Küche, um die mitgebrachten Tiefkühlspaghetti in der Mikrowelle aufzuwärmen. Da die Pflegerin nur bis nachmittags blieb, hatte Olivia Kochplatten, Backofen und das Heißwasser außer Betrieb gesetzt. So konnte sich Leopold nicht selbst verletzen oder die Wohnung in Brand setzen.

„Heute ist es wieder passiert“, sagte Olivia, als sie beim Abendessen saßen.

„Was denn?“ Ihr Vater stocherte lustlos in seinen Spaghetti herum.

„Ich habe wieder eine Postkarte bekommen.“

„Wie schön. Von Flora?“

„Mutter ist tot!“, sagte Olivia mit ungewöhnlicher Schärfe. Im nächsten Moment ärgerte sie sich sofort über sich selbst, als sie die Tränen in den Augen ihres Vaters sah.

„Das ist traurig", sagte Leopold und setzte sich kerzengerade an den Tisch. „Flora ist tot. Ich werde nicht mehr an sie denken."

„Was ich dir sagen wollte", begann Olivia von Neuem. „Ich habe heute eine Postkarte aus Marrakesch bekommen. Blödsinn, nur das Motiv war aus Marrakesch", verbesserte sie sich. „Jemand hat mich an den Tag vor fünf Jahren erinnert. Du weißt schon, was ich meine."

„Heute vor fünf Jahren ist mein Enkelkind Juli verschwunden. Du hast nicht gut auf sie aufgepasst", antwortete Leopold bedrückt. Lustlos schaufelte er die inzwischen kalt gewordenen Spaghetti auf seinem Teller von einer Seite zur anderen.

„Das Essen war wohl kein Höhepunkt meiner Kochkunst", meinte Olivia, während sie aufstand und die Teller in die Küche trug.

„Wir haben dasselbe Schicksal", hörte sie ihren Vater aus dem Wohnzimmer murmeln. „Plötzlich verschwinden die geliebten Menschen. Und wir sind alleine."

„Das ist nicht zu vergleichen. Du hast ein erfülltes Leben mit Mutter gehabt, aber ich hatte nur ein paar Jahre."

Olivia wusste, dass es keinen Sinn hatte, mit ihrem Vater darüber zu diskutieren. Ihre Mutter Flora war völlig überraschend vor sechs Jahren an einem Schlaganfall gestorben. Flora war eine energiegeladene, lebenslustige Brasilianerin gewesen, von der Olivia Temperament und Aussehen geerbt hatte. Der plötzliche Tod ihrer Mutter war ein Schock gewesen, von dem sich ihr Vater nicht mehr erholt hatte. Und jetzt, mit seiner Krankheit, lebte er in seiner eigenen Welt.

Olivia bettete ihren Vater auf die Couch und beobachtete genau, dass er auch die richtigen Tabletten nahm. In dieser deprimierenden Atmosphäre erinnerte sie sich wieder an ihren Patienten Jonathan und das Gespräch über die ermordete Lisa Manz. Von ihrer Freundin Anna wusste sie von Lisas diversen Klinikaufenthalten. Eine davon war die psychiatrische Klinik, in der Olivia selbst zwei Tage die Woche neben ihrer Praxis arbeitete. Dort war auch ihr Vater als Psychiater tätig gewesen. Es war schon irgendwie merkwürdig, wie ähnlich sich ihre Lebensläufe entwickelt hatten.

„Papa, erinnerst du dich zufällig an eine Lisa Manz? Sie war in Behandlung in deiner Klinik. Es muss ungefähr fünf Jahre her sein. Du müsstest sie eigentlich kennen“, fragte sie ihren Vater auf gut Glück. „Sagt dir der Name etwas?“

Doch ihr Vater schien bereits wieder in seine eigene Welt abgedriftet zu sein, denn er zeigte keinerlei Reaktion. Mit zittrigen Fingern startete er eine DVD. Er konzentrierte sich auf den alten Werner-Herzog-Film, in dem Klaus Kinski ein Schiff über einen steilen Berg zog. Leopold hatte diesen Film schon Hunderte Male gesehen, war aber immer wieder aufs Neue fasziniert. Er liebte besonders die Aufnahmen von dem mächtigen Amazonas, den er selbst so oft mit Flora befahren hatte.

Olivia hatte eben ihre Jacke angezogen und gab ihrem Vater einen schnellen Kuss auf die Wange, als er sie festhielt und flüsterte:

„Aber sicher kenne ich Lisa Manz. Sie war ein sehr trauriges, aber auch schwieriges Mädchen.“

6

In der Nacht wälzte sich Olivia unruhig in ihrem Bett hin und her. Immer wieder tauchte Lisa Manz in ihren Träumen auf. Das elfenhafte Mädchen mit den verträumten Augen wirkte sanft und machte keinen schwierigen Eindruck. Aber Fotos können täuschen, das wusste Olivia. Sie hatte nur ein einziges Bild von Lisa im Internet gefunden.

„Es ist alles ganz anders, als du denkst", hörte Olivia die sanfte Stimme von Lisa. Mit einer zarten Handbewegung strich Lisa ihr über den Kopf. „Bitte hilf mir."

„Aber du bist doch tot", antwortete Olivia.

„Wer weiß?", antwortete Lisa traurig. „Komm mit!" Lisa streckte die Hand nach Olivia aus. Beide gingen sie durch ein düsteres Abbruchhaus bis zu einem Raum, in dem zwei Fahrräder an der Wand lehnten. „Wir müssen ihn suchen", sagte Lisa und schwang sich auf das Rad.

„Wen müssen wir suchen?"

„Warte ab. Wenn wir ihn zur Rede stellen, wissen wir alles", antwortete Lisa kryptisch.

Auch Olivia setzte sich auf das Rad und beide fuhren durch die nächtliche Stadt.

„Wo suchen wir ihn?", fragte Olivia.

„An seinem Lieblingsort", antwortete Lisa und verwandelte sich plötzlich in eine Feuersäule.

Mit einem tiefen Stöhnen schreckte Olivia in ihrem Bett hoch. Ihr Herz pochte. Noch immer war der Traum gegenwärtig und sie sah schmerzhaft deutlich die brennende Lisa vor ihrem geistigen Auge.

Da sie nicht mehr schlafen konnte, stand sie auf und setzte sich an ihren Schreibtisch. Sie nahm ein Blatt Papier und begann, ihre Eindrücke niederzuschreiben. Jonathan hatte erwähnt, dass Lisa zurückgekehrt sei. Allerdings war das Mädchen bis zur Unkenntlichkeit verbrannt. Das konnte sie unmöglich überlebt haben. Aber wenn doch alles ganz anders war?

Am Morgen fühlte sich Olivia wie zerschlagen. Sie war nahe daran, den Termin bei Jonathan abzusagen, aber dann erinnerte sie sich an den panischen Ausdruck in seinen Augen. Er brauchte sie. Seufzend setzte sie nach einer kalten Dusche die Kaffeemaschine in Gang. Nach zwei starken Espressi fühlte sie sich besser und schwang sich auf ihr Fahrrad.

Das mehrstöckige Haus, in dem Jonathan Stade wohnte, lag ziemlich weit außerhalb des Gürtels in Favoriten im 10. Gemeindebezirk und wirkte etwas vergammelt. Der Laden im Erdgeschoss war mit Brettern vernagelt und jemand hatte auch die Neonschrift darüber entfernt. Doch noch immer war der Schriftzug „Kurzwaren" auf der grauen Mauer zu erkennen.

Gerade als sie auf die Eingangstür zuging, wurde im obersten Stockwerk das Fenster ruckartig aufgerissen, und der Kopf von Jonathan tauchte auf. Er beugte sich so schnell nach vorn, dass ihm die Schiebermütze vom Kopf fiel und nach unten segelte.

„Hallo, Jonathan!", rief Olivia. „Da bin ich, wie ich es versprochen habe."

Sofort verschwand Jonathan wieder im Inneren, so als hätte ihn Olivias Stimme erschreckt.

„Ich komme jetzt zu Ihnen hoch", rief Olivia nach oben, aber sie erhielt keine Antwort mehr. ‚Jonathan geht es mental nicht gut', dachte sie.

In der Wohnung oben schrie plötzlich jemand laut auf. Es war die Stimme von Jonathan. Die Strahlen der Morgensonne tanzten unruhig über die graue Fassade. Olivia schirmte ihre Augen mit der Hand ab, um etwas zu erkennen.

Jetzt beugte sich Jonathan wieder aus dem offenen Fenster und rief unzusammenhängende Sätze. Olivia hörte nur Gestammel ohne jeglichen Sinn.

„Jonathan, bleiben Sie ruhig", rief Olivia. „Ich bin gleich bei Ihnen."

Jonathan erstarrte für einen Moment und beugte sich gefährlich weit aus der Fensteröffnung. Seine langen Haare wehten im Wind. Von unten wirkte es, als würde feiner Rauch aus einem vertrockneten Kopf steigen.

„Jonathan! Was ist los?!"

„Hilfe!", schrie Jonathan. „Man will mir den Rucksack wegnehmen."

„Wer will das?", fragte Olivia.

„Ich weiß es nicht ..." Jonathan wollte noch etwas sagen, doch mit einem Mal verschwand er wieder nach drinnen.

„Jonathan, Fenster schließen und bis hundert zählen!", rief Olivia. ‚Jonathan hat eine plötzliche Krise. Wenn er jetzt durchdreht, kann das fatale Folgen haben', dachte Olivia.

In diesem Moment stand Jonathan auf dem Fensterbrett und starrte nach unten. Er ruderte mit den Armen durch die Luft und schwankte vor und zurück. Olivia sah einen Schatten. Es könnte eine Hand gewesen sein, die Jonathan einen Stoß verpasste. Aber Olivia war sich nicht sicher. Jonathan versuchte verzweifelt das Gleichgewicht zu halten, doch sein Körper kippte unaufhaltsam ganz langsam nach vorn. Eine oder zwei Sekunden lang stand er noch mit den Zehenspitzen auf dem Fensterbrett. Dann stürzte er kopfüber nach unten. Für Olivia fror die Zeit ein. Sie konnte weder schreien noch sich bewegen. Sie starrte auf den Körper von Jonathan, der sich in der Luft einmal drehte. Sah seine weit aufgerissenen Augen. Den Mund, der das Wort „Lisa" formte. Bruchteile von Sekunden später schlug er auf dem Betonboden auf. Eine Blutlache breitete sich unter seinem Kopf aus und leuchtete unwirklich im Sonnenlicht.

„O mein Gott! Ich hole sofort Hilfe!", rief Olivia, die sich langsam aus ihrer Erstarrung löste. Mit zitternden Fingern wählte sie mit ihrem Handy den Notruf.

Dann kniete sie sich neben Jonathan und fühlte seinen Puls. Doch für ihn kam jede Hilfe zu spät. Fassungslos starrte sie zu dem offenen Fenster hinauf. In diesem Moment sah sie oben einen Schatten zurückzucken. Kein Zweifel, in der Wohnung war noch jemand.

Olivia sprang auf und lief auf das Haus zu. Mit der Hand stieß sie die schwere Eingangstür auf und ein Schwall modriger Luft schlug ihr entgegen.

„Hallo, ist da jemand?", rief sie in das dunkle Treppenhaus hinein, als sie oben eine Tür zuschlagen hörte. Mit einem lauten Quietschen fiel die Eingangstür hinter ihr ins Schloss und es war plötzlich komplett dunkel. Sie tastete nach einem Lichtschalter. Als das diffuse Licht aufflammte, stieg sie in den rundum verglasten Aufzug. Ruckartig setzte sich der altertümliche Lift in Bewegung. Von oben hörte sie schnelle Schritte, die von den Wänden widerhallten. Durch die Milchglasscheibe der Kabine sah Olivia verschwommen eine Gestalt die Treppe nach unten laufen. Hektisch versuchte sie, den Lift zu stoppen, aber der Knopf war außer Funktion. Nach einer gefühlten Ewigkeit erreichte sie endlich die oberste Etage. Auf dem Flur gab es nur zwei Türen. An einer davon klebte ein Zettel mit dem Namen „Stade". Hier war sie richtig.

Die Tür zu Jonathans Wohnung war nur angelehnt. Olivia lief geradeaus in ein Zimmer, von wo aus die Straße einsehbar war. Eine leichte Brise wehte in den Raum und vertrieb den muffigen Geruch. Mit zusammengekniffenen Augen beugte sie sich aus dem Fenster. Vier Stockwerke unter sich sah sie den merkwürdig verdrehten Körper von Jonathan auf dem Gehsteig liegen. Aber niemanden, der davonlief. Schaulustige drängten sich um den Toten. Zwei Polizisten schoben die Gaffer zur Seite. Jemand wies mit der Hand nach oben. Reflexartig zuckte Olivia zurück. Von Ferne hörte sie die rasch näher kommende Sirene eines Krankenwagens. Der Aufzug im Treppenhaus wurde nach unten gerufen und setzte sich ächzend in Bewegung.

Langsam trat Olivia vom Fenster zurück. Sie versuchte, logisch zu denken und die aufkommende Panik zu unterdrücken. Sie hatte eine Hand gesehen, die Jonathan aus dem Fenster gestoßen hatte. Dann die Umrisse einer Person, daran gab es keinen Zweifel. Verdammt, sie hätte nur ein wenig früher hier sein müssen. ‚Jonathan wäre vielleicht noch am Leben', machte sich Olivia Vorwürfe.

Sie sah sich kurz in dem Raum um. Ein altmodisch möbliertes Wohnzimmer mit einer beigen Sitzgarnitur und einem Rauchglastisch. An der Rückwand ein ausufernder Gummibaum, der sich bereits über der Couch bis zur Decke schlängelte. An den Wänden hingen Landschaftsdrucke in schweren Goldrahmen. Auf dem Tisch lag eine Fernsehzeitschrift. Das TV-Gerät auf dem dunkelbraunen Bord war nicht angeschlossen. Nirgends ein Körnchen Staub, nirgends ein persönlicher Gegenstand von Jonathan. Doch etwas irritierte Olivia an diesem tristen Zimmer. Sie konnte es nicht sofort benennen. Doch dann fiel es ihr ein. Es war die penible Ordnung in dem Raum. Nichts deutete auf einen Kampf hin. Nachdenklich ging sie aus dem Zimmer, hinaus in den Gang.

„Bleiben Sie stehen!“ Zwei Polizisten versperrten Olivia den Weg. „Wer sind Sie? Wohnen Sie hier? Kennen Sie den Toten?“

‚So viele Fragen auf einmal‘, dachte Olivia, während sie ihren Ausweis aus der Umhängetasche kramte.

„Mein Name ist Doktor Olivia Hofmann. Ich bin die Psychiaterin von Jonathan Stade. Nein, ich wohne nicht hier.“

„Was haben Sie dann hier zu suchen?“, fragte der Polizist argwöhnisch weiter.

„Ich hatte einen Termin mit meinem Patienten. Er wollte mir etwas zeigen.“

„Was denn?“

„Einen Rucksack, den er gefunden hatte.“

„Was für einen Rucksack? Wollen Sie uns auf den Arm nehmen?“

„Natürlich nicht. Es ist angeblich der Rucksack eines Mädchens, das vor fünf Jahren ermordet wurde.“

„Das wird ja immer skurriler.“ Der Polizist schob seine Kappe nach hinten und fuhr sich mit der Hand über die Stirn. „Wie war der Name dieser Ermordeten?“, fragte er dann sarkastisch.

„Lisa Manz.“

„Nie gehört.“

„Moment“, sagte sein Kollege plötzlich zu Olivia. „Sie warten hier. Es gibt da jemanden, der Lisa Manz nie vergessen hat.“

7

Levi Kant saß in seinem Büro in der Polizeiakademie und gähnte. Er hatte bereits seit dem frühen Morgen die Seminararbeiten der Polizeianwärter durchgesehen, aber der Papierstoß wollte einfach nicht kleiner werden. Von seinem Fenster aus hatte er einen wenig berauschenden Ausblick auf eine Straßenbahnhaltestelle. Ein Mann saß in dem Wartehäuschen und lockte mit Brotkrümeln eine verirrte Taube an.

‚Das könnte ich sein', dachte Levi. ‚Wenn ich damals in Frühpension gegangen wäre.'

Aber das hätte Rebecca, seine Frau, nie verstanden. Sie hatte ihn gedrängt, aus dem Polizeidienst auszuscheiden und den Posten als Dozent anzunehmen. „Das war ein Wink des Schicksals. Du musst dein Leben ändern", hatte sie gesagt. Nach seinem Unfall war er wochenlang in einem schwarzen Loch versunken und zu einem Zyniker geworden. Das hatte Rebecca nicht mehr ausgehalten und ihn vor die Wahl gestellt. Und Levi hatte eine Entscheidung getroffen. Deshalb saß er jetzt hier und korrigierte Seminararbeiten.

Das Schrillen des Telefons riss ihn aus seinen trüben Gedanken.

„Was gibt's?"

„Spreche ich mit Inspektor Levi Kant?"

„Es gibt keinen Inspektor mehr. Ich bin Dozent", antwortete Levi und setzte sich aufrecht. Eine plötzliche Unruhe durchflutete ihn.

„Wir haben hier einen Todesfall und eine Frau, die das Opfer kannte."

„Ja und weshalb rufen Sie mich an?"

„Es geht um einen Rucksack, der angeblich einer gewissen Lisa Manz gehört. Einer vor fünf …"

„Ja, ich weiß. Ich habe die Ermittlungen damals geleitet", unterbrach Levi den Polizisten. „Bin schon auf dem Weg."

Er ließ sich von dem Polizisten die genaue Adresse geben und stand auf. Nach seinem Unfall hatte Levi seine Kollegen gebeten, ihn sofort zu informieren, wenn sich in dem Fall etwas Neues ergab. In fünf Jahren war das aber kein einziges Mal passiert.

Als Levi die Tür seines Büros öffnete, warf er noch einen letzten Blick auf den Stoß mit den Seminararbeiten. Er hatte hier seine Zeit viel zu lange vergeudet.

Kurze Zeit später parkte Levi sein Saab 900 Turbo Cabrio in einer Hofeinfahrt neben dem Haus und stieg aus. Er zwängte sich unter dem Flatterband durch, mit dem der Gehsteig abgesperrt war. Dann warf er einen kurzen Blick auf die Kreidezeichnung auf dem Boden und den eingetrockneten Blutfleck.

„Sie haben hier nichts zu suchen." Ein Polizist trat auf ihn zu. Levi wollte etwas erwidern, da kam ein Mann in Zivil aus dem Haustor.

„Das geht schon in Ordnung", meinte der Mann schmunzelnd. Dann wandte er sich an Levi. „Ich wusste, dass du hier auftauchst."

„Hallo, Reiter. Ein Kollege hat mich angerufen."

„Mein Gott, Levi!" Inspektor Reiter schlug die Augen zum Himmel. „Du kannst einfach nicht loslassen."

„Liegt in meinem Naturell“, erwiderte Levi kurz angebunden. „Was ist eigentlich passiert?“

Im Schnellverfahren setzte Reiter ihn ins Bild. „Wenn du mich fragst, ist das ein klarer Fall. Jemand hört Stimmen, die ihm befehlen, zu springen. Wäre ja nicht das erste Mal, dass so etwas vorkommt.“

„Wenn du dich da mal nicht täuschst. Kann ich mit der Frau reden?“

„Ja. mach’s kurz. Vierter Stock, aber du solltest den Lift nehmen, alter Mann. Mit deinem Bein.“

„Danke für den Tipp.“ Levi ließ sich nicht provozieren und fuhr mit dem Aufzug nach oben.

„Inspektor Levi Kant?“ Ein junger Polizist blickte ihn fragend an.

„Ich bin kein Inspektor mehr, sondern Dozent an der Akademie“, entgegnete Levi.

„Verzeihung“, entschuldigte sich der Polizist. „Ich habe Sie angerufen. Das war ein spektakulärer Mordfall damals. Ich habe die Berichte in den Zeitungen verfolgt.“

„Wo ist die Frau?“

„Hier drinnen.“ Der Polizist öffnete die Tür zu einem winzigen Zimmer.

„Weshalb werde ich hier festgehalten?“, fragte die Frau, als Levi eintrat. Sie war schlank, hatte kurze schwarze Haare und einen sinnlichen Mund. Ihre hellen Augen blitzten wütend.

„Sie haben etwas von einem Rucksack erwähnt, der Lisa Manz gehört haben könnte“, sagte Levi, ohne auf ihre Frage einzugehen.

„Vielleicht sollten Sie sich zunächst einmal vorstellen“, erwiderte die Frau und verschränkte die Arme vor der Brust.

„Wer sind Sie?“

„Levi Kant. Ich habe vor fünf Jahren in dem Fall Lisa Manz ermittelt“, antwortete Levi. „Und wie heißen Sie?“

„Mein Name ist Doktor Olivia Hofmann.“

Sie hielt ihm ihren Ausweis entgegen. Automatisch griff Levi danach. Ihre Angaben stimmten, nur wirkte sie wesentlich jünger als die neununddreißig Jahre, die in dem Dokument standen.

„Ich bin Psychiaterin. Der Tote ist mein Patient Jonathan Stade. Es war aber kein Selbstmord, sondern er ist gestoßen worden“, sagte Olivia energisch.

„Moment“, bremste Levi sie ein. „Sie reden hier von Mord. Wie kommen Sie darauf?“

„Ich stand unten auf dem Gehsteig und habe eine Person gesehen, die Herrn Stade aus dem Fenster stieß. Aber das habe ich Ihrem Kollegen bereits alles erzählt.“

„Es interessiert mich trotzdem. Können Sie die Person beschreiben?“, fragte Levi weiter.

„Nein. Aber diese Person ist anschließend durch das Treppenhaus geflüchtet.“

„Da müssen Sie doch etwas gesehen haben.“ Levi runzelte skeptisch die Stirn. „War es ein Mann oder eine Frau?“

„Keine Ahnung. Ich fuhr mit dem Fahrstuhl nach oben. Der Lift hat Milchglasscheiben.“

„Hatten Sie mehr als eine berufliche Beziehung zu dem Opfer?“

„Worauf spielen Sie an?“, fragte Olivia gereizt.

„Hausbesuche von Psychiatern sind doch nicht üblich“, antwortete Levi.

„Es war ein Notfall. Der Tote heißt übrigens Jonathan Stade. Nennen Sie ihn bitte beim Namen, sagen Sie nicht einfach ‚das Opfer‘, das macht ihn so austauschbar. Ja, er war nur mein Patient. Das hatte ich doch bereits erwähnt.“

„Natürlich. Sonst noch etwas?“ Levi schob Olivia in das Treppenhaus hinaus, als Reiter mit der Spurensicherung eintraf.

„Hallo, Levi“, sagte eine blonde Frau, die selbst in ihrem unförmigen weißen Anzug noch attraktiv aussah. „Ich dachte, du bist nicht mehr bei unserer Truppe.“

„Ich bin zwar jetzt Dozent an der Polizeiakademie. Aber in Gedanken bleibe ich euch treu. Im Speziellen dir“, sagte er ironisch. „Katharina, kannst du das Fensterbrett und den Rahmen genau ansehen? Ich will wissen, ob Stade sich irgendwo festgekrallt hat. Das würde bedeuten, dass man ihn gestoßen hat.“

„Stopp, Levi, das hier ist mein Fall“, unterbrach ihn Reiter, der gerade aus dem Lift stieg. „Du kannst die Dame befragen, aber mehr nicht.“

„Alles klar“, sagte Levi. „Ich wollte dir nur Arbeit abnehmen.“

„Wie rührend“, meinte Reiter und ging in das Wohnzimmer.

„Was war das für ein Notfall?“, fragte Levi, als er mit Olivia wieder allein war.

Olivia erzählte ihm von dem roten Rucksack und dem Foto, das Jonathan von einer Gestalt gemacht hatte.

„Ach, Jonathan Stade hat ein Foto gemacht?“ Levi runzelte skeptisch die Stirn.

„Ja, ich habe es mit eigenen Augen auf seinem Handy gesehen.“

Levi ging zurück in die Wohnung und fragte Reiter.

„Hast du ein Handy gefunden?“

„Nein, Handy gibt's hier keines“, antwortete Reiter.

„Aber wir haben gerade einen Rucksack gefunden. Falls dich das interessiert“, rief Katharina aus dem Wohnzimmer.

„Wo war er?“

„Der Rucksack war in der Mauer versteckt.“ Katharina deutete nach hinten. „In der Wand gibt es eine tiefe Aushöhlung. Die stammt wahrscheinlich von einem ehemaligen Kamin. Dort hat unser Opfer den Rucksack vermutlich hineingestopft.“

„Zeige ihn mir bitte." Wieder spürte Levi das Prickeln in seinem Körper, das ihm zeigte, dass er nicht völlig abgestumpft war.

„Hier ist das gute Stück. Er hat einen Smiley-Aufkleber mit den Initialen LM", sagte Katharina und hielt ihm einen Klarsichtbeutel entgegen, in dem ein roter Rucksack steckte. Levi musste schlucken. Als Lisa Manz vor fünf Jahren verschwunden war, hatte sie ihren roten Rucksack mit diesem Smiley-Sticker mitgenommen. Es war Lisas Rucksack. Spontan griff Levi nach der Hülle, um sie zu öffnen. Doch Reiter hielt ihn am Arm zurück.

„Du bist kein Inspektor mehr, Levi", sagte Reiter. „Geh zu deinen Studenten zurück."

„Das ist Lisas Rucksack", flüsterte Levi mit heiserer Stimme.

„Wir werden alles genau überprüfen. Du kannst dich darauf verlassen", sagte Reiter und schob Levi bestimmt nach draußen. „Ach übrigens, das hier haben wir auch gefunden." Reiter hielt Levi einen Zettel entgegen, der in einer Klarsichtfolie steckte.

„Lisa war ein Engel. Ich bin schuldig" stand in ungelenken Blockbuchstaben darauf.

„Das sieht wie ein Schuldeingeständnis aus. Was meinst du?", sagte Reiter und steckte die Folie wieder in seine Mappe. „Klingt doch nach Selbstmord."

„Richtig." Nachdenklich kratzte sich Levi am Kopf und ging zurück zu Olivia, dic im Treppenhaus wartete.

„Wir haben Lisas Rucksack gefunden und einen Zettel mit Abschiedsworten", sagte er.

„Was schließen Sie daraus?" Olivia stand auf und kam langsam auf Levi zu. „Sie glauben, dass Jonathan Selbstmord begangen hat", sagte sie nach einer kurzen Pause. „Stimmt's?"

„Es sieht danach aus. Wir werden das überprüfen."

„Sie sind doch kein Polizist mehr. Damals haben Sie einfach versagt, und jetzt plagen Sie die Gewissensbisse, weil Lisas Mörder noch immer frei herumläuft. Deshalb mischen Sie sich ein."

„Nein, so ist das nicht", erwiderte Levi überrascht.

„Tut mir leid. So war das nicht gemeint", meinte Olivia leise und ließ verzagt die Schultern hängen. Plötzlich wirkte sie wie ein junges Mädchen. Ihre offensive Selbstsicherheit war mit einem Mal wie weggeblasen.

„Jonathan war mein Patient. Ich habe ihn therapiert und er war auf dem Weg der Besserung", sagte Olivia.

„Niemand kann in einen Menschen hineinsehen. Leute werfen sich vor den Zug, springen von Brücken oder so wie hier aus dem Fenster. Ihr Blickfeld verengt sich ganz plötzlich und sie sehen keinen Ausweg mehr. Entgegen der landläufigen Meinung ist es an schönen Tagen besonders schlimm", versuchte Levi Olivia zu trösten.

„Woher wissen Sie das?", fragte Olivia und blickte ihn mit ihren hellen Augen unverwandt an.

„Ich habe ein paar Semester Psychologie studiert", antwortete Levi.

„Sie glauben nicht, dass es Mord war. Doch Jonathan war keiner, der sich umbringt. Er hatte eine Perspektive, die ihn von der Dunkelheit ans Licht geführt hätte."

„Wie gesagt, das werden die Kollegen alles klären", sagte Levi. „Soll ich Ihnen ein Taxi rufen?"

„Nein, danke, ich bin mit dem Fahrrad unterwegs."

„Oh, sind Sie so sportlich?"

„Warum, sehe ich nicht so aus?", fragte Olivia sofort.

„Dumme Frage, ich meine natürlich: Sind Sie in der Lage, mit dem Fahrrad zu fahren?"

„Im Gegenteil. Das Radfahren ist für mich entspannend und ich kann dabei gut nachdenken."

Levi steckte die Hände in die Taschen seiner Jeans und sah Olivia nach, die mit gesenktem Kopf langsam die Treppe nach unten ging. Eine Psychiaterin auf dem Fahrrad. Das war eine interessante Mischung.

8

Ein zusammengekrümmter Oberkörper war ein Indiz dafür, dass eine Tat schwer auf den Schultern des Patienten lastete. Deshalb versuchte Olivia, so aufrecht wie möglich zu sitzen. „Einer meiner Patienten ist heute auf schreckliche Weise gestorben", sagte sie. „Ich mache mir natürlich jetzt Vorwürfe, dass ich vielleicht schuld an seinem Tod sein könnte."

„Erzähle mir doch genau, was passiert ist und warum du solche Schuldgefühle hast", sagte Ulf Karlsson.

Nach dem Gespräch mit Levi Kant hatte Olivia ihren Supervisor Ulf Karlsson angerufen und einen Termin vereinbart. Ulf war ein in Österreich aufgewachsener Schwede und seit Olivias Studientagen zunächst ihr Tutor gewesen und jetzt ihr Supervisor. Seit fünf Jahren sprach Olivia mit ihm ausschließlich über ihre private Tragödie. Durch Reden versuchte sie, das Unfassbare zu begreifen, und Schritt für Schritt tastete sie sich wieder ins Leben zurück. Doch heute war sie ausnahmsweise wegen eines ihrer Patienten in der Praxis von Ulf.

„Du glaubst also, jemand hat Jonathan aus dem Fenster gestoßen?", fragte Ulf und faltete die Hände.

„Ja! Ich habe hinter Jonathan einen Schatten gesehen. Und als ich mit dem Lift nach oben gefahren bin, ist jemand die Treppe ganz schnell nach unten gelaufen."

„Du bist dir aber nicht wirklich sicher."

„Doch! Es ging alles so schnell und ich stand auch unter Schock."

„Verständlich." Ulf schloss kurz die Augen und überlegte. Nach einer Weile hatte er einen Gedanken gefasst und begann, ihn zu formulieren.

„Kann es nicht eine Schutzbehauptung sein? Du gibst dir die Schuld am Tod deines Patienten, weil deine Therapie nicht funktioniert hat. Da wäre es doch einfacher, jemand hätte ihn ermordet. Dann brauchst du dir keine Vorwürfe zu machen."

„So war es nicht." Unwillkürlich ballte Olivia die Fäuste, entspannte sich aber sofort wieder, als sie den überraschten Ausdruck in Ulfs Gesicht sah. „Ich habe mir das nicht eingebildet. Nicht einmal du glaubst mir. Es ist zum Verzweifeln!"

Dann erzählte sie von den Zielen und Wegmarken, die sie mit Jonathan vereinbart hatte. „Jemand, der einen Fahrplan für sein Leben aufstellt, der bringt sich nicht einfach um. Das weißt du doch sicher auch aus deiner Erfahrung."

„Aber in einzelnen Fällen kann es zu einer unvorhergesehenen Kurzschlusshandlung kommen. Dich trifft keine Schuld", versuchte Ulf sie zu beruhigen.

„Aber ich fühle mich schrecklich."

„Schreib alles auf und reflektiere noch einmal die Geschehnisse", meinte Ulf. „Wie geht es dir mit Michael und Juli?", fragte er dann übergangslos.

„Wieso erwähnst du ausgerechnet jetzt die beiden?"

„Gestern war doch DER Jahrestag. Hast du wieder eine Karte bekommen?"

„Ja." Olivia nickte und sank in ihrem Stuhl zusammen. „Ich war sehr traurig."

„Nächstes Mal sprechen wir wieder über diesen Verlust."

„Danke dir. Ich bin froh, dass ich mit dir reden kann", sagte Olivia. Unauffällig zerknüllte sie ein Taschentuch in ihren Händen, um nicht vor Ulf zu weinen.

Den ganzen Nachmittag über hatte Olivia Patienten und so kam sie erst gegen Abend ein wenig zum Durchatmen. Sie zog ihr Notebook aus der mittleren Schublade ihres Schreibtischs und begann, die Ereignisse des Tages stichwortartig niederzuschreiben. So wie Ulf es ihr geraten hatte. Als sie ihre Notizen noch einmal durchlas, hatte sie ein unbefriedigendes Gefühl. Es war, als würde sie einfach in der Luft hängen und sich planlos im Kreis drehen. Gedankenverloren zog sie die Visitenkarte des Inspektors hervor, die dieser ihr bei der Befragung gegeben hatte. Sie zögerte einen Moment und wählte dann entschlossen die angegebene Nummer.

Schon nach dem ersten Läuten hob der Inspektor ab, so als hätte er auf ihren Anruf gewartet.

„Reiter, was kann ich für Sie tun?"

„Hier spricht Doktor Hofmann. Gibt es etwas Neues im Fall Jonathan Stade?", fragte Olivia und wusste sofort, dass diese Frage unglaublich naiv war. Die Polizei durfte ihr als Fremder überhaupt keine Auskunft geben. Aber sie täuschte sich.

„Frau Hofmann, gut, dass Sie anrufen. Ich habe Ihre Zeugenaussage über die Person, die Sie angeblich am Fenster und im Treppenhaus gesehen haben, überprüft. Doch es gibt dafür nicht die geringsten Anhaltspunkte. Niemand außer Ihnen hat diese fremde Person gesehen. Es gibt weder Spuren auf dem Fensterbrett noch an dem Rahmen, die auf einen Kampf hindeuten würden."

„Aber Sie haben den Rucksack gefunden. Das ist doch der Beweis, dass mein Patient nicht gelogen hat."

„Der Rucksack gehört in der Tat Lisa Manz."

„Na bitte, habe ich also doch recht gehabt. Vielleicht lebt Lisa und es wurde ein anderes Mädchen ermordet", sagte Olivia euphorisch.

„Wie kommen Sie darauf?", dämpfte Reiter ihren Enthusiasmus. „Lisa Manz wurde vor fünf Jahren ermordet. Ihre Leiche wurde eindeutig identifiziert. Daran gibt es nichts zu rütteln."

„Aber Jonathan hat eine Person, die Lisa sein könnte, in dem Abbruchhaus gesehen und fotografiert." Schlagartig war Olivia wieder mutlos und verzweifelt.

„Das sagen Sie. Wir haben aber kein Handy gefunden."

„In welche Richtungen ermitteln Sie jetzt?", fragte Olivia und ihre Stimme klang ungeduldig. Wenn sie aufgeregt war, konnte sie ihre Emotionen einfach nicht kontrollieren.

„Frau Doktor Hofmann. Mischen Sie sich nicht in Angelegenheiten ein, die Sie nichts angehen. Lassen Sie uns in Ruhe unsere Arbeit tun." Mit einem Mal wurde Reiter sehr förmlich.

„Ich darf Ihnen keine Details über den Fall mitteilen. Nur so viel, aber das wissen Sie ja sicher bereits aus Ihren Nachforschungen: Als Lisa Manz vor fünf Jahren ermordet wurde, konnte leider kein Täter gefasst werden."

„Das weiß ich. Es ist einer dieser Cold Cases."

„So sagt man im Fernsehen. Bei uns heißt das Ermittlungsstufe drei."

„Geringe Priorität, nehme ich an."

„Richtig. Ich habe mir selbstverständlich die Akte besorgt. Damals gab es einige verdächtige Personen, die verhört wurden. Jonathan Stade gehörte dazu."

„Jonathan zählte zum Kreis der Verdächtigen?“ Olivia war sprachlos. „Das habe ich nicht gewusst.“

„Man konnte Stade damals nichts nachweisen. Bis heute.“

„Wie – bis heute?“, fragte Olivia begriffsstutzig, denn sie hatte keine Ahnung, worauf das Gespräch hinauslief.

„In den nächsten Tagen können wir höchstwahrscheinlich den Fall Lisa Manz abschließen. Denn wir haben den mutmaßlichen Mörder.“

Jetzt erst fiel bei Olivia der Groschen. „Sie trauen Jonathan Stade einen Mord zu?“

„Ich darf Ihnen nichts darüber sagen“, blockte Reiter ab.

„Bitte. Es geht doch um meinen Patienten. Ich war dabei, als er gestorben ist.“

„Tut mir leid. Das geht nicht. Ich hoffe, Sie verstehen meine Situation. Sehen Sie es doch positiv. Nach fünf Jahren werden wir vielleicht bald einen Mörder überführt haben.“

„Auch wenn Jonathan tot ist und sich nicht mehr wehren kann“, antwortete Olivia verzweifelt.

„Auch wenn er tot ist“, echote Reiter. „Um es kurz zu machen, Frau Doktor Hofmann. Der Fall ist bald abgeschlossen.“

„Aus einem Cold Case wird also ein Closed Case“, sagte Olivia sarkastisch und beendete das Telefonat. Olivia wusste, dass sie diese Tatsache niemals akzeptieren konnte. Sie wusste auch, dass sie nur eine Chance hatte, und das war der ehemalige Polizist Levi Kant. Ihn musste sie davon überzeugen, dass der Mörder von Lisa Manz noch immer frei herumlief.

Erst jetzt fiel ihr ein, dass sie die ganze Zeit dieses Medaillon bei sich trug, das Jonathan ihr zum Aufbewahren gegeben hatte. Hätte sie der Polizei davon erzählen müssen? Sicher, aber das würde nur die vorgefasste Meinung des Inspektors bestärken.

Sie drehte sich wieder zu ihrem Computer und rief ihre Mails ab. Es waren die üblichen Newsletter und Ärzteinfos. Doch eine Mail hatte einen unbekannten Absender. Es gab keinen Text, nur einen Anhang. Olivia zögerte einen Moment, dann klickte sie die Datei entschlossen an. Ein verschwommenes Foto poppte auf. Es war Jonathans Foto von Lisa.

9

Levi Kant wartete an einer Straßenecke in der Nähe des Polizeipräsidiums, außerhalb der Reichweite der Überwachungskameras. „Hast du die Fotos?“, fragte er die blonde Frau, die neben ihm stehen blieb.

„Sie sind hier auf dem Datenstick.“ Katharina zog den Stick aus ihrer Jackentasche. „Es gibt Bilder vom roten Rucksack mit den Initialen LM. Und es gibt die Aufnahmen von dem toten Jonathan Stade aus der Gerichtsmedizin.“

„Irgendwelche Spuren von Fremdeinwirkung?“

„Nein, da ist nichts. Aber der Tote war bis oben hin voll mit Psychopharmaka. Es war übrigens nicht leicht, an diese Daten zu kommen.“

„Du bist die Beste.“ Levi drückte Katharina einen Kuss auf die Wange.

„Jetzt habe ich was gut bei dir, Levi“, meinte Katharina.

„Ich kann dich gerne mal zum Essen ausführen.“ Levi blickte Katharina fragend an.

„Lass gut sein. Du bist vergeben", winkte Katharina ab. „Sag mal, diese Zeugin hat dich ja mächtig beeindruckt."

„Wie kommst du darauf?"

„Weil sie genau dein Typ ist", erwiderte Katharina lächelnd.

„Ich bin doch glücklich verheiratet."

„Wer's glaubt. Ich muss wieder zurück." Katharina drückte Levis Arm. „Pass auf dich auf."

„Ach, du weißt ja, Totgesagte leben länger", erwiderte Levi.

War das so? Levi war damals nur knapp dem Tod entronnen. Herzstillstand, extremer Blutverlust, er wollte gar nicht weiter darüber nachdenken. Danach hatte er ein Dasein wie ein lebendiger Toter geführt. Vorlesungen an der Akademie, geregelte Arbeitszeiten, kein Leistungssport mehr. Am meisten aber vermisste er den Adrenalinschub, wenn man als Polizist auf eine heiße Spur stieß. Wenn er mit seinem Team Tag und Nacht an der Aufklärung eines Falles arbeitete. All das war mit einem Schlag vorbei gewesen. Jetzt hatte ihn der Rucksack von Lisa Manz wieder ins wirkliche Leben zurückgestoßen. Jetzt hatte er wieder ein Ziel.

Er ging in die Gasse, in der er den Saab geparkt hatte. Das Cabrio schnurrte durch die Straßen von Wien und zog die Blicke der anderen Autofahrer auf sich. Aber Levi achtete nicht darauf, sondern überlegte sich die nächsten Schritte.

Bald hatte er die innere Stadt hinter sich gelassen und fuhr die Höhenstraße entlang. Links und rechts der Straße reihten sich die wuchtigen Eingangstore der Villen, die versteckt auf riesigen Grundstücken lagen, aneinander. Vor einem dieser verschnörkelten schmiedeeisernen Tore stoppte Levi den Wagen und stieg aus. Eine Überwachungskamera, die an der Mauer der Einfahrt installiert war, verfolgte ihn diskret.

„Inspektor Levi Kant", meldete er sich, als er die verzerrte Stimme aus dem Lautsprecher hörte.

„Sie wünschen?"

„Ich habe neue Informationen über Lisa."

Sofort schwang das Tor lautlos auf und Levi fuhr mit seinem Wagen eine breite gekieste Auffahrt hinauf. Die Villa erinnerte Levi an ein überdimensioniertes Landhaus. Unter dem steilen Dachgiebel war ein skelettierter Hirschschädel an der Fassade befestigt. Holzschindeln bedeckten das Dach des ersten Stocks. Ein Balkon mit kunstvoll geschnitztem Holzgeländer zog sich die gesamte Breite der Villa entlang. Eine geschwungene Treppe führte zum Eingang im Erdgeschoss. Dort wurde Levi bereits erwartet.

„Nach fünf Jahren des Schweigens gibt es plötzlich etwas Neues? Kaum zu glauben."

Levi kannte die Frau, die das gesagt hatte, nur zu gut. Es war Theresa Manz, geborene von Stollwerk, die Mutter von Lisa. In den letzten fünf Jahren hatte sie sich kaum verändert. Noch immer war sie eine ätherische Schönheit mit einer mädchenhaften Ausstrahlung. Doch als sie die Stufen hinunterschritt, um Levi zu begrüßen, bemerkte er, dass sie leicht schwankte.

„Der Tod meiner Tochter hat meiner Karriere ziemlich geschadet, aber das wissen Sie ja", sagte sie mit einer leidenden Miene.

‚Welche Karriere?', dachte Levi. Wie schlimm muss es für Lisa mit dieser Frau ohne Gefühle gewesen sein? Kein einziges Mal hatte sie bei ihm im Präsidium angerufen und sich nach den Fortschritten der Ermittlung erkundigt.

„Ich habe einige Fotos bei mir, die Sie sich ansehen müssen", sagte Levi und schwenkte die Mappe in seiner Hand.

„Ach, nur Fotos?" Theresa winkte enttäuscht ab. „Ich dachte, Sie bringen mir den Kopf von Lisas Mörder."

„Er könnte auf einem der Fotos sein", erwiderte Levi.

„Kommen Sie herein", sagte Theresa und hängte sich in Levis Arm ein. „Was ist mit Ihrem Bein?", fragte sie, als Levi unbeholfen die Treppe hinaufstieg.

„Hab's mir beim Joggen verstaucht", sagte er wie beiläufig.

Das Interieur der Eingangshalle hatte sich in den letzten fünf Jahren nicht verändert. Noch immer hielten ausgestopfte Eisbären und Löwen Wache, und an den Wänden lauerten Adler mit ausgebreiteten Schwingen auf ihre Opfer.

„Ganz schön gruselig", sagte Theresa, die Levis Blicke bemerkt hatte. „Ich würde ja alles verbrennen, aber Richard sieht darin ein Zeichen seiner Männlichkeit."

„Gehört das Haus nicht Ihrer Familie?", fragte Levi, der aus den Akten wusste, dass Theresa alles Geld in die Ehe eingebracht hatte.

„Das stimmt, aber wenn ich diesen Plunder wegwerfe, ist es für Richard wie eine Kastration." Theresa lachte laut auf.

„Gehen wir in den Salon", sagte Theresa, als sie die Türen zu einem riesigen Raum aufschob.

„Zeigen Sie mir jetzt die Fotos", forderte sie Levi auf. Mit einer theatralischen Geste ließ sie sich auf ein voluminöses Sofa sinken. „Wollen Sie etwas zu trinken? Ach nein, Sie sind ja im Dienst", gab sie sich gleich selbst die Antwort.

„Ist das Lisas Rucksack?", fragte Levi und hielt Theresa ein Foto entgegen.

„Ja." Theresa nickte und wedelte aufgeregt mit den Händen. „Ich erkenne das Ding wieder. Lisa hat es aus einem dieser grässlichen Vintageläden, die überall aus dem Boden sprießen. Ich habe diesen Fetzen gehasst."

„Es ist also der Rucksack von Lisa. Sind Sie sich da ganz sicher?"

„Natürlich bin ich sicher. Es sind ja auch die Initialen LM darauf. Ich weiß noch genau, wie sie damit angetanzt ist. Ich war gerade dabei, die Medea einzustudieren, da platzte sie in mein Zimmer und vorbei war es mit meiner Konzentration. Sie war so ein anstrengendes Mädchen."

„Sie war eher ein einsames Mädchen", konnte sich Levi eine Bemerkung nicht verkneifen.

„Wie meinen Sie das?"

„Ach, nichts weiter." Levi winkte ab und kramte in seiner Mappe. Er zog ein Foto des toten Jonathan Stade hervor und legte es auf den Tisch.

„O mein Gott", sagte Theresa mit gespieltem Entsetzen und schlug sich die Hand vor den Mund. „Wer ist das? Ist der Mann tot?"

„In der Wohnung dieses Mannes haben wir Lisas Rucksack gefunden", gab Levi zur Auskunft. „Kommt er Ihnen bekannt vor?"

„Nein. War das Lisas Freund?", fragte Theresa angeekelt. „Was für eine Geschmacksverirrung."

„Dieser Mann war nicht der Freund von Lisa."

„Ist er ihr Mörder?", fragte Theresa und drehte ihre Ringe hin und her.

„Es deutet alles darauf hin", erwiderte Levi. „Die Ermittlungen führen in seine Richtung."

Levi packte die Fotos wieder zusammen. Er war enttäuscht, wusste aber nicht weshalb. Was hatte er erwartet? Dass Theresa bei dem Foto von Jonathan aufschreien würde: „Das ist unser Gärtner."?

„Was geht hier vor?" Plötzlich stand ein hochgewachsener Mann mit buschigen Augenbrauen in der Tür. Seine Haare waren schütterer als vor fünf Jahren, aber sein Schnurrbart war noch immer akkurat getrimmt. Mit seinen kurzen Trachtenlederhosen und der Leinenweste passte er vorzüglich in die Landhausatmosphäre. Ohne Levi zu grüßen, ging er zu Theresa und stellte sich breitbeinig vor sie hin. „Was hast du ihm denn erzählt? Hoffentlich keinen Blödsinn, so wie sonst", zischte er.

‚Du hast dich kein bisschen verändert, Richard Manz', dachte Levi, der die Szene beobachtete. ‚Noch immer willst du die Kontrolle über alles behalten. Auch damals hast du dich ständig in die Ermittlungen eingemischt und deine Freunde aus den Ärztekreisen aktiviert, wenn dir etwas nicht passte.'

„Herr Kant, weshalb sind Sie hier?" Erst jetzt drehte sich Manz zu Levi und maß ihn von oben bis unten mit einem verächtlichen Blick.

„Ich wollte Ihrer Frau nur die neuesten Erkenntnisse in unserem Fall persönlich mitteilen", sagte Levi ruhig und erhob sich.

„In welcher Funktion sind Sie bei uns?" Richard Manz stand mit vorgeschobenem Kinn vor ihm, die Hände in den Taschen seiner Trachtenlederhose. Sogar ein kleines Ziermesser mit Hirschhorngriff steckte in der schmalen Seitentasche, bemerkte Levi. Manz überließ eben nichts dem Zufall.

„In keiner offiziellen Funktion", erwiderte Levi wahrheitsgemäß. „Aber da ich damals die Ermittlungen geleitet habe, sehe ich es als meine Pflicht an ..."

„Sie hätten sich nicht zu bemühen brauchen, Kant", schnitt ihm Manz das Wort ab. „Ich bin bereits über die neusten Ereignisse informiert. Was ist das?" Manz deutete auf die Fotos, die noch auf dem Tisch lagen.

„Ich habe Ihre Frau gefragt, ob sie den Mann vielleicht kennt", gab Levi zur Antwort.

„Das also ist der Mörder unserer Tochter." Mit zusammengekniffenen Augen starrte Manz auf das Bild von Jonathan Stade. Dann ließ er es zwischen seinen Fingern hindurchgleiten, als wäre es vergiftet. Langsam segelte das Foto auf den Boden. „Was ist auf den anderen Bildern?", fragte er und schnippte herrisch mit den Fingern.

„Das sind Aufnahmen von Lisas Rucksack", sagte Levi.

„Ja und?" Manz sah ihn verständnislos an.

„Ich wollte nur sichergehen, dass dieser Rucksack Lisa gehörte", antwortete Levi.

„Die sehen doch alle gleich aus", meinte Manz mit einem Achselzucken.

„Nein, dieser hässliche Rucksack gehörte eindeutig unserer Tochter", mischte sich jetzt plötzlich Theresa ein.

„Den schlechten Geschmack hatte sie von dir. Darum ist dein Hirn auch so leer, weil du dich nur mit oberflächlichen Dingen beschäftigst."

„Ich muss wenigstens nicht wehrlose Tiere erschießen, um meine Potenz unter Beweis zu stellen", fauchte Theresa zurück und ging zu der Hausbar.

„Hör auf zu trinken", sagte Manz.

„Du hast mir überhaupt nichts mehr zu befehlen. Damit ist jetzt ein für alle Mal Schluss." Theresa maß ihren Mann mit einem kalten Blick.

„Sie erhalten den Rucksack selbstverständlich nach Abschluss der Untersuchungen zurück", sagte Levi und ging zur Tür. Er wollte nicht Zeuge dieses Ehedramas werden.

„Was haben Sie gesagt?" Manz schien die Anwesenheit von Levi völlig vergessen zu haben.

„Ich sagte, dass Sie den Rucksack zurückbekommen", wiederholte Levi.

„Verbrennen Sie den Rucksack. Ich will ihn nie wiedersehen", sagte Manz kalt.

„Das ist doch der Rucksack von Lisa." Theresa stützte sich an einem geschnitzten Sideboard ab. „Ich möchte ihn hier bei mir haben."

„Ich wiederhole: Verbrennen Sie den Rucksack, so wie Lisa verbrannt ist."

10

Lisa – Fünf Jahre früher

Ich habe Angst vor Pferden. Doch das darf ich mir nicht anmerken lassen. Jedes Mal, wenn mich Mutter zum Reiterhof bringt, beginne ich zu zittern. Mutter setzt sich zu ihren Freundinnen und trinkt ihren Beruhigungstee. Ich stehe vor meinem Pferd, das nervös mit den Hufen scharrt. Der Trainer redet dem Tier gut zu, dann erst mir.

„Steig endlich auf, Lisa. Das Pferd ist gutmütig. Du willst doch deinen Vater nicht enttäuschen."

Ich sitze auf dem Pferd und halte die Luft an. Ich muss wenigstens ein paar Runden in der Koppel reiten. Das geht schnell vorüber. Wenn ich wieder versage, redet der Trainer mit Papa. Da bin ich mir sicher. Deshalb reiße ich mich zusammen.

„Du machst das Pferd ganz unruhig", sagt der Trainer nach der ersten Runde genervt. Er zieht an der Longe, der langen Pferdeleine. Das Tier macht einen Satz nach vorn. Ich kann das Gleichgewicht nicht halten. Schwanke und kralle mich in der Mähne fest. Rutsche mit den Füßen aus den Steigbügeln. Dann falle ich wie ein Sack in den Sand.

„Was bist du nur für ein anstrengendes Mädchen. Du kannst wirklich gar nichts.“ Der Trainer schlägt die Augen zum Himmel. „Jetzt müssen wir noch viel mehr trainieren. Dein Vater wird nicht erfreut darüber sein, wenn er erfährt, dass du noch nichts gelernt hast.“

„Sag ihm bitte nichts“, bettle ich. „Papa bezahlt doch die Stunden und fragt nicht nach Fortschritten. Das ist Teil meiner Therapie.“

„Doch, das gehört zu meinen Pflichten. Dein Vater will, dass ich ihm Bericht erstatte.“

„Aber dann muss ich vielleicht wieder in die Klinik“, sage ich mit weinerlicher Stimme und klopfe mir den Staub von den Stiefeln.

„Das hättest du dir eben früher überlegen müssen, Lisa.“ Die Miene des Trainers verhärtet sich. „Du hast keinen Ehrgeiz und verschreckst das Tier mit deiner Nervosität.“ Er will nicht verstehen, dass ich Pferde nur hasse.

„Warum sagst du nicht einfach Mama, dass ich für das Reiten zu unbegabt bin?“, mache ich einen neuerlichen Versuch. „Mama sitzt dort drüben.“

„Schluss jetzt. Ich sage deinem Vater, dass du nicht das geringste Interesse am Reiten hast. Dass du nicht lernen willst. Die Folgen hast du dir selbst zuzuschreiben.“

Im Sand liegt die Reitgerte. Beim Sturz vom Pferd ist sie mir aus der Hand gefallen. Ich hebe sie auf und gehe auf den Trainer zu. Er streicht dem Tier sanft über die Nüstern und redet ruhig auf es ein. Pferde kann er beruhigen, aber mich nicht.

„Bitte, erzähle nichts meinem Vater“, flüstere ich. „Ich fürchte mich so vor ihm.“

„Ich muss das Pferd in den Stall bringen.“ Der Trainer dreht mir den Rücken zu und geht. Mit hängendem Kopf folge ich ihm. Von der Bar höre ich das laute Lachen von Mutter. Sie redet wieder über ihre Auftritte im Theater. Das ist bereits fünfzehn Jahre her. Das ist ihre Welt, in der ich keinen Platz habe. Gläser klirren, als sie mit ihren Freundinnen auf die kommende Premiere anstößt.

„Du säufst dich um den Verstand", hat Papa einmal zu Mutter gesagt, ehe er die Tür hinter sich zuschlug und nach oben in mein Zimmer kam.

„Was muss ich tun, damit du Papa nichts sagst?" Ich stehe hinter dem Trainer und knöpfe meine Bluse auf.

„Lass das", herrscht er mich an. „Du machst alles nur noch schlimmer." Er zieht sein Handy aus der Tasche. „Du kannst ruhig zuhören, wenn ich mit deinem Vater telefoniere."

Er dreht sich zur Seite und tippt in die Tasten. Noch immer habe ich die Reitgerte in der Hand. Ich hole tief Luft und schlage ihm damit das Telefon aus der Hand.

„Spinnst du!" Mit drohend erhobener Hand kommt er auf mich zu. „Das reicht jetzt!"

Mehr kann er nicht sagen, denn ich ziehe ihm die Gerte quer über das Gesicht. Seine Haut platzt auf, das Blut spritzt. Er fängt an, laut zu schreien. Jetzt kommt ein Stallbursche angelaufen. Der reißt mir das böse Ding aus der Hand. Immer mehr Menschen stürmen in den Stall. Der Trainer hält sich die Hände vor sein blutendes Gesicht.

„Ich wollte das nicht. Das war nicht ich, sondern diese böse Gerte", stammle ich, senke den Kopf und starre auf den Boden. Niemand soll meine Tränen sehen. „Es ist einfach so passiert."

Niemand hört mir zu. Alle drängen sich um den Trainer. Klopfen ihm bedauernd auf die Schultern. Verarzten seine Wunde.

„Was hat mein schwieriges Kind diesmal verbrochen?"

Mutter kommt in den Stall. Ihre Augen sind kalt, so wie ihr Herz.

„Ich war gerade dabei, von meiner letzten großen Rolle zu erzählen. Du hast mich unterbrochen", sagt Mutter wütend. „Du hast wieder einmal alles kaputtgemacht." Sie nimmt mich nicht in den Arm, aber das ist nichts Neues. Denn sie hat mich noch nie umarmt. Wie sehr wünsche ich mir, von ihr gehalten und beschützt zu werden. Gerade jetzt, wo sich alle gegen mich wenden. Allein stehe ich auf dem Reiterhof. Papas dunkler Wagen fährt durch das Tor. Hält vor dem Stall. Das Fenster senkt sich lautlos.

„Steig ein", sagt Papa mit ruhiger Stimme.

„Wohin fahren wir?", frage ich leise.

„In die Klinik."

11

Es war ein lauer Abend, als Olivia zu ihrem Vater radelte. Sie hatte Mühe, sich auf den Stoßverkehr zu konzentrieren. Ständig ging ihr das Telefonat mit Inspektor Reiter durch den Kopf. „Der Fall ist bald abgeschlossen." Das hatte so endgültig geklungen, und für sie war es wie eine Ohrfeige gewesen. Alle Beteiligten würden jetzt wieder zur Tagesordnung übergehen.

Natürlich auch ich, dachte sie, während sie nur knapp einem Auto ausweichen konnte, das den Radweg ignorierte. Wir alle werden so tun, als hätte es Menschen wie Jonathan nie gegeben, bloß weil man seine Ruhe haben will. Aber er war mein Patient und er hat ein Recht darauf, dass man herausfindet, wie er wirklich gestorben ist.

Vor dem Haus, in dem ihr Vater wohnte, schloss sie das Fahrrad an ein Jugendstilgitter vor einem Kellerfenster und ging hinein. Als sie im zweiten Stock die Eingangstür öffnete, stolperte sie beinahe über den Müll, der im Flur auf dem Boden verteilt lag.

„Papa, wo bist du, was ist passiert?" Olivia stieg über zerdrückte Joghurtbecher, ausgelaufene Milch und vertrocknete Orangenschalen.

„Was hast du da gemacht?", fragte sie ihren Vater, der in seinem Ohrensessel saß und vor sich hin summte. „Du hast den ganzen Müll verstreut. Wie siehst du denn aus?"

Leopold hatte sich über und über mit Milch, Schokoladeresten und Tomatensaft beschmutzt.

„Er will seiner Geliebten ein Opernhaus mitten im Dschungel bauen", sagte Leopold und deutete auf den Fernseher, wo schon wieder der Werner-Herzog-Film lief.

„Hör mir jetzt endlich einmal zu, Papa", sagte Olivia. Sie stellte sich vor den Fernseher, doch ihr Vater versuchte, an ihr vorbei einen Blick auf den Bildschirm zu erhaschen. Dabei kicherte er wie ein kleines Kind.

„Na gut, dann sieh dir den Film weiter an, ich lasse dir inzwischen ein Bad ein", meinte sie resigniert.

Olivia war gerade dabei, das Badeöl in die Wanne zu gießen, als sie plötzlich die Stimme ihrer kleinen Tochter Juli hörte:

„Mami, bitte nimm das rosa Badeöl. Das duftet so gut nach Erdbeeren."

„Aber natürlich, mein Liebling."

Es war das letzte gemeinsame Bad mit ihrer Tochter gewesen. Beide saßen sie in der Badewanne und pusteten sich Schaum ins Gesicht. Dazu tranken sie Julis Lieblingslimonade. In diesem Moment war das Leben so schön wie noch nie. Olivia wollte die ganze Welt umarmen und einfach nur glücklich sein. Plötzlich hörte sie von unten ein lautes Klirren.

„Mark, ist etwas passiert?"

„Nein, ich bin bloß mit dem Tablett mit den Gläsern ausgerutscht. Macht euch schön, meine Prinzessinnen."

„Hast du mir das rosa Rüschenkleid herausgehängt?", fragte Juli und klatschte vergnügt in die Hände.

In diesem Augenblick hätte sich Olivia nie träumen lassen, dass sich von einem Augenblick auf den anderen das Leben von Rosa in Schwarz verwandeln würde.

„Olivia, hast du mir das Bad schon eingelassen? Ich bin ja ganz schmutzig. Kann ich im Badezimmer auch fernsehen?"

„Du willst doch immer nur denselben Film sehen", antwortete Olivia und trocknete sich die Hände ab. Leopold kam ins Bad, und sie bemerkte, dass sein Blick klar und durchdringend war. Er zog seinen verschmutzten Pullover aus und ordnete mit den Händen seine weißen Haare.

„Darf ich dich etwas fragen?" Olivia musste sich beeilen, denn die lichten Phasen von Leopold dauerten nie lange. „Du hast mir das letzte Mal gesagt, dass du Lisa Manz gekannt hast und dass sie ein schwieriges Mädchen war."

„Sie ist nur noch ein totes Mädchen", verbesserte sie ihr Vater. „Denn sie ist vor einigen Jahren gestorben. Aber warum fragst du? Was interessiert dich daran so?"

„Einer meiner Patienten hat ihren Rucksack gefunden, und einen Tag später hat er angeblich Selbstmord begangen. Er hat mir dieses Schmuckstück gegeben. Hast du das schon einmal gesehen?", fragte Olivia und hielt Leopold die Kette vor das Gesicht.

„Ja, das könnte der Anhänger von Lisas Kette sein. Schlangen waren ihre Glücksbringer. Aber in der Klinik haben sie ihr kein Glück gebracht."

„Woher weißt du das?"

„Ich habe doch auch in der Krisenintervention der Klinik gearbeitet, schon vergessen? Da wurde sie häufig eingeliefert. Wenn es zu Hause wieder einmal Ärger gab."

„Ist sie von zu Hause weggelaufen? Was ist dort passiert?"

„Sie war eine typische Borderline-Patientin. Einmal hat sie meinen Kollegen Nils aus heiterem Himmel wie eine Wildkatze angefallen. Sie konnte ziemlich brutal sein. Auf der anderen Seite war sie ein verängstigtes Mädchen, das dringend Hilfe brauchte."

„Nils? Meinst du den Nils von unserer Klinik?"

„Ja, Nils Wagner, der jetzige Leiter. Lisa war auch seine Patientin. Ich habe sie nur gelegentlich therapiert, wenn sie wieder einen Zusammenbruch hatte und aggressiv gegen alle war."

„Es muss doch in der Klinik noch Unterlagen über sie geben", überlegte Olivia.

„Natürlich gibt es die. Nils hat sie auch öfter auf Video aufgenommen. Es war eine Art Experiment, das Nils angeregt hat."

„Was für ein Experiment?", fragte Olivia gespannt.

„Nils wollte Lisas Verhalten besser analysieren und hat sie manchmal vierundzwanzig Stunden ohne Schlaf aufgenommen."

„Unglaublich. War das denn erlaubt?"

„Es war ein medizinisches Experiment. Damit es ihr besser geht. Mehr weiß ich nicht." Leopold zuckte mit den Schultern. „Für nähere Details musst du schon Nils fragen. Es war seine Idee und seine Patientin."

„Weißt du, wo die Unterlagen und dieses Video jetzt sind?"

„Nach dem Tod von Lisa Manz hat man wahrscheinlich alles ins geheime Archiv verfrachtet."

„Das geheime Archiv?"

„Ja, ein Raum im Keller, wo alle Unterlagen über Patienten archiviert werden, die besser nicht an die Öffentlichkeit gelangen sollen."

„Davon habe ich noch nie etwas gehört", sagte Olivia erstaunt.

„Das geht auch nur die Chefs etwas an", meinte Leopold und lächelte verschmitzt. „Aber ich habe noch einen Schlüssel zum Archiv. Habe ich vergessen, abzugeben. Da gibt es sicher Unterlagen." Leopold gluckste wie ein kleines Kind.

„Wo hast du den Schlüssel versteckt?", fragte Olivia aufgeregt.

Doch Leopold reagierte nicht mehr darauf, sosehr Olivia auch insistierte. Deshalb wechselte sie das Thema.

„Was ging in Lisas Kopf vor? Worüber habt ihr bei der Therapie gesprochen?"

„Lisa? Wer soll das sein?" Ihr Vater sah plötzlich mit seinem abwesenden Blick durch sie hindurch. Seine Schultern waren nach vorn gesunken und er wirkte schlagartig um Jahre gealtert.

„Wir haben uns doch gerade über Lisa Manz unterhalten."

„Kenne ich nicht und ich habe auch sicher kein Verhältnis mit ihr. Warum bist du nur ständig so eifersüchtig, Flora. Du weißt doch, dass ich nur dich liebe."

„Papa! Reiß dich zusammen. Konzentriere dich auf die Gegenwart!"

Olivia packte ihren Vater am Arm und schüttelte ihn vorsichtig. Sie wollte mehr über Lisa erfahren. Leopold durfte sich nicht schon wieder im Nebel des Vergessens verirren.

„Papa, konzentriere dich. Wann ist Lisa aus der Klinik verschwunden? Wie war das überhaupt möglich? Antworte mir bitte."

„Ich will jetzt mit Flora baden. Flora kann so gut schwimmen. Sie ist ja am Meer aufgewachsen."

„Ich kann das nicht mehr hören!" Olivia hielt sich die Hände über die Ohren. „Lass mich endlich mit den Geschichten von Flora in Ruhe! Ich will mehr über Lisa erfahren!"

„Die Krankheit erfolgt in Schüben. An manchen Tagen ist der Patient völlig klar."

„Redest du von Lisa? War sie krank, hatte sie schizophrene Schübe?", fragte Olivia und schöpfte neue Hoffnung. Vielleicht gelang es ihr doch noch, Informationen von Leopold zu bekommen.

„Wer ist Lisa?"

„Ist gut, Papa." Resigniert ließ Olivia die Hände sinken. Es war zwecklos. Ihr Vater versank wieder in seinen Erinnerungen. Aber in einem lichten Moment hatte er von einem geheimen Archiv im Keller der Klinik gesprochen. Wen sollte sie danach fragen? Vielleicht existierte dieses geheime Zimmer aber auch nur in der Fantasie ihres Vaters. Nein, Leopold war bei klarem Verstand gewesen, als er davon gesprochen hatte. Olivia half ihrem Vater in die Badewanne und seifte ihm liebevoll den Rücken ein. Dann zog sie ihm wie einem kleinen Kind den Pyjama an und brachte ihn ins Bett. Als sie sich davon überzeugt hatte, dass er friedlich schlief, schlich sie sich aus der Wohnung. Auf der Straße kramte sie ihr Handy aus ihrem Rucksack und suchte einen Zettel mit einer Nummer. Als sie das Stück Papier endlich gefunden hatte, wusste sie, was jetzt zu tun war.

12

Die beiden Männer saßen in einem Gourmetrestaurant im „Goldenen Quartier“, einem Luxusgeschäftskomplex in der Wiener Innenstadt. „Heute war ein ehemaliger Inspektor bei Richard Manz“, sagte Nils Wagner, der Leiter der psychiatrischen Klinik, zu seinem Gegenüber. Nils hatte zu diesem Essen geladen, da er einen Anruf seines alten Freundes Richard erhalten hatte. Nach fünf Jahren Ruhe in diesem düsteren Fall passierten jetzt plötzlich Dinge, die sich rasch zu einer ernsten Sache ausweiten konnten. Und das musste im Vorfeld verhindert werden.

„Ein ehemaliger Inspektor? Das kann nur Levi Kant gewesen sein“, antwortete Kurt Mayer, der Wiener Polizeipräsident. „Was wollte er denn?“

„Er hatte Fotos von einem Rucksack und einem Toten bei sich. Theresa ist regelrecht ausgeflippt“, sagte Nils. „Ich musste ihr eine Beruhigungsspritze geben.“ Er kostete genüsslich von dem Beef Tartare, das vor ihm auf dem Teller angerichtet war. „Wieso weißt du davon nichts?“

„Ich mische mich nicht in die operativen Belange der Polizei ein. Wenn ich jeden Fall kennen würde, wäre ich schon in der

Nervenklinik“, antwortete Mayer und winkte dem Kellner mit der leeren Weinflasche. „Nachschenken!“, befahl er barsch.

„Das ist nicht irgendein Fall“, meinte Nils unwirsch. „Hier geht es um Lisa Manz. Ihr Vater ist außer sich. Die Mutter hatte einen Nervenzusammenbruch. Nach fünf Jahren werden alte Wunden aufgerissen. Das musst du sofort abstellen. Wieso geistert dieser ehemalige Polizist noch immer hier herum? Ist der nicht auf einen ruhigen Posten abgeschoben worden?“

„Ich werde bei Gelegenheit mit seinem ehemaligen Chef sprechen. Der Mord an Lisa Manz war der einzige Fall, den Kant nicht lösen konnte. Deshalb interessiert er sich eben für die weiteren Entwicklungen. Ist auch irgendwie verständlich.“ Mayer nahm einen großen Schluck Wein. „Zum Glück ist der Mordfall ja mittlerweile abgeschlossen, wie mir mitgeteilt wurde.“

„Bitte kümmere dich gleich morgen darum. Mich interessieren die Beweggründe eines abgehalfterten Polizisten nicht im Geringsten. Pfeif ihn zurück“, insistierte Nils. Prüfend betrachtete er Mayer. Man musste kein Psychiater sein, um zu sehen, dass Mayer völlig unfähig für den Posten des Polizeipräsidenten war. Er war ein Schreibtischpolizist, der zufällig der richtigen Partei angehörte. Zum Glück war er labil und ließ sich leicht beeinflussen.

„Aber wir haben einen Täter. Inspektor Reiter fertigt nur noch den Endbericht an. Dann geht alles zur Staatsanwaltschaft.“ Mayer lächelte unsicher. „Wie du siehst, habe ich alles unter Kontrolle.“

„Mit Reiter kann es keine Schwierigkeiten geben?“, fragte Nils, der mit der Antwort nicht zufrieden war.

„Wie meinst du das?“

„Na, wenn Reiter Zweifel an dem Selbstmord hat. Und das vielleicht in seinem Bericht erwähnt.“

„Vielleicht sollte ich mir den Bericht genauer ansehen." Der Polizeipräsident nickte und knetete nervös seine Hände.

„Ja, das solltest du. Was ist mit Olivia Hofmann, der Psychiaterin?", fragte Nils dann.

„Ich glaube, Reiter hat ihre Aussage protokolliert. Ob er das auch in seinen Bericht aufgenommen hat, weiß ich nicht." Mayer zuckte mit den Schultern.

„Jetzt hör mir einmal genau zu, Kurt." Nils beugte sich weit über den Tisch. „Du sorgst dafür, dass alles glatt abläuft." Als Nils sich wieder zurücklehnte, bemerkte er, dass seine Krawatte etwas von dem Beef Tartare abbekommen hatte. „Wegen dir ruiniere ich mir meine Kleidung", knurrte er.

„Gleich morgen früh lasse ich mir Reiters Bericht schicken", sagte Mayer eilig und füllte sein Glas wieder auf. „Du musst dir keine Sorgen machen, Nils. Es läuft alles seinen Gang. Die Sache ist ja auch schon längst verjährt", meinte Mayer aufmunternd und klopfte Nils auf die Hand. Doch dieser zuckte zurück, als wäre er mit einer giftigen Substanz in Berührung gekommen.

„Mord verjährt nicht."

13

Levi saß daheim an seinem Schreibtisch und blickte aus dem Fenster hinaus auf das nächtliche Wien. Er wohnte schon seit Jahrzehnten in der Leopoldstadt im zweiten Wiener Bezirk. Obwohl Levi nie in die Synagoge ging, stellte er zufrieden fest, dass sich wieder eine starke jüdische Gemeinde in diesem Viertel gebildet hatte. Auf dem Fensterbrett stand eines der wenigen religiösen Symbole, die Menora, der siebenarmige jüdische Leuchter. Neben seinem Stuhl lag der Stapel Seminararbeiten auf dem Boden. Er hatte die Arbeiten mit nach Hause genommen, um mit den Korrekturen nicht in Verzug zu kommen. Aus dem Nebenzimmer hörte er Rebecca, die am Klavier saß und leise Akkorde wie glitzernde Tropfen durch die Nacht perlen ließ.

Seufzend warf Levi einen Blick auf den Aktenschrank, der an der Wand stand. Seit fünf Jahren schon hatte er den Schrank nicht mehr geöffnet. Das hatte er Rebecca versprochen. Aber jetzt hatte sich die Situation geändert. Deshalb holte Levi den Schlüssel aus der Schreibtischlade und atmete tief durch. Dann stand er auf und öffnete den Schrank. Natürlich kannte er den Inhalt. Trotzdem zuckte er zurück, als er die Fotos sah, die an den Innenseiten der Türen klebten. Es waren Bilder einer verkohlten Leiche aus allen möglichen Perspektiven. Darunter war auch eine Großaufnahme des verbrannten Schädels mit den raubtierartig hervorspringenden Zähnen, die das Feuer überstanden hatten. Auch eine blonde Haarsträhne war noch zu erkennen. Alle diese Aufnahmen zeigten die sterblichen Überreste von Lisa Manz.

Mit dem Finger fuhr Levi über die Ordner, die in den Regalen standen. Es war die fast lückenlose Dokumentation der Ermittlungen in diesem Mordfall. Im Grunde müsste Levi jetzt glücklich sein, dass der Fall nach fünf Jahren abgeschlossen werden konnte. Jonathan Stade war der Mörder von Lisa, hatte ihm Reiter gesagt. Als Levi nach den Indizien fragte, war Reiter zunächst abweisend gewesen. Hatte sich aber dann um der alten Zeiten willen doch zu Informationen durchgerungen. Die Indizienkette war beinahe lückenlos. Jonathan Stade war in derselben Klinik wie Lisa gewesen. Für einige Stunden in der Nacht, in der Lisa verbrannt wurde, hatte er kein Alibi. Er gab an, im Klinikgarten gesessen zu haben. Aber niemand hatte ihn dort gesehen. Dafür gab es einen unbekannten Wagen auf dem Parkplatz. Damit wäre Stade problemlos ins Burgenland und wieder zurück gekommen. Doch damals war das zu wenig für eine Festnahme. Aber jetzt hatten sie Lisas Rucksack bei Jonathan gefunden. Und das handschriftliche Geständnis. Wahrscheinlich hätte auch Levi den Fall abgeschlossen, wenn er noch dafür zuständig gewesen wäre.

Trotzdem konnte er sich nicht von dem Schrank, den Fotos und den Ordnern losreißen. Fünf Jahre seines Lebens hatte er beinahe täglich an Lisa Manz gedacht. Und das sollte jetzt so einfach vorbei sein? Nachdenklich griff er nach einem Ordner und blätterte darin herum. Es waren die Verhöre mit den Verdächtigen, die er auswendig kannte, so oft hatte er sie durchgelesen, um auf Widersprüche zu stoßen.

Plötzlich klingelte sein Handy. Es war eine unbekannte Nummer.

„Ja?“, fragte er zögernd.

„Olivia Hofmann. Sie erinnern sich noch an mich?“

„Natürlich.“ Vor Levis geistigem Auge tauchte die attraktive Frau mit den hellen Augen und dem sinnlichen Mund auf. „Weshalb rufen Sie mich an?“

„In der Klinik, in der Lisa Manz zuletzt war, gibt es ein geheimes Archiv und ein Video. Wussten Sie das?“, sagte Olivia ohne Umschweife.

„Welche Klinik meinen Sie und wovon reden Sie überhaupt?“ Levi fühlte sich von Olivias Energie an die Wand gedrückt.

„Na, die Klinik, aus der sie verschwunden ist. Ich fahre jetzt dorthin und sehe mich einmal um. Wollen Sie mich vielleicht begleiten?“

„Wissen Sie eigentlich, wie spät es ist?“, fragte Levi. „Und im Übrigen habe ich damit nichts mehr zu tun. Außerdem ist der Fall Lisa Manz abgeschlossen.“ Levi lehnte sich an den Aktenschrank. ‚Die Psychiaterin ist hartnäckig‘, dachte er, ‚aber schließlich ist auch ein Patient von ihr ums Leben gekommen.‘

„Ich weiß, ich habe mit Inspektor Reiter geredet. Aber Jonathan Stade ist kein Mörder. Im Gegenteil, er wurde ermordet. Kommen Sie jetzt mit oder nicht?“, fragte Olivia erneut.

„Warten Sie bis morgen. Jetzt wird sowieso niemand in der Klinik sein, der dafür zuständig ist“, gab Levi ausweichend zur Antwort.

„Na gut, wie Sie meinen. Entschuldigen Sie die späte Störung.“ Ehe Levi noch etwas erwidern konnte, hatte Olivia die Verbindung getrennt. Kopfschüttelnd blickte er auf sein Handy und steckte es wieder in die Tasche.

„Fängst du schon wieder damit an?“

Levi erstarrte, als er die Stimme von Rebecca hörte. Langsam drehte er sich um und hob beide Hände.

„Es hat sich etwas Neues ergeben", sagte er entschuldigend und wollte die Türen des Aktenschrankes schließen. Doch Rebecca vertrat ihm den Weg.

„Du hast eine kranke Psyche, Levi Kant", sagte Rebecca traurig. „Wie kann man jahrelang mit einer verbrannten Leiche verbringen?" Sie wies auf das Foto des verkohlten Schädels. „Träumst du davon? Riechst du auch verbranntes Fleisch? Ist das ein Kick für dich?"

„Ich habe den Schrank fünf Jahre lang nicht geöffnet", sagte Levi. „Weil ich es dir versprochen habe."

„Aber du hast immer daran gedacht", erwiderte Rebecca. „Hast du dich absichtlich in Gefahr begeben, weil du diesen Fall nicht lösen konntest?" Rebecca deutete auf das verletzte Bein von Levi.

„Du redest Unsinn." Levi spürte eine Müdigkeit in sich hochsteigen. Er hatte es satt, mit Rebecca über einen Job zu streiten, den er gar nicht mehr hatte. „Ich habe mit einer Psychiaterin gesprochen." Levi erzählte Rebecca, was genau passiert war.

„Na bitte, da hat dein Kollege den Fall ja doch noch aufgeklärt", sagte Rebecca mit einem Lächeln. Sie ging auf Levi zu und strich mit den Handflächen über seinen kurzen Vollbart. „Jetzt können wir den hässlichen Aktenschrank mitsamt dem bösen Inhalt endlich zum Sperrmüll geben. Mit wem hast du übrigens zuvor geredet?"

„Olivia Hofmann, die Psychiaterin, hat mich gerade angerufen. Sie glaubt nicht so recht, dass der Fall Lisa Manz aufgeklärt ist. Vielleicht hat sie auch recht damit", meinte Levi zögernd.

„Wenn du dich jetzt wieder einmischst, verfalle ich in eine große Traurigkeit. Und du willst doch nicht, dass ich dann nicht mehr Klavier spielen kann", sagte Rebecca ruhig und ließ die Hände von Levis Gesicht sinken. „Du bist Dozent an der Polizeiakademie. Du hast mir versprochen, dass wir ein geregeltes Leben führen. Falls du jetzt wieder auf eigene Faust anfängst, in dem Dreck zu wühlen, dann werden wir beide sehr einsam." Mit ihren dunklen Augen fixierte Rebecca ihn. „Hast du das verstanden?"

„Du kannst ganz beruhigt sein. Diese Psychiaterin ist nur so hartnäckig, weil einer ihrer Patienten Selbstmord begangen hat. Das musst du verstehen."

„Muss ich mir jetzt den Kopf darüber zerbrechen, wenn sich Patienten einer Psychiaterin umbringen?", fragte Rebecca und zwirbelte eine Strähne ihres schwarzen, von grauen Strähnen durchzogenen Haares.

„Mich beschäftigt das schon", erwiderte Levi.

„Ach und warum? Ist sie interessanter als ich?", fragte Rebecca lächelnd.

„Nein, das ist sie ganz sicher nicht. Ich verspreche dir, dass der Aktenschrank noch in dieser Woche auf dem Müll landet." Levi drückte Rebecca einen Kuss auf die Stirn. „Die Musik vorhin, die du auf dem Klavier gespielt hast, war heute besonders schön. Von wem stammt denn das Stück?"

„Das ist von Einaudi. Ich habe es schon oft gespielt. Aber du hast nie zugehört."

„Ab jetzt höre ich immer zu", antwortete Levi sanft und zog Rebecca an sich. Doch sie löste sich sofort wieder aus seiner Umarmung.

„Erst muss dieser grässliche Schrank aus unserem Leben verschwinden", sagte Rebecca. „Damit Lisa Manz nicht mehr zwischen uns steht."

14

Die Nacht war mondhell, als Olivia das imposante Gebäude erreichte. Die Klinik befand sich in einem restaurierten Palais, das während der Zwischenkriegszeit ein Angehöriger der Familie Stoneborough-Wittgenstein der psychiatrischen Gesellschaft vermacht hatte.

In der Notaufnahme brannte Licht, als Olivia über den dunklen Parkplatz ging. Sie wollte vermeiden, dass man sie um diese Zeit in der Klinik sah. Deshalb wartete sie, bis die Nachtschwester in den kleinen Aufenthaltsraum verschwand, um sich eine Tasse Kaffee zu machen. Schnell huschte sie an der Wand entlang, um nicht von der Überwachungskamera erfasst zu werden. Da Olivia zweimal die Woche in der Klinik arbeitete, wusste sie auch, wo sich die Treppe in den Keller befand. Vorsichtig öffnete sie die schwere Eisentür und schlich die Stufen hinunter. Olivia gelangte in einen breiten Korridor, konnte aber in der Dunkelheit fast nichts erkennen. Deshalb zog sie ihr Handy aus dem Rucksack. Sie aktivierte die kleine Taschenlampe, um sich zu orientieren.

In dem langen Gang standen ausrangierte Spitalbetten, Gehhilfen und Rollstühle. An den Wänden lehnten Matratzen und dazwischen ragten verchromte Infusionsvorrichtungen wie Galgen in die Höhe. Die verschiedenen Eisentüren, die auf der rechten Seite von dem Korridor abgingen, standen zum Teil offen. Viele dieser Räume waren mit Möbeln vollgestopft und kamen als Archiv nicht infrage.

Die linke Seite des Korridors war der Pathologie vorbehalten. Hier wurden die Patienten, die in der Klinik verstorben waren, obduziert. Es war unwahrscheinlich, dass sich bei den Leichen ein Archiv befand. Blieben also noch zwei Räume an der Stirnseite, dort, wo der Korridor aufhörte. Doch beide Türen waren verschlossen. Olivia wusste jedoch von ihrem Vater, dass man die einzelnen Säle untereinander verbunden hatte, um bei Notfällen schneller von einem Raum in den nächsten wechseln zu können.

Schnell lief sie zurück in die Pathologie. Die Notbeleuchtung tauchte den langgestreckten Raum in ein diffuses Licht. Die meisten der glänzenden Stahltische waren leer. Doch auf zweien von ihnen hatte man Leichen abgelegt, die mit grünen Tüchern zugedeckt waren. Olivia ging an den Tischen vorbei, als ihr ein bleicher Arm auffiel, der unter einem Tuch hervorragte. Die Haut wies an der Innenseite des Arms zahlreiche feine rote Kratzer und Schnitte auf, die von Scherben oder Rasierklingen stammten. Vorsichtig schob Olivia das Tuch weiter nach unten.

Es war das klare Gesicht eines jungen Mädchens, das Nils therapiert hatte. Die Züge des Mädchens wirkten so entspannt, dass man im ersten Moment glaubte, es würde schlafen. Olivia musste schlucken, denn sie konnte sich an die tragischen Umstände genau erinnern. Es war das Tagesgespräch in der Klinik gewesen. Man hatte das Mädchen tot in seinem Bett aufgefunden. Die Kleine hatte aus Angst einen Löffel verschluckt und war daran erstickt. ‚Wir sind hier, um den Patienten zu helfen und ihnen den Weg ans Licht zu zeigen. Aber bei manchen von ihnen ist der schwarze Tunnel zu lang und das

Licht versickert in der Dunkelheit', dachte Olivia traurig. Mit einer sanften Handbewegung schob sie das Tuch wieder über das Gesicht der Toten.

Mit der Handylampe leuchtete sie weiter die Wände ab. Sie rückte einen Paravent zur Seite und entdeckte dahinter eine unauffällige Schiebetür, die in den nächsten Raum führte. Wie erwartet, war abgeschlossen. Vorsichtig holte Olivia einige der Schlüssel, die sie in der Zuckerdose ihres Vaters gefunden hatte, aus ihrem Rucksack. Nachdem sie beinahe alle durchprobiert hatte und keiner funktionierte, wurde sie langsam nervös. Doch zum Glück passte der letzte Schlüssel und sie konnte endlich die Tür aufsperren.

Sie ließ den Lichtkegel der Handylampe durch den geheimen Archivraum wandern. In hohen Regalen lagerten Hunderte von Akten in großen Schachteln. Der dünne Lichtstrahl glitt über die Regale. Jede dieser Pappboxen trug eine Jahreszahl und die Namen der Patienten. Jede dieser Pappboxen dokumentierte das tragische Schicksal von verstörten Seelen.

Doch weder bei den infrage kommenden Jahren noch bei den Namen hatte Olivia zunächst Glück. Alles, was sie fand, war ein Foto ihres Vaters mit Nils, dem Oberarzt, das auf einem Bord lag. Wahrscheinlich war es aus einem Karton gefallen. Reflexartig griff Olivia danach und steckte es in ihren Rucksack. Als sie den Großteil der Regalreihen durchsucht hatte, war sie über und über mit Staub bedeckt, hatte aber noch immer keine Unterlagen über Lisa Manz gefunden. Enttäuscht setzte sie sich auf den Boden und dachte nach.

Plötzlich hörte sie Stimmen aus der Pathologie und Sekunden später flammte das Licht auf.

„Zweimal Exodus. Die beiden Leichen müssen wir in die Kühlkammer bringen." Es waren zwei Pfleger und sie kamen rasch näher.

„Jemand hat vergessen, die Tür dort hinten zu schließen", sagte einer der Pfleger.

Olivia hielt den Atem an. Hektisch blickte sie umher. Zwischen den Gängen gab es keine Möglichkeit, sich zu verstecken. Dann entdeckte Olivia ein Regal, das nicht direkt an der Wand stand. Hastig zwängte sie sich in den engen Spalt zwischen Wand und Regal. Dabei stieß sie mit dem Ellbogen gegen einen Karton. Die Box kam ins Rutschen und fiel auf den Boden.

„Was war das?", hörte sie die Stimme eines Pflegers.

„Wahrscheinlich eine Maus oder Ratte", antwortete sein Kollege.

„Ich sehe lieber mal nach, ob da drinnen alles in Ordnung ist", meinte der Pfleger argwöhnisch.

Olivia machte sich so schlank wie möglich, versuchte noch weiter hinter das Regal zu gelangen. Mit einem trockenen Klacken flammte das Licht auf und tauchte das Archiv in ein hartes Neonlicht.

„Hallo?", rief der Pfleger.

Unter einem Regal raschelte es und eine Maus huschte über Olivias Turnschuh.

„Das sind Mäuse", informierte der Mann seinen Kollegen. „Das müssen wir melden."

„Bleib hier. Wir haben in diesem Archiv nichts verloren. Das geht nur die Ärzte etwas an. Hilf mir lieber, die beiden Leichen zurück in die Kühlkammer zu bringen", rief der andere.

Olivias Herz raste vor Erleichterung, als sich die beiden Pfleger entfernten. Langsam schob sie sich aus dem Spalt wieder zurück in den Gang und setzte sich auf den Boden. Sie begann die Unterlagen einzusammeln, die auf dem Beton verstreut lagen.

Plötzlich sah sie den Namen Lisa Manz quer über eine Akte geschrieben. Hastig öffnete sie die Mappe. Es waren Aufzeichnungen über den Verlauf ihres stationären Aufenthalts. Zunächst hatten mehrere Ärzte Lisa therapiert, aber dann war die Behandlung nur noch durch einen Arzt erfolgt. Durch den Oberarzt Nils Wagner. Mitten in einer Therapiesitzung hörten die Aufzeichnungen plötzlich auf, so als ob die restlichen Blätter fehlen würden. Schnell schob Olivia die Akte in ihren Rucksack und stand auf.

Vorsichtig schlich sie durch die Pathologie und weiter über die Treppe nach oben. Gerade als sie an der verwaisten Rezeption vorbeihuschte, öffneten sich die Lifttüren. Ein Mann in einem weißen Arztmantel trat in das Foyer. Noch hatte er sie nicht bemerkt, da er Unterlagen auf einem Klemmbrett studierte, doch dann hob er den Kopf und lächelte.

„Doktor Hofmann, was machen Sie denn um diese Zeit hier?“, fragte er erstaunt. Es war der junge Assistenzarzt Simon Berger, der wahrscheinlich Nachtdienst hatte. In Olivias Kopf rotierten die Gedanken, während sie so tat, als hätte sie seine Frage überhört.

„Doktor Hofmann. Haben Sie um diese Zeit noch einen Patienten besucht?“, fragte Simon erneut.

„Nein, ich habe etwas gesucht“, antwortete Olivia und nahm ihren Rucksack von der Schulter. Sie öffnete ihn und griff nach dem Foto, das sie zuvor eingesteckt hatte.

„Mein Vater wollte, dass ich ihm das Foto bringe. Er lebt nur noch für die Erinnerungen“, sagte sie und hielt Simon das Bild entgegen.

„Ist in Ordnung. Ich muss solche inquisitorischen Fragen stellen, denn heute Nacht bin ich für die Station verantwortlich.“

„Das verstehe ich.“ Olivia lächelte und steckte das Bild wieder zurück.

„Es tut mir übrigens leid, das mit Ihrem Vater“, sagte Simon und machte eine betrübte Miene.

„Danke.“ Natürlich wussten alle in der Klinik über die Krankheit ihres Vaters Bescheid. Simon machte einen Schritt auf sie zu und sah sie mit einem Mal erstaunt an.

„Sie sind ja ganz staubig."

„Ich habe zuvor die Wohnung meines Vaters aufgeräumt, deshalb bin ich auch so schmutzig. Dabei ist ihm das Foto in den Sinn gekommen. Er wollte es sofort haben."

„Ja, Patienten können manchmal sehr diktatorisch sein", meinte Simon. Sein Pager summte und er zuckte bedauernd mit den Schultern. „Ich muss weg. Eine Krise in der Geschlossenen. Vielleicht können wir uns ein andermal unterhalten", sagte Simon und durchquerte im Laufschritt das Foyer.

‚Das war knapp', dachte Olivia, als sie wieder auf ihrem Fahrrad saß und nach Hause radelte. Sie konnte es kaum erwarten, die Akte über Lisa Manz genauer zu studieren. Vielleicht entdeckte sie ein dunkles Geheimnis um dieses arme Mädchen.

15

Lisa – fünf Jahre früher

Der rote Rucksack ist das Einzige, was mir geblieben ist. Ich habe ihn von einem hübschen Jungen in einem Vintage-Shop gekauft. Mutter hasst gebrauchte Dinge und wollte ihn schon wegwerfen. Das habe ich verhindert.

„Endlich kehrt wieder Ruhe ein", seufzt Mutter und drückt ihr Textbuch fest an ihre Brust. Sie kann sich keine Texte mehr merken, aber das darf ich ihr nicht sagen. „Jetzt kommst du wieder in die Klinik. Das ist gut für dich. Und für uns."

„Papa will das so", sage ich und wünsche mir, dass sie mich festhält. Aber Mama dreht sich um und geht zu dem großen Spiegel.

„Komm her, meine Kleine", sagt sie plötzlich und betrachtet sich dabei im Spiegel. „Sehen wir nicht aus wie Schwestern?", flüstert sie, als ich neben ihr stehe. „Zwei wunderschöne blonde Feen", meint Mama theatralisch.

„Ich will aber keine Schwester, sondern eine Mutter, die mir hilft. Weißt du, was mir bei meinem letzten Aufenthalt in der Klinik passiert ist?"

„Ich will davon nichts hören." Mama hält sich die Ohren zu und weicht zurück.

„Ach Mama, warum kann ich nicht bei dir bleiben?" Nur mühsam kann ich die Tränen zurückhalten.

„Das geht einfach nicht. Ich war mit vierzehn Jahren ganz anders als du", meint Mama stattdessen und rückt noch weiter von mir weg. „Ich hatte immer den Wunsch, ans Theater zu gehen und Hauptrollen zu spielen."

„Aber du hast dann Papa geheiratet und aus deiner Karriere ist nichts geworden", widerspreche ich.

„Was verstehst du schon davon", antwortet Mama gekränkt. „Es steht dir nicht zu, mein Leben zu kritisieren."

„Aber du bist unglücklich, deswegen trinkst du auch so viel. Vielleicht hast du Eltern gehabt, die glücklich waren und sich um dich gekümmert haben", sage ich aufgeregt. Ich spüre, dass ich bald wieder die Fassung verliere.

„Hier hast du doch alles gehabt." Mutter hebt die Arme, um die Dimension der Familienvilla zu verdeutlichen. „Du hast Designerklamotten, ein Pferd und das teuerste Mountainbike, das es gibt. Trotzdem bist du aufsässig und undankbar."

„Ich will eine Familie." Meine Stimme zittert. „Ich scheiße auf die ganze Kohle. Nur dieser Rucksack bedeutet mir etwas."

„Rede doch keinen Unsinn. Dieser ekelhafte Rucksack ist wie dein Kopf." Mutter tippt sich an die Stirn. „Alles hier drinnen ist bei dir schmutzig und durcheinander."

„Ich will nicht in die Klinik", flüstere ich und beginne zu schluchzen. Ich weiß, Mama hasst Tränen, aber ich kann nicht anders.

„Du hast deinen Reitlehrer tätlich angegriffen. Das ist nicht normal. Du musst dringend therapiert werden, Lisa." Mutter schüttelt resigniert den Kopf. „Außerdem kennst du den Doktor. Bei ihm bist du in guten Händen."

„Eben deswegen, weil ich den Doktor kenne, habe ich Angst vor der Klinik."

Draußen fährt ein Wagen vor. Kurze Zeit später kommt der Doktor in den Salon. Ich drehe mich zur Wand, denn ich will ihn nicht sehen.

„Das ist sehr ungezogen, Lisa", höre ich seine sonore Stimme hinter mir. „Eine junge, wohlerzogene Dame greift ihren Reitlehrer nicht tätlich an." Wie ich die kreideweiche Stimme des Doktors hasse. In Wirklichkeit ist er der böse Wolf.

„Gut, dass du hier bist. Wir kommen mit ihr nicht mehr zurande", sagt Mama. „Lisas Sachen sind in dem widerlichen Rucksack." Mama geht, ohne mir wenigstens noch eine Kusshand zuzuwerfen.

„Mama?", rufe ich zaghaft.

Aber sie dreht sich nicht einmal um. Für sie bin ich bereits Vergangenheit.

Im Auto wendet sich der Doktor zu mir. „Bei mir bist du bestens aufgehoben, Lisa, glaube mir", sagt er und legt mir die Hand auf den Schenkel. „Wenn du dich ordentlich verhältst, kannst du die Klinik bald wieder verlassen."

Langsam fährt er mit seiner Hand unter meinem Rock höher. Seine Finger sind eisig und ein kalter Schauer durchzuckt mich. Ich will nicht, dass alles wieder anfängt. Aber ich halte still, denn ich weiß, dass ich alles nur noch schlimmer mache, wenn ich mich wehre.

„Ich freue mich sehr, dass du wieder bei mir bist", flüstert der Doktor beinahe unhörbar, während er den Wagen auf der Kieseinfahrt wendet. Ich kann noch immer die Tür aufreißen und davonrennen. Aber wohin soll ich? Ich habe niemanden, ich bin so allein.

„Wir werden eine schöne Zeit zusammen haben“, meint der Doktor.

Traurig drehe ich mich um, werfe einen Blick aus dem Rückfenster. Für einen kurzen Augenblick glaube ich, oben im Erkerzimmer Mama zu entdecken, die mir nachwinkt. Aber es ist nur Lucrezia, die philippinische Hausangestellte, die sich mit der Schürze die Tränen abwischt. Sie ist die einzige Person auf dieser Welt, die mich liebt. Das schützende Haus entfernt sich in rasender Geschwindigkeit und ist schließlich nur noch ein winziger Punkt, als wir die Ausfahrt erreichen. Ich spüre nichts. Ich bin nur unendlich traurig und möchte sterben.

16

Levi Kant saß am nächsten Vormittag im Büro seines ehemaligen Chefs Helmut Klein. Dieser hatte ihn direkt von einer Vorlesung abholen und ins Polizeipräsidium bringen lassen. Levi hatte eine vage Ahnung, was das zu bedeuten hatte. Deshalb verhielt er sich abwartend.

„Danke, dass du dir Zeit genommen hast", sagte Klein und rieb sich die Hände, als würde er frieren.

„Für dich habe ich doch immer ein paar Minuten", erwiderte Levi.

Klein lächelte verlegen und legte seine gefalteten Hände auf die leere Schreibtischfläche. „Was macht der Unterricht an der Akademie? Wie ich höre, vergöttern dich ja die Studenten richtig. Du bist eben der geborene Pädagoge."

„Die Arbeit dort macht mir auch Spaß. Aber du hast mich sicher nicht zum Small Talk hierherbestellt."

„Da hast du recht", sagte Klein. „Reiter war so kollegial, dich immer über den Fall Lisa Manz auf dem Laufenden zu halten."

„Ja, das war sehr zuvorkommend von ihm", entgegnete Levi. „Schließlich habe ich ja damals die Ermittlungen geleitet."

„Dann freut es dich sicher zu hören, dass wir den Fall jetzt endlich abschließen können. Der Rucksack wurde zweifelsfrei identifiziert. Wir haben in der Wohnung ein Foto von Lisa Manz gefunden, das Jonathan Stade vor fünf Jahren aufgenommen hat. Auch die Fingerabdrücke auf dem Rucksack passen zu Jonathan Stade. Und dann gibt es noch das handschriftliche Schuldeingeständnis."

„Hat der Gutachter bestätigt, dass es sich um die Handschrift von Jonathan Stade handelt?", fragte Levi nach.

„Der Text ist in Blockbuchstaben verfasst. Mit hundertprozentiger Sicherheit konnte er das nicht feststellen. Aber was macht das schon. Es ist doch nur ein kleines Glied in einer Indizienkette."

Klein verschränkte die Hände im Nacken und wippte auf seinem Hightech-Bürostuhl nach hinten.

„Wieder ein Cold Case weniger", meinte er entspannt und rückte den silbernen Fotorahmen auf seinem Schreibtisch zurecht. Levi wusste, dass in dem Rahmen eine Aufnahme der beiden Töchter von Klein steckte.

„Der Täter hat Selbstmord begangen, um sich seiner gerechten Strafe zu entziehen. Das ist bedauerlich, aber auch ein Glück für den Steuerzahler."

„Hast du mich deswegen kommen lassen?", fragte Levi. „Das hätte mir Reiter alles am Telefon sagen können."

„Da gibt es noch etwas anderes", sagte Klein nach einer längeren Pause. „Der Polizeipräsident hat angerufen. Du warst bei der Familie Manz?"

„Ja, ich wollte sie über den Fund des Rucksacks informieren."

„Richard Manz hat sich bei Mayer über dich beschwert."

„Wieso das denn?"

„Du bist für den Zusammenbruch seiner psychisch labilen Frau verantwortlich."

„Ich glaube eher, das geht wohl auf sein Konto."

„Jetzt höre mir einmal zu." Klein konnte sich nur noch schwer beherrschen, das spürte Levi. Sein ehemaliger Chef wippte nach vorn und seine Miene verfinsterte sich. „Du gibst dich noch immer als Inspektor aus und belästigst fremde Personen. Das geht entschieden zu weit. Wenn ich kein gutes Wort für dich einlege, dann bekommst du bald mächtigen Ärger."

„Hat das mit dem Selbstmörder zu tun? Nur weil ich meine Zweifel daran habe, dass er der Mörder von Lisa Manz ist?", konterte Levi.

„Es gibt keine Zweifel", zischte Klein und lehnte sich schwer atmend zurück. „Mein Gott, Levi. Jetzt kannst du endlich diesen Fall vergessen."

„Doktor Olivia Hofmann, die Psychiaterin, zweifelt auch den Selbstmord von Stade an. Sie sagt, Stade wurde aus dem Fenster gestoßen. Sie hat etwas von einem Schatten am Fenster erwähnt."

„Und das glaubst du ihr?" Der Tonfall des Chefs klang, als würde er mit einer minderbemittelten Person sprechen.

„Doktor Hofmann klang ziemlich glaubwürdig. Was hält Reiter denn von dieser Theorie?", fragte Levi.

„Reiter hält das für eine reine Schutzbehauptung. Diese Doktor Hofmann ist ja schließlich mit schuld am Tod eines ihrer Patienten."

„Sie macht nicht den Eindruck, als würde sie alles verdrängen", widersprach Levi.

„Ist sie hübsch?", fragte Klein plötzlich unvermittelt.

„Wie bitte? Ja, sie sieht gut aus. Warum fragst du?" Levi machte ein verblüfftes Gesicht. Er fuhr sich irritiert mit der Hand durch seine grauen Haare.

„Weil sie dich offensichtlich ziemlich beeindruckt. Ein Schatten, so etwas Dummes!", murmelte Klein und knüllte ein Blatt Papier zusammen, um es gekonnt in den Papierkorb zu werfen. „Der Fall ist von unserer Seite her abgeschlossen und kommt jetzt zur Staatsanwaltschaft."

Nach dem Gespräch mit seinem früheren Chef ging Levi wieder in sein Büro in der Polizeiakademie. Er hatte eine längere Unterredung mit zwei Studenten, die sich um ein Stipendium an der FBI-Akademie in Quantico bewarben. Levi bewunderte ihren Enthusiasmus, mit dem sie ihm die umfangreichen Bewerbungsunterlagen zeigten und seinen Rat einholten. Ob er jemals wieder ein derartiges Feuer in sich entfachen konnte? Als sich die beiden Studenten verabschiedeten, wanderten seine Gedanken wieder zu Lisa Manz. Warum nur konnte er nicht alles auf sich beruhen lassen? Warum nur hatte er ein ungutes Gefühl im Magen?

Als sein Handy klingelte, schreckte er hoch, so sehr hatte er sich in seinen Gedanken verstrickt.

„Ich war gestern Nacht in der psychiatrischen Klinik", sagte Olivia, ohne sich mit einer Begrüßung aufzuhalten. „Es gibt tatsächlich ein geheimes Archiv, wie es mein Vater gesagt hat."

„Haben Sie dort Unterlagen über Lisa Manz gefunden?", fragte Levi und setzte sich aufrecht. Olivia Hofmanns Energie war ansteckend.

„Ja. Ich habe ihre Akte mitgenommen."

„Damit machen Sie sich aber strafbar", sagte Levi, um im nächsten Atemzug zu fragen: „Und haben Sie etwas Interessantes entdeckt? Damit wir endlich etwas Brauchbares in der Hand haben?"

„Sie haben soeben ‚wir' gesagt." Die Stimme von Olivia bekam einen freudigen Unterton. „Ja, es gibt Aufzeichnungen über ein vierundzwanzigstündiges Experiment. Ich muss das aber noch genauer studieren."

„Vielleicht können wir damit Licht in den Fall bringen."

„Heißt das, wir beide gehen diesen Morden jetzt auf den Grund?“

„Wieso sprechen Sie von mehreren Morden?“, fragte Levi überrascht.

„Aber es geht um zwei Morde. Oder glauben Sie tatsächlich, dass Jonathan Stade Selbstmord begangen hat?“

„Wenn es kein Selbstmord war, dann war es aber ein ziemlich clever durchgeführter Mord“, gab ihr Levi recht.

Mit einem Mal fühlte er sich um Jahre jünger. Es war eine Chance, die sich ihm auftat. Eine Gelegenheit, seinem Leben wieder einen Sinn zu geben. Das Ziel war Gerechtigkeit. Gerechtigkeit für Lisa Manz. Gerechtigkeit für Jonathan Stade.

„Ich habe heute noch eine Vorlesung. Treffen wir uns am besten morgen Vormittag im Café Stein. Das ist in der Nähe Ihrer Praxis. Dann gehen wir all Ihre Unterlagen durch. Und entwerfen eine Strategie.“

„Danke. Sie sind wirklich ein cooler Typ“, sagte Olivia spontan mit überschwänglich klingender Stimme. Über Levis Gesicht huschte ein Lächeln, als er die Verbindung trennte. Wann hatte Rebecca das letzte Mal gesagt, dass er ein cooler Typ sei?

17

Olivia schob gerade ihr Fahrrad über den Parkplatz, als sie hinter sich eine Stimme hörte:

„Hat sich Ihr Vater über das Foto gefreut?", fragte Simon Berger, der Assistenzarzt.

„Foto? Was für ein Foto?" Olivia sah Simon verwirrt an.

„Na, die Aufnahme von Ihrem Vater mit Nils Wagner, die Sie neulich nachts so dringend aus der Klinik holen mussten", half ihr Simon auf die Sprünge.

„Ach so, ja, sehr. Er hat sich sehr darüber gefreut." Olivia lächelte gekünstelt und ging mit schnellen Schritten auf den Eingang zu. Noch immer war sie ganz aufgekratzt von dem Telefonat, das sie mit Levi geführt hatte. Jetzt kam Bewegung in die ganze Angelegenheit, denn mit einem Profi an ihrer Seite würden die dunklen Geheimnisse um die beiden Toten bald geklärt werden.

„Ich bewundere Ihre Arbeit", redete Simon weiter, der nicht von ihrer Seite wich. „Sie haben eine Praxis, arbeiten hier zwei Tage in der psychiatrischen Klinik und pflegen auch noch Ihren kranken Vater. Das finde ich einfach bewundernswert."

„Daran ist nichts Besonderes. Die Arbeit hier befriedigt mich. Ich kann Menschen helfen, die es im Leben nicht leicht haben und die an den Rand unserer Leistungsgesellschaft gedrängt werden."

Olivia winkte der Schwester zu, die am Empfang saß. Es war eine andere als gestern Nacht. Während sie auf den Lift wartete, sprach sie weiter.

„Dass ich meinen Vater betreue, ist doch selbstverständlich. Ich kann ihn nicht im Stich lassen. Er hat mich auch nicht im Stich gelassen, als es mir schlecht gegangen ist."

Gemeinsam stiegen sie in den Lift, beide blickten starr geradeaus. In den rundum angebrachten Spiegeln der Kabine vervielfältigten sich ihre Körper bis ins Unendliche. Olivia bemerkte, dass Simon sie verstohlen musterte. Auch sie riskierte jetzt einen schnellen Blick auf ihn. Simon war groß und schlank. Er hatte dunkles, gelocktes Haar und trug eine schwarze Brille, die ihm einen leicht pedantischen Touch gab. Trotzdem wirkte er irgendwie sexy. Wenn sie sich recht erinnerte, war Simon etwas über dreißig, also fast zehn Jahre jünger als sie. Was hatte sie nur für Gedanken? Hatte sie das Gespräch mit Levi wirklich so aufgeputscht, dass sie vor Energie strahlte? Olivia spürte die leichte Röte auf ihren Wangen. Na und wenn schon. Schließlich war sie ja noch keine alte Frau.

Doch dann musste sie wieder an Michael und Juli denken und ihre gute Stimmung erlosch. Nein, sie hatte nicht die geringste Lust auf eine Männerbekanntschaft. Sie wollte einfach keinen Mann mehr in ihr Leben lassen, das sie sich so mühsam aus den Trümmern wieder aufgebaut hatte. Mit Levi war das etwas anderes. Levi war ein ehemaliger Polizist, mit dem sie in einem Fall recherchierte. Levi war nichts weiter als ein Arbeitskollege. Nein, das Kapitel Männer war endgültig abgeschlossen.

Plötzlich kreuzten sich im Spiegel ihre und Simons Blicke und beide mussten unwillkürlich lächeln.

„Müssen Sie heute Abend wieder zu Ihrem Vater?", fragte Simon.

„Warum?", antwortete Olivia mit einer Gegenfrage.

„Im Actors-Studio-Kino läuft ein interessanter Arthouse-Film. Ich dachte, vielleicht haben Sie Lust ..." Den Rest des Satzes ließ er in der Luft hängen.

„Das weiß ich jetzt noch nicht", sagte Olivia ausweichend. Nein, sie wollte nicht, dass ihre Routine durchbrochen wurde. Andererseits, was war an einem Kinobesuch denn so falsch? Das würde sie auf andere Gedanken bringen.

„Wann beginnt denn der Film?"

„Ich schicke Ihnen eine SMS."

„In Ordnung. Bis dann."

Als sich die Lifttüren öffneten, straffte Olivia die Schultern und ging schnell den Korridor entlang. Sie spürte Simons Blicke in ihrem Rücken, drehte sich aber nicht mehr um.

In ihrem winzigen Büro setzte sie sich an den Schreibtisch. Vielleicht war es jetzt an der Zeit, wieder ein normales Leben zu führen. Darüber musste sie beim nächsten Termin unbedingt mit Ulf, ihrem Supervisor, sprechen. Er konnte ihr sicher einen Rat geben.

Nachdem sie mehrere Minuten regungslos in die Luft gestarrt hatte, schaltete sie den Computer ein und suchte im Online-Archiv der Klinik nach weiteren Berichten über Lisa Manz. Aber das neue Patientenprogramm gab es erst seit zwei Jahren und deshalb wurde sie auch nicht fündig.

An diesem Vormittag kam Olivia aber nicht mehr dazu, etwas zu unternehmen. Die psychiatrische Klinik war überfüllt, wie immer in den Tagen rund um den Vollmond.

Als letzten Patienten vor der Mittagspause hatte Olivia einen arbeitslosen Mann zu betreuen. Dieser war in einem Supermarkt zusammengebrochen und hatte die Regale verwüstet. Da er einen verwirrten Eindruck machte, brachten die Polizisten den Mann in die psychiatrische Klinik.

Um den Mann zu beruhigen, hatte ihm ein Arzt ein Beruhigungsmittel gespritzt. Daher saß er apathisch auf seinem Stuhl in einem der Behandlungszimmer, von dem aus man einen schönen Blick in den parkähnlichen Garten der Villa hatte.

„Sie heißen Kaspar Trauner und haben bis vor einem Jahr beim Agruna-Konzern gearbeitet. Warum hat man Ihnen gekündigt? Sie haben ja immerhin zwanzig Jahre im mittleren Management gearbeitet." Olivia sah von dem Personenblatt auf und wartete auf eine Reaktion von Trauner.

„Man hat mir nicht gekündigt, ich habe gekündigt", antwortete Trauner. „Ich wollte noch einmal ganz etwas anderes machen."

„In dem Bericht vom Arbeitsamt steht aber, dass Ihnen gekündigt wurde. Sonst hätten Sie ja auch nicht sofort Anspruch auf das Arbeitslosengeld gehabt."

„Ich muss energisch widersprechen. Ich wollte mich auch einmal selbst verwirklichen. So einfach ist das", erwiderte Trauner mit leicht schriller Stimme.

„Ist in Ordnung. Das tut auch nichts zur Sache." Olivia nahm ihre Brille ab und legte sie auf den Schreibtisch.

„Ich kann Ihnen ein persönliches Gespräch anbieten. Nicht hier, sondern in meiner Praxis."

„Das kann ich mir nicht leisten." Trauner schüttelte den Kopf und schnippte einen imaginären Fussel von seinem grauen Anzug. Olivia musterte ihn eingehend. Er war Ende fünfzig und wirkte sehr gepflegt. Mit allen Mitteln versuchte er, den Eindruck des erfolgreichen Managers aufrechtzuerhalten. Er trug Anzug und Krawatte, war ordentlich rasiert. Er hatte ein sympathisches Gesicht und sprach kultiviert. Doch die feinen roten Adern rund um seine Nase und die wässrigen Augen verrieten Olivia, dass Trauner ein veritables Alkoholproblem hatte.

„Das Sozialamt zahlt zehn Gespräche, dann sehen wir weiter. Es hängt also ganz von Ihnen ab." Olivia drehte sich zu ihrem Computer und öffnete den Kalender. „Sagen wir nächsten Dienstag um elf Uhr?"

„Ich werde in meinem Terminkalender nachsehen, ob ich Sie irgendwo einschieben kann", gab Trauner zur Antwort und zog einen unbenutzt aussehenden Taschenkalender aus der Innentasche seines Sakkos.

„Haben Sie draußen die Menschen auf der Wartebank gesehen?", fragte Olivia. „Die möchten alle ein persönliches Gespräch führen. Antworten Sie jetzt mit Ja oder Nein. Sonst vergebe ich den Termin an jemanden, der ihn nötiger hat als Sie."

„Sie haben Glück, an diesem Tag habe ich mir freigenommen." Trauner stand auf und streckte Olivia die Hand entgegen.

„Auf gute Zusammenarbeit, Frau Doktor", sagte er förmlich und schüttelte ihr die Hand wie bei einem Bewerbungsgespräch.

Olivia sah ihm hinterher, als er nach draußen verschwand. Dann stand sie auf und trat zum Fenster. Auf einer Parkbank saßen ein Mann und eine Frau. Plötzlich hüpfte ein blondes Mädchen zu ihnen und umarmte beide. Als sie die Szene sah, spürte Olivia plötzlich einen Kloß in der Brust und musste unwillkürlich schlucken. Das dort unten könnten sie und ihre Familie sein. Sie holte tief Luft und ging schnell aus dem Behandlungszimmer.

In der Kantine, die in der ehemaligen Remise untergebracht war, sah sie Simon, der an einem der hinteren Tische saß und in einer psychiatrischen Fachzeitschrift blätterte. Olivia wollte nicht mit ihm zusammentreffen, deswegen ging sie sofort zum Buffet. Während sie in der Schlange wartete, sah sie Nils Wagner in die Kantine kommen.

Er bemerkte sie nicht, denn er hatte sein Handy am Ohr und war in ein Gespräch vertieft.

‚Jetzt oder nie', dachte Olivia und fasste einen folgenschweren Entschluss.

18

Nils Wagner fühlte sich großartig, als er seinen Bericht an die psychiatrische Kommission abgeschickt hatte. Jetzt konnte nichts mehr passieren.

Er wollte gerade in die Kantine aufbrechen, als es an seiner Tür klopfte.

„Darf ich Sie einen Augenblick sprechen, Herr Doktor?“

Es war ein Pfleger der Klinik, der nervös die Augen zu Boden schlug. „Es dauert auch nicht lange.“

„Worum geht es?“, fragte Nils, ohne dem Mann einen Sitzplatz anzubieten.

„Ich hatte gestern Nachtdienst“, begann der Pfleger stockend. „Und musste noch mit einem Kollegen zwei Leichen in den Kühlraum bringen.“

„Kommen Sie bitte auf den Punkt. Meine Zeit ist begrenzt.“ Genervt trommelte Nils mit den Fingerspitzen auf seine Schreibtischplatte.

„Die Tür zu dem Archiv im Keller stand offen. Das ist noch nie passiert“, sagte der Pfleger.

„Die Tür zu unserem Archiv war geöffnet?", fragte Nils. „Der Zutritt ist doch nur den Chefs und Abteilungsleitern gestattet."

„Ich weiß. Wir wollten den Raum auch nicht betreten. Aber dann hörte ich etwas rascheln und bin hineingegangen, um nachzusehen. Ein Karton stand geöffnet auf dem Boden. In der Regalreihe M. Das kam mir alles ziemlich merkwürdig vor."

„Inwiefern?", fragte Nils nach und spürte, wie seine Hände feucht wurden. Wer zum Teufel konnte mitten in der Nacht etwas im Archiv suchen? Was war so wichtig, dass es nicht bis morgen Zeit hatte? „Was ist Ihnen denn noch seltsam erschienen?"

„Der geöffnete Karton trug ebenfalls den Buchstaben M."

„M sagen sie." Nils runzelte die Stirn. Das hatte vielleicht nichts zu bedeuten, doch andererseits durfte er jetzt nicht leichtsinnig werden. Jetzt, wo alles wieder in Ordnung kam.

„Gibt es sonst noch etwas?", fragte er den Pfleger, der noch immer vor seinem Schreibtisch stand.

„Mein Dienst war ja dann gleich zu Ende. Draußen auf dem Parkplatz hat meine Frau auf mich gewartet. Wir haben beide im Freien noch eine Zigarette geraucht. Im Auto ist das ja ziemlich schädlich."

„Kommen Sie zur Sache", trieb Nils den Pfleger an.

„Jemand ist schnell über den Parkplatz nach draußen gelaufen."

„Konnten Sie die Person erkennen?", fragte Nils und verschränkte die Arme vor der Brust.

„Es war Frau Doktor Hofmann."

„Sind Sie sicher? Der Parkplatz ist doch unbeleuchtet", fragte Nils schnell nach.

„Zu hundert Prozent. Ich habe auch noch gesehen, wie sie sich auf ihr Retrofahrrad gesetzt hat. Dieses Fahrrad würde ich überall wiedererkennen." Der Pfleger machte eine Pause und räusperte sich dann. „Sie haben doch gesagt, dass man Ihnen melden soll, wenn etwas Ungewöhnliches passiert. Und Doktor Hofmann hatte an diesem Tag keinen Dienst, das weiß ich. Ich kenne die Dienstpläne nämlich auswendig", meinte er stolz und tippte sich an seine Schläfe.

„Sie haben ganz richtig gehandelt, mein Guter." Nils stand auf und klopfte dem Pfleger gönnerhaft auf die Schulter. „Wie geht es übrigens Ihrer Frau? Waren Sie schon auf Urlaub?"

„Finanziell reicht es dafür leider nicht", meinte der Pfleger kleinlaut. „Meine Frau hat einige Haushaltsgeräte online bestellt. Die können wir dummerweise nicht mehr zurückgeben."

„So ein Pech", meinte Nils. „Mal sehen, was unsere Rechtsabteilung für Sie tun kann, Herr ...", er warf einen schnellen Blick auf das Namensschild des Pflegers, „... Goranowitsch."

„Wirklich? Das wäre ja mehr als großzügig von Ihnen, Herr Doktor." Ergriffen drückte der Pfleger Nils' Hand.

„Versprechen kann ich nichts. Aber ich werde alles tun, was in meiner Macht steht", sagte er und zog seine Finger aus der Umklammerung.

Als der Pfleger bereits die Tür öffnete, rief ihm Nils noch hinterher:

„Dieses Gespräch bleibt unter uns. Zu niemandem ein Wort, sonst kann ich nichts für Sie tun."

Nils wartete einige Minuten, dann verließ auch er sein Büro. Während er den gekiesten Weg zur Remise ging, holte er sein Handy hervor und wählte eine Nummer.

„Es gibt vielleicht noch ein Problem. Jemand hat in unserem Archiv herumgestöbert."

Er erhielt eine Antwort, die ihn nicht sonderlich beruhigte.

„Mach dir keine Sorgen. Ich habe heute die psychiatrische Kommission informiert."

Schwungvoll öffnete er die Tür zur Kantine, verabschiedete sich von seinem Gesprächspartner und trennte die Verbindung. Aus den Augenwinkeln sah er Olivia Hofmann, die mit ihrem Tablett in der Schlange am Buffet stand.

‚Wie erniedrigend, mit allen Leuten in einer Reihe zu stehen', dachte er angewidert und drängte sich energisch nach vorn.

19

Mit ihrem voll beladenen Tablett steuerte Olivia auf den Tisch von Nils Wagner zu. Dieser checkte gerade seine E-Mails auf dem Smartphone.

„Ist hier noch frei?“ Olivia wartete die Antwort erst gar nicht ab, sondern setzte sich sofort an seinen Tisch. „Ich brauche eine Auskunft von dir.“

„Olivia, schön, dich zu sehen.“ Nils lächelte und machte eine einladende Handbewegung. Er lehnte sich zurück und strich sich mit beiden Händen durch seine dichten grauen Haare. Wie üblich trug er sie ein wenig zu lang.

„Was verschafft mir die Ehre?“, fragte er. Wie unbeabsichtigt legte er sein Smartphone so auf den Tisch, dass Olivia das Foto einer attraktiven Frau sehen konnte, das er gerade bekommen hatte. „Mit Fotos dieser Art werde ich ständig überschwemmt“, sagte er entschuldigend und schaltete das Smartphone aus. „Frauen glauben, bloß weil man Chef einer Klinik ist, sei man auch sonst für alles zu haben“, sagte Nils, während er sich verschwörerisch vorbeugte.

Als Olivia keine Reaktion zeigte, setzte er sich wieder aufrecht und taxierte sie ungeniert von oben bis unten.

„Gut siehst du aus“, meinte er. Olivia glaubte, einen ironischen oder herablassenden Unterton herauszuhören. Warum dachte sie bei Nils immer, dass alles, was er sagte, entweder mit einem Hintergedanken verbunden war oder genau das Gegenteil bedeutete?

„Wenn ich mich daran erinnere, wie du noch vor ein paar Jahren ausgesehen hast“, meinte Nils lächelnd.

Olivia wollte nicht daran denken. Nach dem Zusammenbruch ihres Lebens hatte sie ihr eigenes Spiegelbild nicht mehr ertragen können. Sie ernährte sich ausschließlich von Fast Food, mit dem Effekt, dass sie immer dicker wurde und deshalb in Depressionen verfiel. Diesen Zustand bekämpfte sie mit Unmengen von Süßigkeiten, die sich wiederum in den Kilos niederschlugen. Es war ein teuflischer Kreislauf. Olivias Selbstbewusstsein sank und sie vernachlässigte ihre sozialen Kontakte. Bald hatte sie überhaupt keine Freunde mehr, da sie sich nur noch in ihrer Wohnung verkroch. Selbst die Arbeit in der psychiatrischen Klinik war keine Erfüllung mehr.

Doch als sie von der Krankheit ihres Vaters erfuhr, wusste sie, dass sie handeln musste. Sie änderte ihre Essgewohnheiten und begab sich selbst in eine Therapie. Das machte sie weniger für sich als vielmehr für ihren Vater, denn sie konnte es nicht mit ansehen, wie er immer mehr verfiel.

Um sich die teuren Untersuchungen für ihn leisten zu können, übernahm sie auch seine Praxis. Es war ein Wechsel vom sinnlosen Dahinvegetieren zum sinnvollen Arbeiten. Dieser Umschwung bewirkte, dass Olivia innerhalb kurzer Zeit an Gewicht verlor und eine neue Leidenschaft für sich entdeckte: das Radfahren.

Fast jeden Tag radelte sie frühmorgens durch die fast menschenleeren Straßen von Wien. Sie genoss den kalten Wind auf ihrer Haut und konnte so ungestört ihren Gedanken nachhängen. Nebenbei hatte das Radfahren auch den angenehmen Effekt, dass sie dabei eine Menge Kalorien verbrauchte.

„Leitest du die Therapiegruppe der Verschwundenen noch?", riss sie Nils aus ihren Gedanken.

„Ja, aber es ist jetzt Sommerpause", antwortete Olivia einsilbig, denn sie wollte nicht über dieses bestimmte Thema reden. Die Therapiegruppe der Verschwundenen bestand aus Männern und Frauen, deren nächste Angehörige einfach verschwunden waren. Wenn Olivia sich die Geschichten anhörte, verarbeitete sie gleichzeitig ihr eigenes Trauma.

„Das habe ich vergessen. Ich hatte in letzter Zeit ziemlich viel um die Ohren und war kaum in der Klinik. Aber das weißt du ja." Wieder beugte sich Nils vor und flüsterte vertraulich: „Man hat mir einen Job in der Politik angeboten."

„Wie aufregend. Was ist das für ein Job?", fragte Olivia und spielte die Neugierige, denn sie hatte dazugelernt.

„Ich bin für ein Ministeramt vorgeschlagen. Aber das bleibt ganz unter uns."

„Klar doch."

„Ich weiß nicht, ob ich mir das antun soll mit all diesen merkwürdigen Menschen." Mit einer gezierten Handbewegung fuhr er sich erneut durch die Haare. „Was wolltest du eigentlich wissen?", sagte Nils plötzlich und seine Miene wurde ernst.

„Kennst du eine Lisa Manz?", fragte Olivia und beobachtete die Reaktion von Nils. Doch dieser rührte nur gelangweilt in seinem Kaffee.

„Nein, wer soll das sein?"

„Sie war eine vierzehnjährige Patientin, die vor fünf Jahren hier aus der psychiatrischen Klinik verschwunden ist. Kurze Zeit später wurde sie ermordet aufgefunden."

„Ach ja, diese entsetzliche Geschichte mit dem armen Mädchen. Jetzt erinnere ich mich wieder." Nils machte eine mitfühlende Miene. „Aber was interessiert dich an ihr?"

„Du warst damals doch schon hier in der Klinik und Leiter der Krisenintervention."

„Richtig. Das war meine Abteilung", sagte Nils.

„Mein Vater hat davon gesprochen, dass du vor fünf Jahren neuartige Behandlungsmethoden erprobt hast."

„Ja, das stimmt. Wir wollten uns weiterentwickeln und haben die Theorien der freien Psychiatrie für unseren Bereich getestet", gab Nils gedehnt zur Antwort.

„Was hast du da genau gemacht?"

„Ich darf dir darüber keine Auskunft geben. Das fällt unter die ärztliche Schweigepflicht. Das weißt du doch."

„Vater erwähnte, dass du Lisa vierundzwanzig Stunden ununterbrochen wach gehalten und gefilmt hast. Das ist doch verboten", sagte Olivia.

„Was sich dein Vater so alles zusammenfantasiert. Aber verständlich mit diesem Krankheitsbild", erwiderte Nils.

„Täusche dich nicht. Mein Vater hat manchmal ganz klare Momente. Außerdem existieren Protokolle über Lisa aus der damaligen Zeit."

„Woher willst du das denn wissen?", fragte Nils sofort nach.

„Ich weiß es eben", antwortete Olivia. Sie ahnte, dass sie einen Fehler begangen hatte, als sie die Aufzeichnungen erwähnte. Aber jetzt war es zu spät.

„Weshalb kommst du ausgerechnet jetzt auf Lisa Manz zu sprechen? Nach fünf Jahren“, fragte Nils und blickte sie durchdringend an.

„Einer meiner Patienten hat vor ein paar Tagen in einem Abbruchhaus Lisas Rucksack gefunden. Kurze Zeit später war er tot.“

„Ach, darum geht es. Richtig, Jonathan Stade, der Selbstmörder, war dein Patient. Ich verstehe.“ Wieder verzog Nils das Gesicht, und sein Ausdruck zeigte so etwas wie Anteilnahme.

„Woher weißt du davon?“, fragte Olivia überrascht. „Es stand doch kein Name in der Zeitung.“

„Die Polizei hat uns informiert.“

„Wieso informiert die Polizei die Klinik?“

„Nicht die Klinik wurde informiert, sondern die psychiatrische Kommission. Ich bin dort der Vorsitzende, habe das Mandat von deinem Vater übernommen. Aber das weißt du ja sicher.“

„Nein, das wusste ich nicht.“

„Gut, dass wir diesen Punkt jetzt ansprechen, Olivia.“ Nils senkte seine Stimme und blickte konspirativ nach links und rechts. „Ich muss laut den Statuten eine Untersuchung anberaumen. Du wirst dich vor der Kommission rechtfertigen müssen. Schließlich war Stade dein Patient.“

„Aber ich habe doch mit seinem Tod nichts zu tun. Jonathan wollte mir den Rucksack von Lisa geben. Deshalb war ich bei ihm.“

„Du warst in seiner Wohnung und hast den Selbstmord deines Patienten nicht verhindert.“ Fassungslos schüttelte Nils den Kopf. „Olivia, ich finde, du bist ein wenig überfordert. Ich meine ... die Praxis, die Arbeit hier in der Klinik, dein kranker Vater, und das Ereignis vor fünf Jahren möchte ich erst gar nicht erwähnen. Ich glaube, das ist einfach alles zu viel für dich.“

„Ich war nicht in der Wohnung, sondern stand unten auf der Straße. Überhaupt ist es noch nicht geklärt, ob es Selbstmord war."

„Wir haben aber gegenteilige Informationen von der Polizei erhalten." Nils zog arrogant eine Augenbraue hoch.

„Was ist damals wirklich mit Lisa passiert?", ließ Olivia nicht locker, denn die überhebliche Art von Nils provozierte sie maßlos. „Keiner hat bemerkt, dass sie aus der Klinik verschwunden ist. Das ist doch mehr als seltsam."

„Es reicht jetzt, Olivia." Nils zerknüllte seine Papierserviette und warf sie auf den Tisch. „Überlege dir deine weiteren Schritte gut. Vergiss Lisa Manz und kümmere dich um deine eigenen Angelegenheiten. Es wäre doch schade, wenn wir deinem Vater die teuren Alzheimermedikamente nicht mehr zur Verfügung stellen können."

20

Das schwarze Tagebuch mit dem goldenen Druckverschluss war in einen weißen Plastikbeutel gewickelt.

„Jemand hat mir anonym einige Seiten aus Lisas Tagebuch geschickt“, sagte Olivia atemlos und hielt Levi das Bündel entgegen, als er seine Wohnungstür öffnete. Sie war klatschnass, denn draußen ging gerade ein sommerlicher Wolkenbruch über Wien nieder. Das Wasser tropfte von ihren kurzen schwarzen Haaren in den Ausschnitt ihres grauen T-Shirt-Kleides und färbte es dunkel.

„Ich habe das Buch in eine Tüte gesteckt, damit es in meiner Tasche nicht nass wird“, sagte sie und wickelte das Papier aus dem Plastik. Es hatte einen abgewetzten Einband und sah nicht wie das Tagebuch einer Vierzehnjährigen aus.

„Kommen Sie herein“, sagte Levi und hielt Olivia die Tür auf. „Ich gebe Ihnen ein Handtuch zum Abtrocknen, Sie erkälten sich ja sonst.“

„Danke, das ist sehr freundlich von Ihnen. Übrigens finde ich, dass wir uns duzen können. Jetzt, wo wir zusammenarbeiten“, meinte Olivia.

„Stimmt, das ist einfacher. Woher weißt du, dass es Lisas Tagebuch ist und warum kommst du jetzt zu mir? Wir waren doch für morgen verabredet“, fragte Levi.

„Ihr Name steht vorne drinnen. Ich wollte die Seiten nicht alleine lesen. Das hätte mich bloß noch mehr deprimiert. Denn es war ein scheußlicher Tag.“ Olivia erzählte ihm von dem unerfreulichen Gespräch mit Nils Wagner und seiner versteckten Drohung.

„Wenn wir den Mord an Jonathan Stade beweisen können, dann hast du nichts zu befürchten“, sagte Levi nachdenklich.

„Ich bin jetzt auch ein wenig zuversichtlicher“, antwortete Olivia. „Es sind zwar nur ein paar Seiten in dem Tagebuch, aber vielleicht enthalten sie etwas Aufschlussreiches.“

„Es ist nicht das ganze Buch? Bist du sicher?“

„Natürlich. Die meisten Seiten wurden herausgerissen. Das kann man genau sehen. Schau selbst.“ Olivia blätterte es vor Levi auf.

„Wie hast du das Tagebuch bekommen?“, fragte Levi.

„Es steckte in meinem Briefkasten, als ich heute von der Arbeit nach Hause gekommen bin.“

„Dann muss es einen Absender geben“, meinte Levi. „Nur der Postbote kann die Fächer öffnen.“

„Bei mir ist das Schloss kaputt“, erwiderte Olivia. „Da kann man alles einfach in das Fach stecken. Auf dem Kuvert stand auch kein Absender.“

„Wo ist das Kuvert? Du hast nur das Tagebuch mitgenommen?“, fragte Levi.

„Ich habe den Umschlag weggeworfen. Es war ein einfaches gelbes Kuvert“, meinte Olivia achselzuckend.

„Du hast keine Ahnung von Polizeiarbeit, Olivia.“ Levi schüttelte verstimmt den Kopf. „Es könnten Fingerabdrücke auf dem Umschlag gewesen sein. Wer kennt überhaupt deine Privatadresse?“

„Na, in der Klinik ist sie bekannt, auch die Kollegen und einige meiner Patienten, für akute Notfälle“, antwortete Olivia kleinlaut. „Das mit dem Umschlag tut mir leid. Aber vielleicht ist er noch im Treppenhaus im Altpapier-Container. Ich sehe sofort nach, wenn ich wieder zu Hause bin. Setzen wir uns jetzt in dein Wohnzimmer. Da können wir die Seiten in Ruhe lesen“, schlug Olivia vor.

„Ich habe nicht viel Zeit. Meine Frau kommt bald nach Hause“, antwortete Levi.

„Ist sie eifersüchtig?“, fragte Olivia.

„Nicht auf eine Frau, aber auf das hier.“ Levi deutete auf den Aktenschrank. „Wir hatten erst vor Kurzem eine Auseinandersetzung deswegen. Ich musste ihr versprechen, den Schrank mitsamt den Unterlagen über Lisa Manz auf den Müll zu werfen. Darum ist es auch besser, du verschwindest, ehe sie zurück ist. Das würde sonst nur einen Riesenkrach verursachen.“

„Klar, verstehe ich“, sagte Olivia. Aber Levi konnte an Olivias Miene erkennen, dass sie nicht verstand, warum er nicht privat weiter ermitteln durfte. Und er verstand es auch nicht.

„Was macht deine Frau beruflich?“, fragte Olivia, während sie aus ihren nassen Sandalen schlüpfte.

„Rebecca ist Pianistin“, antwortete Levi. „Ursprünglich wollte sie Konzertpianistin werden. Aber sie findet, dass sie nicht gut genug dafür ist. Deshalb arbeitet sie als Musiklehrerin. Heute Abend gibt einer ihrer Schüler ein Konzert.“

„Was für ein schöner Beruf. Aber so wie du es erzählst, klingt es irgendwie deprimierend“, meinte Olivia und wischte sich mit einem Handtuch die Regentropfen aus dem Gesicht.

„Es ist manchmal nicht leicht“, erwiderte Levi. „Wir arbeiten immer an Rebeccas Selbstbewusstsein. Es ist ein ständiges Auf und

Ab. Warum erzähle ich dir das alles? Hier geht es nicht um meine Ehe, sondern um Lisa."

„Alles klar." Olivia deutete auf ein Foto, das in einem Rahmen auf dem Bücherbord stand. „Bist das du?"

„Ja, das ist meine Bar-Mizwa. Ich war dreizehn Jahre alt und bin an diesem Tag als vollwertiges Mitglied in meine Gemeinde aufgenommen worden."

Levi wartete, bis Olivia sich mit einem Handtuch notdürftig trockengerubbelt hatte, dann ging er zu dem Aktenschrank und öffnete ihn.

„Wow, sind das alles kopierte Akten über Lisa Manz?", fragte Olivia, die hinter ihn getreten war. „So hat man sie gefunden?" Olivia tippte auf eines der Fotos vom Tatort.

„Ja", meinte Levi kurz angebunden. „Jetzt kannst du vielleicht verstehen, weshalb ich so dahinter war, den Mörder zu finden. Es gehört schon eine ziemliche Kaltblütigkeit dazu, ein Mädchen anzuzünden." Unwillkürlich ballte Levi die Faust und klopfte mit den Knöcheln auf das Foto mit dem verkohlten Schädel. „Wer auch immer das getan hat, muss dafür büßen", flüsterte er.

„Wir finden Lisas Mörder", meinte Olivia optimistisch.

„Oder ihr Mörder findet uns", erwiderte Levi ironisch.

21

Lisa – fünf Jahre früher

Ich sitze wieder in einem neutralen Behandlungsraum. Mein Herz pocht bis zum Hals. Am Morgen hat man mir eine Infusion gegeben und jetzt fühle ich mich ganz benebelt. In einem Metallschrank spiegelt sich mein Gesicht. Es sieht aus wie ein Totenschädel mit langen blonden Federn. Meine Augen sind riesig. Ich bin nicht mehr Lisa.

„Zieh dich aus", sagt der Doktor.

Ich habe keine Kraft zum Widerspruch. Das weiße Nachthemd sackt von meinen Schultern. Ich hasse meinen Körper. Er ist so dünn und ausgemergelt. Aber wenn ich esse, nehme ich zu. Und fett will ich auf gar keinen Fall sein. Dagegen hilft nur Ritzen.

„Du bist ja schon eine hübsche junge Frau", meint der Doktor anerkennend.

„Ich mag mich aber nicht."

„Du hast dich wieder geritzt!"

„Ja, ich mache das häufig."

Der Doktor hebt meinen Arm in die Höhe. Sieht sich die Narben an. Macht ein verächtliches Geräusch. Meine Haut ist über und über mit frischen und verheilten Schnitten übersät. Wenn ich mich im Spiegel betrachte, sehen die Schnitte wie ein grafisches Muster aus.

„Warum tust du das?"

„Der Schmerz vermittelt mir das Gefühl, dass ich lebe. Ich will mich selbst spüren. Schmerz macht mir nichts aus."

Ich spreche die Worte nach, die mir diese fremde Stimme in meinem Kopf diktiert. Ich rede wie eine Maschine, aber ich begreife nicht den Sinn dieser Worte.

„Du drückst dich sehr gebildet aus", macht mir der Doktor ein Kompliment. „Bist ein intelligentes Mädchen."

„Die Sprache habe ich mir aus den Textbüchern meiner Mutter angeeignet. Ich lese, seit ich fünf Jahre alt bin."

„Magst du deine Mutter?"

„Ja, ich liebe sie. Aber sie hasst mich."

„Warum glaubst du das?"

„Sie sagt, ich habe ihre Schauspielkarriere zerstört. Wenn ich verschwinde, dann hat sie endlich Ruhe."

„Ohne den Schmerz hältst du dich für tot?", wechselt der Doktor das Thema. „Würdest du gerne sterben?"

„Vielleicht. Aber zuvor will ich noch einen Fußabdruck in dieser Welt hinterlassen."

„Wie soll dieser Abdruck sein?"

„Keine Ahnung."

„Warum hast du den Reitlehrer verletzt?"

„Weil er mich bei meinem Vater anschwärzen wollte."

„Dein Vater kontrolliert dich?"

„Er will einfach, dass seine Welt in Ordnung ist. Für ihn bin ich das Chaos."

„Hasst du Zucht und Ordnung?", fragt der Doktor weiter.

„Wenn Vater in mein Zimmer kommt, muss ich mich zusammenreißen."

„Was will er bei dir?", fragt der Doktor.

„Darüber darf ich nicht sprechen."

„Gut, reden wir später davon." Der Doktor räuspert sich. „Zunächst geht es darum, dass du lernst, deinen Körper und deine Gefühle zu akzeptieren. Dann hörst du automatisch mit dem Ritzen auf. Steh jetzt bitte auf. Wir beginnen mit der Behandlung."

Gehorsam erhebe ich mich und stehe nackt vor dem Doktor.

„Was passiert jetzt mit mir?"

„Du wirst etwas über deine Gefühle erfahren."

22

Diese traurigen Sätze aus den Seiten von Lisas Tagebuch hallten noch immer durch den Kopf von Olivia.

„Das ist ungeheuerlich", empörte sie sich. „Wie viel Schmerz kann so ein junges Mädchen nur ertragen."

„Für mich hört sich das nach einem klaren Missbrauch an", sagte Levi. „Sie steht nackt vor einem Doktor. Das alleine ist ein Skandal. Hast du eine Ahnung, wer dieser Doktor sein könnte?", fragte er Olivia.

„Nils ist zwar ein absolutes Ekel, aber dass er so etwas macht, das kann ich mir nicht vorstellen."

„Wer außer Nils Wagner könnte es dann sein?", fragte Levi.

„Ich habe keine Ahnung."

„Ist dir aufgefallen, dass diese Tagebuchseiten hauptsächlich in Dialogform geschrieben sind?", meinte Levi.

„Sie imitiert wahrscheinlich die Textbücher ihrer Mutter. Für mich ist das ein Indiz, dass sie ihrer Mutter gefallen wollte. Aber die hat Lisa nur ignoriert", sagte Olivia.

„Glaubst du, der Vater hat sie missbraucht?", fragte Levi.

„Möglich, aber er kann auch Kontrollterror durchgeführt haben."

„Na, jedenfalls hatte sie keinen guten Draht zu ihren Eltern", sagte Levi. „Sie hatte niemanden, dem sie sich anvertrauen konnte. Sie tut mir leid."

„So ist das häufig mit den Kindern reicher Eltern. Passen sich die Kinder nicht an, werden sie einfach in ein Internat oder in eine Klinik abgeschoben."

Kurze Zeit später blickte Levi auf seine Uhr.

„Rebecca kommt gleich nach Hause. Es ist besser, du gehst jetzt. Treffen wir uns morgen, wie verabredet?"

„Ja, machen wir." Olivia fühlte sich überrumpelt. Sie hätte gerne die ganze Nacht über gemeinsam mit Levi die wenigen Seiten des Tagebuchs analysiert. Jetzt empfand sie sich völlig alleingelassen. Sie nahm Levi das Buch aus der Hand und steckte es wieder in ihre Tasche.

„Ich nehme das Tagebuch mit. Vielleicht finde ich heraus, von welchem Doktor die Rede ist."

Der Regen hatte aufgehört, als Olivia kurz darauf aufgewühlt auf der Straße stand und ihr Fahrrad aufschloss. Sie brauchte dringend eine Ablenkung, denn die Geschichte von Lisa ließ sie einfach nicht los. Sie wollte nicht die ganze Nacht darüber nachgrübeln, was in Lisas jungem Leben so katastrophal schiefgelaufen war. Plötzlich piepste ihr Handy und zeigte eine SMS an.

„Kino beginnt um 21:30 Uhr. Bist du dabei?" Dahinter war ein Smiley. Die SMS stammte von Simon Berger, dem jungen Assistenzarzt.

Kurz entschlossen schickte Olivia einen hochgestreckten Daumen zurück und machte sich auf den Weg. Da die Zeit knapp wurde, musste sie tüchtig in die Pedale treten, um rechtzeitig beim Kino zu sein.

„Schön, dass du gekommen bist", sagte Simon und gab Olivia einen angedeuteten Kuss auf die Wange.

„Was ist das für ein Film?“, fragte Olivia, nachdem sie das Plakat gesehen hatte. Eine hübsche Frau ohne Beine wurde von einem sexy Mann auf dem Rücken ins Meer getragen.

„Es ist ein Drama“, sagte Simon und senkte unwillkürlich die Stimme, so als dürfe man über ein Drama nicht laut reden. „Orca-Wale haben der Frau die Beine weggerissen, aber sie gibt nicht auf.“

„Klingt doch positiv.“

„Stimmt, das ist motivierend.“ Simon nickte. „Vielleicht sollten wir den Film als Survivaltraining unseren Patienten zeigen.“

„Ich weiß nicht so recht.“ Olivia musste unwillkürlich an ihren Vater und die Endlos-DVD denken. Nein, dieses passive Zusehen konnte sie keinem ihrer Patienten zumuten.

Nach dem Kinobesuch setzten sie sich noch in einen Schanigarten, einen typisch wienerischen Gastgarten, und tranken kühlen Weißwein. Sie unterhielten sich zunächst über den Film, den auch Olivia ziemlich gut gefunden hatte. Besonders die Hauptdarstellerin war eine beeindruckende Frau gewesen. Fast unmerklich kam das Gespräch nach einiger Zeit von den allgemeinen auf die persönlichen Themen.

„Fährst du eigentlich bei jedem Wetter mit dem Fahrrad?“, fragte Simon und grinste dabei neugierig.

„Ja, das macht mich fit für den Tag, gibt mir Energie und stärkt darüber hinaus mein Immunsystem.“

„Du klingst wie eine Werbung fürs Radfahren.“

„Stimmt!“ Olivia lachte laut auf und trank einen Schluck Wein. Die Gedanken an Lisa traten in den Hintergrund. Der Wein machte sie locker. Wann hatte sie das letzte Mal so frei gelacht? Sie wusste es nicht mehr.

„Ich habe ein Mountainbike. Wir könnten am Wochenende eine Radtour machen.“

„Ich habe kein Mountainbike, nur ein uncooles Stadtfahrrad."

„Aber wenn du darauf sitzt, dann wird es sofort cool."

„Hör bloß auf damit." Olivia machte eine wegwerfende Handbewegung. „Als cool hat mich noch nie jemand beschrieben."

„Vielleicht, weil du alle mit deinem guten Aussehen blendest?"

„Genau, das wird es sein." Olivia lächelte ironisch und fuhr sich mit den Fingern durch ihre kurzen Haare. Hoffentlich wurde sie nicht so schnell grau wie ihre Mutter. Im Grunde hatte Olivia ja nichts gegen das Alter, aber graue Haare mussten einfach nicht sein. Schon gar nicht, wenn sie mit einem jungen Mann Wein trank.

„Ich stelle uns eine gemütliche Route zusammen, da hast du kein Problem mit deinem Rad."

„Ja, mach das mal", meinte Olivia einsilbig. Plötzlich tauchte Lisa wieder in ihrem Kopf auf. Hastig nahm sie einen weiteren Schluck Wein, um sie aus ihren Gedanken zu spülen. „Erzähle mir von dir, ich weiß überhaupt nichts über dich", fragte sie Simon, um sich schnell abzulenken.

„Ach, ich bin ein ziemlich langweiliger Typ. Hatte eine glückliche Kindheit, machte keine Probleme in der Schule, schaffte es sogar mit dem Studium in der vorgeschriebenen Zeit."

„Wie sieht es mit Freundinnen aus?"

„Dafür hatte ich einfach keine Zeit", sagte Simon und drehte den Kopf zur Seite. Er winkte dem Keller und bestellte noch zwei gespritzte Weißwein.

„Du bist ein Charmeur! Das glaube ich dir jetzt aber nicht", antwortete Olivia und Simon schlug gespielt verlegen die Augen nieder.

„Du hast mich ertappt. Ich muss gestehen, ich habe früher nichts anbrennen lassen", sagte er dann.

„Du warst doch vor fünf Jahren schon in der Klinik“, fragte sie Simon spontan. „Kannst du dich an eine Patientin namens Lisa Manz erinnern? Hast du sie mal zufällig Tagebuch schreiben sehen?“

„Ich habe während meines Studiums dort hospitiert. Meinst du das Mädchen, das später verbrannt ist? Nein, die habe ich nie gesehen.“

Beide schwiegen, und Olivia hatte das Gefühl, als wäre der Gesprächsstoff zwischen ihnen für heute aufgebraucht. Sie griff nach ihrer Tasche, um ihre Geldbörse herauszuholen.

„Was ist eigentlich mit deiner Familie passiert?“, fragte Simon auf einmal und das weiche Kissen der Entspannung, das Olivia soeben noch umhüllt hatte, zerplatzte. Wie eine Springflut kehrte die Kälte wieder in ihr Bewusstsein zurück.

„Was meinst du?“

„Es gibt da so Gerüchte in der Klinik. Dein Mann und deine Tochter sind einfach spurlos verschwunden. Stimmt das?“

Olivia rückte irritiert ein wenig zur Seite. Die Atmosphäre wirkte plötzlich elektrisch aufgeladen, wie vor einem Sturm.

„Wie kam es dazu? Willst du mir nicht davon erzählen?“, insistierte Simon.

„Da gibt es nichts zu erzählen!“ Olivias Stimme wurde hart und schlagartig war sie nüchtern. „Das passt so“, sagte sie zu Simon und legte einen Zwanzigeuroschein auf den Tisch. „Ich muss gehen.“

„Was ist denn los?“ Simon lief ihr hinterher, als Olivia den Schanigarten verließ. Hektisch öffnete sie das Schloss an ihrem Fahrrad und war dem Heulen nahe. „Ich interessiere mich einfach für dich“, hörte sie Simons Stimme hinter sich.

„Das ist vergebliche Liebesmühe“, sagte Olivia. „Kümmere dich lieber um Frauen in deinem Alter.“

„Wann treffen wir uns wieder?“, fragte Simon.

„Vielleicht irgendwann einmal. Ich bin jetzt müde und fahre nach Hause."

„Olivia! Bitte warte!", rief ihr Simon hinterher. Doch Olivia sah sich nicht mehr um. Sie schwang sich auf ihr Rad und fuhr los.

Nachdem sie eine Weile ziellos durch die Stadt geradelt war, hatte sie sich wieder ein wenig beruhigt. Noch immer brachten sie Fragen nach Michael und Juli völlig aus der Fassung. Hörte das denn nie auf?

Jetzt kam sie wieder in den 9. Bezirk, dort wo ihre Praxis lag. Sie fuhr die Währingerstraße entlang und machte halt bei einem alternativen Kulturzentrum. Da es ein lauer Sommerabend war, herrschte im Innenhof noch reger Betrieb. Olivia fand einen leeren Tisch für sich allein. Wieder kreisten ihre Gedanken um Jonathan und Lisa, doch sie widerstand der Versuchung, das Tagebuch aus ihrer Umhängetasche zu holen.

Nach dem zweiten Glas Wein fühlte sie sich angenehm müde und brach auf. Während sie die leeren Straßen entlangradelte, musste sie an ihren Vater denken, den sie heute nicht besucht hatte. Aber jetzt war es dafür zu spät. Sie konnte nur hoffen, dass die Pflegerin, die zweimal die Woche auch abends nach dem Rechten sah, die DVD auf Endlosabspielen eingestellt hatte. Ob ihr Vater etwas über das merkwürdige Verschwinden von Lisa aus der Klinik wusste? Sie konnte es sich nicht vorstellen. Ihr Vater war immer der integre Psychiater gewesen, dessen Herz für die am Rande der Gesellschaft stehenden Personen schlug. Egal ob im Regenwald oder in Wien. Nein, ihr Vater hatte sicher nichts davon gewusst, was mit Lisa passiert war.

Plötzlich fuhr ein Geländewagen mit aufgeblendeten Scheinwerfern aus einer Seitenstraße. Ohne die Geschwindigkeit zu vermindern, raste der Wagen direkt auf Olivia zu und rammte ihr Fahrrad. Olivia wurde durch die Luft katapultiert, während der Wagen weiterfuhr, ohne anzuhalten. Als sie auf dem Boden aufschlug, wurde alles schwarz.

23

Levi wartete am nächsten Morgen vor dem Café Stein am Schottenring und blickte auf die Uhr. Olivia war schon mehr als eine halbe Stunde überfällig. Unruhig ging er auf dem Bürgersteig auf und ab. Mehrmals versuchte er es auf Olivias Handy, kam aber immer nur auf die Mailbox. Nach einiger Zeit wurde ihm das Warten zu bunt und er setzte sich in das Caféhaus. Doch eine Stunde und vier Espressi später hatte er noch immer kein Lebenszeichen von Olivia erhalten. Nachdenklich machte sich Levi auf den Weg in die Polizeiakademie.

‚Gestern Abend war Olivia voller Enthusiasmus', dachte er. ‚Es passt nicht zu ihr, dass sie sich nicht meldet. Hoffentlich ist nichts mit ihrem Vater passiert.'

Der große Vortragssaal der Polizeiakademie war nur mit einer Handvoll Hörer belegt, als Levi an das Pult trat. Es war seine letzte Vorlesung vor den Sommerferien. Die meisten seiner Schüler waren schon den verschiedenen Dienststellen für Praktika zugeteilt. Die wenigen Studenten, die noch hier waren, hatten sich auf die Spurensicherung im Gelände spezialisiert, über die Levi zwei Stunden lang referierte. Während er sprach und Tatortfotos auf die Leinwand projizierte, blickte er immer wieder auf sein Handy, aber es kam keine Nachricht von Olivia.

Nach der Vorlesung wählte er die Nummer der psychiatrischen Klinik.

„Kann ich bitte mit Frau Doktor Hofmann sprechen?"

„Einen Moment, ich verbinde", sagte die freundliche Dame in der Telefonzentrale. Levi spürte die Enttäuschung, die sich in ihm breitmachte. Hatte Olivia tatsächlich einfach ihre Verabredung vergessen?

„Tut mir leid, Doktor Hofmann meldet sich nicht."

„Hat sie heute keinen Dienst?", fragte Levi.

„Doch, sie müsste bis vierzehn Uhr hier sein. Warten Sie kurz, ich probiere es unter einer anderen Nummer." Wieder folgte eine minutenlange Pause, ehe sich die Telefonistin zurückmeldete.

„Seltsam, aber niemand weiß, wo sie geblieben ist."

„Haben Sie Doktor Hofmann heute schon gesehen?"

„Nein." Die Frau dachte kurz nach. „Einen Moment. Ich sehe nach, ob ihr Fahrrad draußen auf dem Abstellplatz steht."

„Komisch, auch ihr Fahrrad ist nicht da."

„Danke", sagte Levi knapp und legte auf. Erneut griff er zum Handy und wählte die Nummer von Olivias Praxis. Aber er erreichte nur den Anrufbeantworter. Leicht beunruhigt überlegte Levi, was zu tun sei. Dann erinnerte er sich an einen früheren Kollegen, der ihm vielleicht helfen konnte.

„Schmidt, hier ist Levi Kant", sagte er, als sich der Kollege meldete. Schmidt war bei der Funküberwachung tätig. Levi hatte ihn einmal bei einer illegalen Überwachung gedeckt, deshalb hatte er bei Schmidt noch einen Gefallen gut.

„Ich brauche eine Handypeilung. Geht das auf die Schnelle?", fragte Levi.

„Kein Problem. Gib mir die Nummer", meinte Schmidt und erkundigte sich nach Levis Befinden, während er Olivias Handy ortete.

„Mir geht es super. Der Dozentenjob ist wie geschaffen für mich", sagte Levi.

„Hätte ich nie gedacht. Du warst doch mit Leib und Seele bei der Kripo."

„Tja, wenn der Leib nicht mehr mitspielt, hat auch die Seele keinen Spaß mehr daran", machte Levi eine Anspielung auf seine Schussverletzung. „Hast du ein Signal?", wechselte er dann schnell das Thema.

„Das Signal kommt vom Gürtel in der Kinderklinikgasse. Wahrscheinlich befindet sich das Handy im AKH."

„Danke dir. Jetzt sind wir quitt", sagte er zu seinem Ex-Kollegen und trennte die Verbindung.

Schnell verließ er sein Büro, ging nach draußen zum Parkplatz und stieg in seinen Saab 900. Wie immer war der vierspurige Gürtel heillos verstopft und Levi kam nur im Schritttempo voran. Als er endlich die dunklen Zwillingstürme des Allgemeinen Krankenhauses vor sich sah, war er bereits eine geschlagene Stunde unterwegs gewesen.

„Inspektor Kant. Ich suche eine Frau Doktor Olivia Hofmann. Sie muss hier eingeliefert worden sein. Wahrscheinlich ist sie eine Patientin", sagte Levi beim Empfang.

„Doktor Hofmann sagen Sie?" Die Empfangsdame schaute auf ihren Bildschirm und scrollte sich durch das Menü.

„Sie wissen nicht zufällig in welcher Abteilung? Wir haben hier immerhin fast zweitausend Patienten und neununddreißig klinische Abteilungen."

„Nein, das weiß ich nicht. Kann man sie nicht einfach im Namensregister suchen?", fragte Levi bereits leicht genervt.

„Tut mir leid, hier sind die Abteilungen mit den eigenen Namensdateien nicht miteinander verknüpft.“ Die Frau zuckte bedauernd die Schultern.

„Probieren Sie es einmal auf der Notfallstelle“, fragte Levi auf gut Glück.

„Notfallstelle?“

„Na, wenn jemand nach Unfällen eingeliefert wird.“

„Sie meinen die Notaufnahme.“

„Genau“, sagte Levi.

„Ja, hier gibt es eine Olivia Hofmann. Fahrradunfall mit Fahrerflucht. Sie liegt in Notaufnahme B auf Zimmer 237.“

„Das Zimmer aus ‚Shining‘“, sagte Levi spontan.

„Jack Nicholson trifft eine imaginäre schöne Frau“, erwiderte die Dame am Empfang und schenkte Levi ein wissendes Lächeln.

„Sie sind auch eine Cineastin“, meinte Levi und bedauerte, keine Zeit für Small Talk zu haben.

Hastig ging er den Korridor entlang, bis er vor der Zimmernummer 237 stand. Er blickte durch das schmale Fenster in der Tür und sah einen Mann mit grauen Haaren an Olivias Bett stehen. Der Mann hatte Levi den Rücken zugedreht. Levi überlegte kurz, ob er das Zimmer betreten sollte, entschied sich dann aber dagegen. Er fuhr mit dem Aufzug wieder nach unten in die Cafeteria. Dort würde er warten und Olivia später einen Besuch abstatten.

24

Als Olivia die Augen öffnete, erblickte sie ein verschwommenes Gesicht, das sie an Nils Wagner erinnerte.

„Ich habe dir doch gesagt, dass es irgendwann mit deiner Nervosität schlimm enden wird. Du bist einfach komplett überfordert“, flüsterte Nils und beugte sich über sie. Sanft strich er ihr mit seiner Hand über die Stirn. „Du ruinierst gerade deine Gesundheit.“

Olivia war zu müde, um darauf zu reagieren. In ihrem Kopf drehte sich alles und sie schloss wieder die Augen. ‚Das ist nur ein böser Traum‘, dachte sie und öffnete sie erneut. Doch Nils war keine Einbildung, sondern die bittere Realität.

„Was hast du vorhin damit gemeint, dass es schlimm für mich enden wird?“, fragte Olivia mit trockener Stimme.

„Alles wird gut, meine Liebe. Mach dir keinen Kopf. Wir kümmern uns darum.“ Nils tätschelte väterlich ihre Hand.

„Worum kümmert ihr euch?“ Olivia atmete schwer. Sie hatte schlimme Kopfschmerzen und war sich nicht mehr sicher, ob sie die Worte von Nils richtig verstanden hatte.

„Wir kümmern uns um dich. Damit du wieder gesund wirst.“

„Was machst du eigentlich hier?“, fragte sie.

„Die Polizei hat mich verständigt.“

„Wieso ausgerechnet dich?“

„Man hat den Klinikausweis bei dir gefunden.“

„Ach so. Danke dir.“

Olivia tastete nach dem Krankenblatt, das neben ihr auf dem Nachttisch lag. Langsam kam die Erinnerung an die letzte Nacht und ihren Unfall wieder zurück. Ein Wagen hatte sie angefahren und war dann davongerast. Olivia hatte anscheinend einen Schutzengel gehabt. Nur eine Gehirnerschütterung und Prellungen, das konnte sie dem Krankenblatt entnehmen.

„Lass mich das bitte ansehen.“ Nils nahm ihr das Informationsblatt aus der Hand und studierte es eingehend.

„Oh, du hattest Alkohol im Blut.“ Missbilligend schüttelte Nils den Kopf und tippte auf einen Eintrag, den er ihr vor das Gesicht hielt. „Was machst du bloß für Sachen, Olivia? Diesmal hast du noch Glück gehabt.“

„Ich war nicht betrunken, wenn du das meinst. Der Unfall geschah mit voller Absicht. Jemand wollte mich töten.“ Olivia versuchte, ein wenig lauter zu sprechen, doch sofort spürte sie ihre geprellten Rippen. Sie verzerrte das Gesicht vor Schmerzen.

„Beruhige dich“, sagte Nils. „Wer sollte dich denn umbringen wollen?“

„Jemand, der verhindern will, dass ich mich um den Fall Lisa Manz kümmere. So wie du“, erwiderte Olivia.

„Rede keinen Blödsinn. Du hast getrunken und nicht wenig. 1,4 Promille ist ziemlich viel.“ Beruhigend berührte Nils ihren Arm. „Ich spreche mit dem Arzt. Du bekommst noch ein Beruhigungsmittel. Dann lässt du dich hier durchchecken und in weiterer Folge in eine Reha überweisen.“ Nils lächelte selbstbewusst und rückte seine breite Krawatte zurecht.

„Nein, das mache ich sicher nicht. Ich bin nicht krank. Morgen bin ich wieder draußen. Ich muss Geld verdienen und kann mir eine Krankschreibung nicht leisten“, widersprach Olivia.

„Langsam, Olivia.“ Nils’ Stimme nahm wieder den väterlichen Tonfall an. „Du kannst nicht arbeiten.“

„Warum nicht?“ Olivia versuchte sich aufzurichten, aber die Schmerzen waren zu groß. Erschöpft sackte sie zurück in die Kissen.

„Du hast neben deinen sonstigen Schwierigkeiten auch ein Alkoholproblem. Muss ich mehr dazu sagen?“

„Hör auf damit. Du weißt so gut wie ich, dass ich nicht regelmäßig trinke.“ Olivia zitterte vor Wut. Natürlich wusste sie, was jetzt kommen würde. O Gott, sie war so machtlos.

„So leid es mir tut, aber ich kann die Fakten nicht ungeschehen machen. Deshalb mein guter Rat: Du begibst dich nach Kalksburg in die Reha. Dort machst du eine Alkoholentzugstherapie. So lange bist du in der Klinik vom Dienst suspendiert. Es geschieht nur zu deinem Besten.“

Wieder tätschelte Nils gönnerhaft ihre Hand.

„Lass mich alleine“, sagte Olivia und schloss die Augen. „Ich will dich hier nicht mehr sehen.“

„Das kann ich gut verstehen.“ Die Stimme von Nils klang weich und überlegen. Er war sich seiner Sache so sicher. Warum war sie so verdammt allein? Warum gab es niemanden an ihrer Seite, der ihr in dieser schrecklichen Situation beistand?

„Nur noch eines, zu deiner Information.“ Nils machte eine Pause, ehe er weiterredete. „Es ist jetzt zwar nicht der richtige Moment, aber ich halte es für meine Pflicht, es dir mitzuteilen.“

„Was denn noch?“, seufzte Olivia.

„Der Termin für die Untersuchung bei der psychiatrischen Kommission findet bald statt. Du erinnerst dich doch noch daran?“

„Warum gibt es eigentlich diese Untersuchung?“

„Da fragst du noch? Ein Patient hat in deiner Anwesenheit Selbstmord begangen. Das reicht doch wohl.“

„Es war kein Selbstmord. Es war Mord.“

„Geht das schon wieder los.“ Nils schüttelte genervt den Kopf. „Es war ein Selbstmord. Das hat auch die Polizei bereits bestätigt.“

Er machte eine betrübte Miene.

„Du lässt mir einfach keine andere Wahl.“

„Das hast du alles so geschickt eingefädelt“, sagte Olivia und schloss die Augen. „Du willst nicht, dass ich mich weiter mit deiner Patientin Lisa Manz und diesen Experimenten beschäftige.“

„Ach, Olivia. Du und deine Hirngespinste. Das liegt wohl in der Familie. Hat dein Vater übrigens noch etwas über Lisa Manz erzählt?“

„Nein. Vater kann sich an Lisa Manz nicht mehr erinnern. Wenn du mich jetzt bitte in Ruhe lässt.“

„Das ist gut für ihn. Pass auf dich auf.“ Mit diesen Worten ging Nils zur Tür. Dort blieb er kurz stehen.

„Ob du es glaubst oder nicht. Ich bin auf deiner Seite.“

„Schon gut.“

Olivia drehte den Kopf zum Fenster. Der Himmel war blau und die Blätter der Bäume glänzten in der Sonne. Die Welt draußen war schön, warum war dann in ihrem Schädel alles so grau und düster?

Sie wusste nicht, wie lange sie geschlafen hatte, aber als sie die Augen wieder aufschlug, war es bereits dämmrig. Eine Schwester trat leise in das Zimmer, gefolgt von einem Arzt. Während die Schwester den Infusionsbeutel auswechselte, fragte der Arzt:

„Wie geht es Ihnen jetzt?“ Der Arzt zog einen Kugelschreiber aus seinem Kittel und hielt ihn Olivia vor das Gesicht.

„Folgen Sie mit den Augen der Bewegung“, forderte er Olivia auf.

Olivia tat gehorsam, was er von ihr verlangte, und der Arzt schien zufrieden, als er den Stift zurück in seine Tasche steckte.

„Auf dem Gang wartet jemand von der Kriminalpolizei, der Sie unbedingt sprechen möchte. Sind Sie dazu in der Lage?"

„Ja, nur das Sprechen tut mir ein bisschen weh."

„Das sind die geprellten Rippen. Dieser Zustand kann noch eine Weile so andauern."

„Schicken Sie bitte den Beamten herein", sagte Olivia. Der Arzt ging nach draußen und ließ die Tür offen. Plötzlich tauchte Levi auf. Er betrachtete sie mit einem besorgten Blick. Olivia versuchte zu lächeln und Levis Miene hellte sich ein wenig auf.

Dann setzte sich Levi an ihren Bettrand und sagte:

„Schön, dass du noch am Leben bist. Lisa und ich brauchen dich."

25

Die Tür des Krankenzimmers öffnete sich leise und eine Krankenschwester kam mit einem Tablett herein.

„Abendessen“, sagte sie und stellte das Tablett neben Olivias Bett auf einen Beistelltisch.

Levi stand auf und wartete, bis die Krankenschwester verschwunden war.

„Du musst essen“, sagte er fürsorglich. Olivia sah mitgenommen aus, sie hatte dunkle Ringe unter den Augen und an ihrer linken Schläfe klebte ein Pflaster.

„Ich habe keinen Hunger“, antwortete Olivia leise.

„Was ist denn genau passiert?“, fragte Levi, nachdem er sich auf einen Stuhl gesetzt hatte. Olivia erzählte ihm stockend, was ihr in der letzten Nacht zugestoßen war.

„Da hast du ja noch einmal mächtig Glück gehabt“, meinte Levi ernst. „Ich war ganz unruhig, als ich dich nicht erreichen konnte.“

„Du hast dir Sorgen um mich gemacht?“

„Ja natürlich. Und wie du siehst, zu Recht. Denn dieser Unfall passierte meiner Meinung nach nicht zufällig. Wer war eigentlich der Mann, der dich vorhin besucht hat?“, fragte Levi.

„Das ist Nils Wagner. Er ist der Leiter der psychiatrischen Klinik. Aber den musst du doch von damals her kennen“, wunderte sich Olivia.

„Es wurde nur jener Arzt befragt, der Dienst hatte, als Lisa aus der Klinik verschwand. Ich wollte zwar auch die anderen Ärzte und Pfleger befragen, aber dazu bin ich wegen meines Unfalls nicht mehr gekommen. Das hat dann ein Kollege übernommen.“

„Dann hatte Nils also nicht Dienst, als Lisa verschwunden ist“, überlegte Olivia.

„Nein. Was wollte Wagner denn bei dir?“, fragte Levi.

„Er hat mich vom Dienst suspendiert. Weil ich Alkoholikerin bin und in eine Reha gehöre.“ Olivia lachte lautlos. „So eine Scheiße.“

„Du warst bei dem Unfall betrunken?“, fragte Levi.

„Natürlich nicht. Mit 1,4 Promille kann ich doch nicht mehr mit dem Rad fahren. Jemand hat meine Blutprobe manipuliert oder vertauscht. Aber wie soll ich das beweisen? Ich habe in ein Wespennest gestochen. Jetzt ist nicht nur ein Patient von mir tot, sondern man will auch mein Leben ruinieren.“

„Reg dich nicht auf. Wenn wir beweisen, dass Jonathan nicht der Mörder von Lisa ist, dann wird automatisch auch sein Fall erneut untersucht. Dann fragt man sich, was es mit dem vermeintlichen Selbstmord auf sich hat.“

„Und wie wollen wir das anstellen?“, fragte Olivia zaghaft, doch Levi sah in ihren Augen, dass sie bereits wieder neuen Mut geschöpft hatte.

„Was ist mit den Seiten aus dem Tagebuch? Hast du sie bei dir?“, fragte er dann.

„Das Buch muss in meiner Umhängetasche sein“, antwortete Olivia. Sie wollte sich aufrichten, doch Levi bemerkte an ihrer verzerrten Miene, dass sie heftige Schmerzen hatte.

„Lass nur, ich mache das schon“, meinte er fürsorglich und drückte sie vorsichtig wieder zurück in die Kissen.

Im Schrank hing das graue T-Shirt-Kleid. Es war an einer Seite völlig aufgerissen und verdreckt. Olivias Tasche lag auf dem Boden des Schranks. Hastig durchwühlte Levi sie. Wenn es tatsächlich ein Anschlag auf das Leben von Olivia war, dann war es auch möglich, dass die Unbekannten von dem Tagebuch wussten. Aber sie hatten Glück.

„Das Tagebuch ist noch da“, sagte Levi und schwenkte es in der Hand.

„Wir müssen es zur Polizei bringen.“ Olivia setzte sich aufrecht. „Es hierzubehalten ist viel zu gefährlich.“

„Wir können es nicht zur Polizei bringen. Das ist keine gute Lösung“, widersprach Levi und dachte dabei an die unausgesprochene Drohung seines früheren Chefs. „Es ist viel zu riskant.“

„So spricht jemand, der früher bei der Kripo war?“ Olivia zog die Augenbrauen hoch.

„Vor fünf Jahren versuchte man von ganz oben mit Nachdruck meine Ermittlungen zu behindern. Man stoppte die weiteren Nachforschungen genau in dem Moment, als ich im Koma lag und nichts dagegen unternehmen konnte“, erwiderte Levi.

„Glaubst du wirklich, jemand wollte mich töten?“, fragte Olivia und sah ihn überrascht an. „So eine Situation habe ich noch nie erlebt.“

„Das ist auch der Sinn der ganzen Aktion. Sie wollen dich nicht töten, aber sie haben dir einen Denkzettel verpasst. Jetzt hast du Angst und das hilft ihnen. Deshalb müssen wir doppelt vorsichtig sein.“

„Ich fürchte mich nicht", sagte Olivia. „Ich kann sehr gut mit einer Gefahrensituation umgehen."

„Mache nicht den Fehler und unterschätze die Gefährlichkeit deiner Gegner", warnte sie Levi. „Wo sind übrigens die Krankenberichte über Lisa, die du aus dem Archiv entliehen hast?", fragte Levi und vermied es, das Wort „gestohlen" zu verwenden.

„Die Protokolle sind bei mir zu Hause. Ich bin nicht mehr dazu gekommen, sie zu holen."

„Wir brauchen alle verfügbaren Unterlagen. Jede Kleinigkeit kann uns weiterhelfen. Jedes Puzzleteil über Lisa ist wichtig", sagte Levi und dachte nach. „Irgendwo muss es einen Punkt geben, an dem wir ansetzen können."

„Es gibt eine Lücke von fünf Tagen zwischen Lisas Flucht aus der Klinik und ihrem Tod", meinte Olivia. „Vielleicht finden wir einen Hinweis, wo sie sich aufgehalten und wer ihr damals geholfen hat. Und dann haben wir mit Sicherheit auch eine Spur, die uns zu ihrem Mörder führt."

26

Lisa – Fünf Jahre früher

Ich darf die Klinik über das Wochenende verlassen. Das hat Papa mit dem Doktor vereinbart. Papa will meine Fortschritte überprüfen.

„Du weißt, dass du unserer Familie große Schande machst", sagt Papa, als ich in sein Arbeitszimmer komme.

„Ich habe alles genau so gemacht, wie es der Doktor gesagt hat." Ich bin nervös und trete von einem Fuß auf den anderen, als ich vor Papas Schreibtisch stehe.

„Der Doktor sagt, dass du noch lange nicht so weit bist, die Klinik auf Dauer zu verlassen."

„Wieso nicht?"

„Weil du noch an deinen Gefühlen arbeiten musst. Dein Gefühlsleben ist unausgeprägt, deshalb bist du auch so aggressiv."

„Das stimmt so nicht", widerspreche ich. „Ich mag nur seine Methoden nicht."

„Was gefällt dir daran nicht?", fragt Papa.

„Ach, nichts." Ich kann Papa nicht sagen, was der Doktor mit mir macht. Das würde Papa zu sehr aufregen und alles ist dann wieder meine Schuld. „Wenn ich mich in der Klinik zusammenreiße, darf ich dann wieder nach Hause?"

„Wir werden sehen, was der Doktor dazu meint."

Papa steht auf.

„Ist dein Schrank ordentlich zusammengeräumt?", fragt er plötzlich. Ich spüre, wie mir das Blut in die Wangen schießt.

„Natürlich", stottere ich. In meinem Kopf überschlagen sich die Gedanken. Ich habe das Fenster geöffnet, damit Ali über das Dach hereinkommen kann. Da ich aber so lange nicht hier war, hat er es wahrscheinlich vergessen. Trotzdem wäre es besser, ich würde zunächst allein nachsehen.

„Ich habe nur meinen Rucksack auf dem Bett liegen lassen. Den räume ich schnell weg, dann kannst du kommen."

„Nein. Wir sehen uns deinen Schrank sofort an."

„Das brauchst du wirklich nicht. Es ist alles in Ordnung", versuche ich ihn davon abzuhalten.

„Du entscheidest hier gar nichts."

Papa packt mich am Arm und zerrt mich mit eisernem Griff hinaus in die Halle und die Treppe nach oben.

„Lass mich los, du tust mir weh!", schreie ich, als er mir beinahe den Arm ausrenkt.

„Was ist das für ein Lärm?" Mama kommt aus ihrem Zimmer. „Warum schreist du so herum? Ich kann mich nicht konzentrieren", sagt sie und taxiert mich mit einem missbilligenden Blick.

„Papa tut mir weh!"

„Unsinn!" Mama wedelt mit dem Textbuch. „Verschwinde, ich muss einen Text einstudieren."

Mein Herz klopft bis zum Hals, als wir vor meinem Zimmer stehen.

„Öffnen“, befiehlt Papa und lässt meinen Arm los. Das Zimmer ist ordentlich aufgeräumt, der Schrank geschlossen. Auf dem Schreibtisch steht nur das gerahmte Foto von Mama, Papa und mir. Beruhigt atme ich aus.

„Was ist das?“ Papa deutet auf mein Kopfkissen. Dort liegt Ali zusammengerollt und schläft.

„Das ist eine arme Katze, die kein Zuhause hat“, sage ich und stelle mich mit ausgebreiteten Armen zwischen Papa und den Kater.

„Du lässt streunende Katzen in unser Haus? Hast du den Verstand verloren? Katzen vermehren sich unkontrolliert und schleppen Krankheiten ein. So wie alle Tiere. Hast du darüber nachgedacht, dass ich vielleicht eine Katzenallergie haben könnte? Oder deine Mutter? Natürlich hast du das nicht. Wir haben Regeln hier im Haus. Denen du dich permanent widersetzt.“

„Ali ist nur in meinem Zimmer!“, widerspreche ich und spüre, wie die Wut langsam die Angst besiegt.

„Du hast dieser Katze bereits einen Namen gegeben. Sie ist also schon öfter hier gewesen. Du entziehst dich jeglicher Kontrolle“, sagt Papa ruhig und seufzt. „Aber gut, zeig mir diese Katze, dann werden wir sehen.“

„Danke“, sage ich und drehe mich zum Bett. Ali schnurrt und macht einen Buckel, als ich ihn auf den Arm nehme. „Ist er nicht süß?“

„Das wird ein großer Kater“, meint Vater mit Kennerblick. „Komm, gib ihn mir“, fordert er mich auf.

„Du tust ihm doch nicht weh?“ Fragend blicke ich Papa an. Doch seine Miene ist undurchdringlich.

„Nein, er wird keine Schmerzen spüren. Schließlich bin ich ja Arzt“, sagt Papa und geht mit dem Kater im Arm aus meinem Zimmer.

Es ist mitten in der Nacht, als ich erwache. Der Mond scheint durch das Fenster und wirft seine kalten Strahlen bis zur Tür. Leise stehe ich auf und gehe hinaus auf den Gang. Schleiche die Galerie entlang, um Papa nicht zu wecken. Die Treppe knarrt, als ich nach unten in die Küche gehe.

„Ali", flüstere ich und gieße ein wenig Milch in eine Schale. Ich öffne die Hintertür zum Gemüsegarten und warte. Ali liebt Milch. Mehrere Stunden sitze ich auf den kalten Stufen und warte auf meinen Kater. Ich weine still in mich hinein und fühle mich einsam. Denn Ali kommt nicht.

Vor Kälte zitternd tappe ich wieder nach oben. Vor Mamas Tür bleibe ich stehen, zögere, drücke dann doch die Klinke nach unten. Mama schläft auf dem Rücken und hat eine Maske über den Augen. Seit Jahren schon leidet sie unter Schlafstörungen. Auf ihrem Nachtschränkchen hat sie ein Sortiment von homöopathischen Mitteln stehen.

„Mama", flüstere ich. „Darf ich zu dir ins Bett?" Ich hebe die Bettdecke hoch und schlüpfe darunter. Mamas Körper ist dünn und knochig, sie lebt in ständiger Diät.

„Ich muss schlank bleiben, denn nur so bekomme ich die Hauptrollen der jungen Liebhaberin", sagt sie immer. Aber Mama hat noch nie eine Hauptrolle gespielt. Vor meiner Geburt war sie eine große Künstlerin, jetzt muss sie sich mit Nebenrollen begnügen. Daran bin ich schuld.

„Mama, kannst du mich ganz fest halten?" Ich dränge mich an ihren warmen Körper, doch sie drückt mich zurück.

„Jetzt hast du mich geweckt. Du weißt doch, wie schwer ich einschlafen kann", zischt sie. „Verschwinde sofort aus meinem Bett."

„Bitte lass mich bei dir liegen. Ich bin auch ganz ruhig", bettle ich.

Mama seufzt.

„Mein Gott, habe ich eine Migräne. Wie soll ich den morgigen Tag überstehen. Daran hast du Schuld“, stöhnt sie. „Zum Glück kommst du morgen Abend wieder in die Klinik. Dann habe ich endlich meine Ruhe.“

Es hat keinen Zweck, also gehe ich zurück in mein Zimmer. Noch immer leuchtet der Mond herein und in seinem silbrigen Streifen gehe ich wie auf einem leuchtenden Teppich ans Fenster. Mein Zimmer liegt im zweiten Stock. Ich beuge mich über die Brüstung und sehe auf die Terrasse hinunter. Dann klettere ich auf das Fensterbrett. Ich lasse die Beine in der Luft baumeln und spucke nach unten. ‚Wenn ich jetzt springe, bin ich sicher tot‘, denke ich.

27

„Eine harte Geschichte“, sagte Olivia und sah Levi mit feuchten Augen an. Levi klappte das Tagebuch zu und fuhr sich mit der Hand über den Bart.

„Für ein vierzehnjähriges Mädchen drückt sich Lisa sehr gewählt aus“, meinte er dann.

„Sie wollte immer Schriftstellerin werden“, antwortete Olivia, „das steht so in einem der Interviews, die man in der Klinik mit ihr geführt hat.“

„Wer, glaubst du, ist dieser Doktor?“, fragte er.

„Kann es Nils Wagner sein?“ Olivia blickte Levi fragend an. „Das würde zu den ganzen Aktionen passen, die er im Moment mit mir macht.“

„Aber er wird doch nicht so dumm sein und den Verdacht auf sich lenken. Vor fünf Jahren ist mir der Name jedenfalls nicht untergekommen. Und überhaupt, es ist immer nur von einer Klinik die Rede. Dabei ist nicht gesagt, dass es sich um die psychiatrische Klinik handeln muss.“

„Was soll es denn sonst sein?“, fragte Olivia. „Aber du hast vielleicht recht. Die Einträge in dem Tagebuch haben kein Datum. Das kann also zu jeder beliebigen Zeit geschrieben worden sein.“

„Nein, denn Lisa erwähnt, dass sie vierzehn Jahre alt ist. Es ist also ihr letztes Jahr auf dieser Welt“, entgegnete Levi. Dann stand er auf und blickte sich suchend um. „Gib mir bitte den Schlüssel für deine Wohnung“, sagte er.

„Was willst du in meiner Wohnung?“ Olivia fuhr sich mit den Fingern an die Schläfe. Ihr Schädel pochte und eine Übelkeit kroch ihren Magen hinauf.

„Ich will die Unterlagen holen, die du aus dem Archiv mitgenommen hast“, sagte er.

„Das erledige ich lieber selbst“, murmelte Olivia. Sie wollte nicht, dass ein Fremder ihre Wohnung betrat.

„Aber du bist verletzt“, widersprach Levi. „Und musst hier im Krankenhaus bleiben.“

„Mir geht es gut. Ich fahre schnell in meine Wohnung, gebe dir die Protokolle. Dann lege ich mich wieder ins Bett“, sagte Olivia. Sie merkte jedoch sofort, dass Levi diesen Vorschlag merkwürdig fand. „Na gut. Hier ist der Schlüssel. Die Unterlagen liegen in meinem Arbeitszimmer in einem braunen Kuvert auf dem Schreibtisch“, lenkte sie seufzend ein. „Aber versprich mir, dass du nicht in mein Wohnzimmer gehst.“

„Wieso das denn?“, wunderte sich Levi.

„Dort ist nicht aufgeräumt.“

„Das macht mir nichts aus“, antwortete Levi. „Aber ich halte mich daran.“

„Morgen geht es mir sicher wieder besser, dann kann ich das Krankenhaus hoffentlich verlassen“, meinte Olivia. „Nimm du einstweilen das Tagebuch an dich. Hier ist es nicht sicher genug. Ich kann den Schrank nicht einmal absperren.“

„Alles klar." Levi steckte das Tagebuch in seine Jacke und erhob sich steif.

„Was ist eigentlich mit deinem Bein passiert?", fragte Olivia. Von der Journalistin Anna hatte sie zwar gehört, dass Levi bei einer Schießerei schwer verletzt worden war, aber sie hätte gerne Näheres erfahren. Doch Levi blockte ab.

„Erzähle ich dir ein andermal", meinte er nur kurz angebunden. „Du hast ja auch ein kleines Geheimnis."

Olivia antwortete nicht darauf, sondern blickte Levi bloß nachdenklich an. „Das stimmt. Und es bleibt auch mein privates Geheimnis", sagte sie dann.

„Das respektiere ich." Levi hob grüßend die Hand und öffnete die Tür.

Nachdem Levi das Zimmer verlassen hatte, starrte Olivia auf die große Uhr, die gegenüber an der Wand hing. Levi bohrte nicht nach und wollte nicht wissen, was ihr vor fünf Jahren passiert war. Das schätzte sie sehr an ihm. Er war ein sensibler Mann, der ihre Privatsphäre akzeptierte.

Quälend langsam schlichen die Zeiger der Uhr weiter. Die Sekunden wurden zu Minuten. Diese zu Stunden, und Olivia hatte den Eindruck, als wäre die Zeit stehen geblieben.

Immer wieder musste sie an den Wagen denken, der direkt auf sie zugeschossen war. Das war kein Zufall. Während sie in Gedanken schweifte, klingelte plötzlich ihr Handy. ‚Das ist sicher Levi', dachte sie erfreut. Doch zu ihrer Überraschung war es die Nummer ihres Vaters.

„Papa, was ist los?"

„Es … ist … eine ziemliche Unordnung hier in meiner Wohnung."

Panik stieg in ihr auf, als sie die abgehackte Stimme ihres Vaters hörte. Dann fiel ihr plötzlich siedend heiß ein, dass sie Leopold gestern komplett vergessen hatte und es auch nicht der Tag der Pflegerin gewesen war.

„Flora, ein fremder Mann ist bei mir“, keuchte ihr Vater. „Er bringt alles durcheinander.“

„Wer ist bei dir? Papa, so sag schon.“

„Du verstehst nicht, was ich damit meine, Flora. Ich habe alles gesammelt. Du hast darüber gelacht, Flora, aber es war zu unserer Sicherheit.“

„Entschuldige, Papa, aber ich bin Olivia. Wovon redest du überhaupt?“, sagte sie nervös, denn die Angst um ihren Vater schnürte ihr die Kehle zu.

„Sie haben mir jetzt gar nichts zu sagen. Hören Sie auf, alles zu durchwühlen. Machen Sie, dass Sie aus meinem Haus kommen“, hörte sie die wütende Stimme ihres Vaters durch den Lautsprecher hallen. Dann war ein lautes Krachen zu vernehmen und plötzlich war alles ruhig.

„Bleib ganz ruhig, Papa. Du machst jetzt genau das, was ich dir sage. Setze dich auf das Sofa und schalte den Fernseher ein. Hast du mich verstanden? Du brauchst nur auf den roten Knopf zu drücken“, flüsterte Olivia in die grauenvolle Stille hinein.

„Papa, bist du noch dran?“

Doch ihr Vater antwortete nicht. Dann wurde die Verbindung getrennt.

Sofort rief Olivia erneut an. Aber es kam nur das eintönige Besetztzeichen. Sie musste auf der Stelle etwas unternehmen. Ihr Vater war doch der einzige Mensch, den sie noch hatte. Er war ihre Bezugsperson, ihn durfte sie auf keinen Fall verlieren.

Ächzend schob sich Olivia aus dem Bett und stand auf. Sofort wurde ihr schwindlig und sie musste sich an einem Stuhl festhalten. Ganz langsam schlurfte sie zu dem Schrank und holte ihr Kleid hervor. Mit schmerzverzerrtem Gesicht zog sie sich an. Als sie vor dem Spiegel im Bad ihr Gesicht betrachtete, bemerkte sie die tiefen Augenringe und die scharfen Falten, die sich von der Nase bis zu den Mundwinkeln zogen.

„Das ist keine gute Idee, dass ich von hier verschwinde“, sagte sie zu ihrem Spiegelbild.

Doch sie musste sofort zu ihrem Vater. Also biss sie die Zähne zusammen und schleppte sich zum Empfang. Die Stationsschwester blickte überrascht auf, als sie Olivia bemerkte.

„Aber Frau Doktor Hofmann. Sie können nicht einfach gehen. Sie sind verletzt und müssen im Bett bleiben.“

„Ich bin in Ordnung. Geben Sie mir das Entlassungsformular zum Unterschreiben“, antwortete Olivia ungeduldig und winkte mit der Hand. „Und rufen Sie mir bitte ein Taxi.“

Als der Wagen kam, musste sie sich beim Einsteigen an der Tür festhalten, denn ihre Schmerzen waren unerträglich. Aber sie durfte jetzt nicht schlappmachen, sondern musste ihrem Vater helfen.

28

Nils Wagner erstarrte, als er plötzlich die Stimme im Nebenzimmer telefonieren hörte. Kleine Schweißperlen traten ihm auf die Stirn. Für einen kurzen Moment stoppte er mit der Durchsuchung des Zimmers. Angespannt lauschte er auf die kratzige Stimme des verwirrten alten Mannes. Unstrukturiert schwebten dessen Worte durch den Raum und brachten es nur mühsam zustande, einen klaren Satz zu formulieren.

‚Wenn das Hirn nicht mehr mitspielt, wird der klügste Mensch zu einem Idioten', dachte Nils. Er schloss leise die Tür des Arbeitszimmers hinter sich, um nicht von Leopold Hofmann, seinem ehemaligen Chef, beim Stöbern überrascht zu werden. Hastig blätterte er Ordner um Ordner durch und warf sie dann einfach auf den Boden.

„Olivia hat zwar gesagt, dass Leopold keine Unterlagen von damals aufbewahrt, aber das war sicher eine Lüge. Ihre Augen haben sie verraten. Als Psychiater erkennt man das sofort", sagte er leise zu sich selbst.

Als Nils sämtliche Ordner ergebnislos durchsucht hatte, hielt er für einen kurzen Augenblick inne. Seit vier Jahren war Leopold in diesem dementen Zustand. Sein Verfall hatte überraschend schnell begonnen, aber in letzter Zeit hatte sich sein Zustand stabilisiert. Das war sicher auch der fürsorglichen Pflege durch Olivia zu verdanken.

Trotzdem konnte er Leopold nicht direkt fragen, ob er hier noch Unterlagen aus seiner aktiven Zeit hatte. Aufzeichnungen, die sich vielleicht mit den Experimenten befassten, die Nils in der Klinik durchgeführt hatte. Wenn davon etwas an die Öffentlichkeit gelangte, dann war es vorbei mit seiner Politikkarriere. Vielleicht würde man ihm sogar die Approbation entziehen. Und was dann?

Nils griff in die Tasche seines Sakkos und holte eine Spritze hervor. Dann öffnete er mit einem Ruck die Tür und trat hinaus auf den Flur. Im Wohnzimmer hörte er die leise Stimme von Leopold. Er hatte das Telefonat bereits beendet, redete aber immer noch vor sich hin. Mit wem hatte er zuvor telefoniert? Wahrscheinlich mit Olivia. Doch von ihr ging keine Gefahr aus, denn sie lag noch im Krankenhaus. Mit dem Handschuh strich sich Nils über die schwitzende Stirn. Dann drückte er die Klinke und betrat das Wohnzimmer.

„Guten Tag, Leopold", sagte Nils und lächelte böse. „Wie geht es dir?" Er akzentuierte jedes Wort, damit Leopold sich auf seinen Tonfall einstimmen konnte.

„Wer sind Sie?" Leopold musterte ihn verstört. Er sah nicht gut aus. Seine Haare standen wirr in die Höhe, das Hemd war falsch zugeknöpft und die Hose hatte Flecken. Schnell ging Nils auf ihn zu, rollte Leopolds Hemdsärmel nach oben und verpasste ihm eine Injektion. Die Wirkung setzte sofort ein. Leopolds Pupillen verengten sich, bis sie nur noch stecknadelgroß waren. Das Medikament verstärkte zwar die Demenz, dafür wurde das Langzeitgedächtnis aktiviert. Und genau darum ging es Nils.

„Ich bin von der psychiatrischen Kommission", sagte Nils. „Ich muss Ihnen einige Fragen stellen."

„Psychiatrische Kommission?“ Leopold verdrehte die Augen und ließ die Worte sacken. „Sie wünschen?“

„Ich wollte die Unterlagen abholen, die Sie über Ihren Kollegen Nils Wagner gesammelt haben“, sagte Nils in einem amtlichen Tonfall.

„Nils? Ach, Sie meinen den Nils, den Schwerenöter unserer Klinik.“ Leopold schüttelte den Kopf. „Ja, über Nils habe ich einiges zu sagen. Seine Vorgehensweise deckt sich überhaupt nicht mit unseren ethischen Grundsätzen. Ich habe ihn genau beobachtet und darüber meine Anmerkungen gemacht.“

„Geben Sie mir diese Aufzeichnungen. Ich leite die Unterlagen direkt an die Kommission weiter“, sagte Nils und trat einen Schritt näher.

„Sie erinnern mich an jemanden.“ Leopold zuckte zurück.

„Aber sicher doch, wir sind uns bei den Sitzungen bereits begegnet.“

„Wenn Sie es sagen“, antwortete Leopold zweifelnd.

„Also, wo sind die Unterlagen?“ Nils warf einen schnellen Blick auf die Uhr. Seit Leopolds Telefonat waren vielleicht zehn Minuten vergangen. Es war durchaus möglich, dass Olivia jemanden beauftragt hatte, nach ihrem Vater zu sehen. Er musste sich also beeilen.

„Meine Aufzeichnungen erstrecken sich über mehrere Jahre. Es waren zunächst nur Gerüchte und es fehlten die Beweise. Aber dann habe ich eine Videoaufzeichnung mit der Patientin Lisa Manz gefunden und der Beweis war da.“

„Eine Videoaufzeichnung?“, fragte Nils und spürte, wie sein Puls raste. „Wo ist dieses Video?“

„Ich habe davon eine Kopie gemacht. Alle meine Unterlagen befinden sich in meinem Büro“, sagte Leopold. „Gehen wir am besten dorthin.“

Er machte eine einladende Handbewegung und schlurfte vor Nils aus dem Wohnzimmer. Nils entspannte sich langsam. Bald würde sämtliches belastendes Material in seinen Händen sein. Niemand würde ihm mehr etwas anhaben können. Wenn die Wirkung der Injektion nachließ, würde Leopold sich nicht mehr an das Gespräch erinnern und wieder in seine Welt eintauchen.

„Ich darf vorgehen?", sagte Leopold förmlich, als sie vor seinem Arbeitszimmer standen. Mit zittrigen Fingern drückte der alte Mann die Klinke nach unten. „Oh, was ist denn hier passiert?", fragte Leopold und blieb stehen.

‚Verdammt', dachte Nils. ‚Ich habe vergessen, aufzuräumen.' Überall auf dem Boden lagen noch die Ordner herum und herausgerissene Blätter stapelten sich auf dem Schreibtisch.

„Das ist noch die Unordnung der Reinigungsfrau", versuchte er Leopold zu beruhigen. „Sie wird gleich kommen und fertig aufräumen."

„Ach so, ich dachte schon, jemand wäre unerlaubterweise in meinem Büro gewesen", sagte Leopold und kratzte sich am Kopf. „Wo habe ich denn nur die Sachen hingegeben?" Mehrmals drehte er sich im Kreis, blickte unsicher zu Nils. „Ich muss einen Augenblick lang nachdenken", sagte er dann entschuldigend.

„Kein Problem", presste Nils hervor. Er konnte sich nur mühsam beherrschen. Die Zeit raste dahin und er musste gleich verschwinden. Aber so kurz vor dem Ziel wollte er nicht aufgeben. „Soll ich ein wenig Ordnung machen, damit Sie sich konzentrieren können?", fragte er.

„Nein, das ist nicht nötig. Ich habe alles in einem Kasten verwahrt", erwiderte Leopold.

„Wo steht denn dieser Kasten?"

„Ich habe ihn hinter den großen Ohrensessel getan und einen Blumentopf daraufgestellt. So ist er auffällig und doch wieder nicht."

„Eine sehr originelle Idee", meinte Nils. Er sah die blühende Orchidee auf der Kiste. Die ganze Zeit über war das Material vor seiner Nase gewesen. Wieso war er nicht selbst auf dieses naheliegende Versteck gekommen? Leopold Hofmann war wirklich ein sehr guter Psychiater. Er konnte das Offensichtliche verschwinden lassen und das Verborgene sichtbar machen.

„Ich zeige Ihnen jetzt die Aufzeichnungen. Wir können sie dann gemeinsam durchgehen. Es darf bei derartig schwerwiegenden Anschuldigungen kein Fehler passieren."

„Nicht nötig", erwiderte Nils, „die Kommission wird die Unterlagen prüfen. Wenn Sie mir jetzt bitte alles aushändigen."

„Soll ich das wirklich tun ...", murmelte Leopold unsicher. Langsam ließ die Wirkung der Spritze nach.

„Ich helfe Ihnen", sagte Nils und schob Leopold zur Seite. Er hob den Blumentopf hoch, um ihn neben die Kiste auf den Boden zu stellen. In diesem Moment tippte ihm Leopold auf die Schulter.

„Was machen Sie da?"

Vor Schreck ließ Nils den Topf mitsamt der Orchidee fallen, der mit einem lauten Krachen auf dem Parkett zerschellte. Leopold begann zu weinen und krallte seine Finger in die Schulter von Nils.

„Lass mich los", flüsterte Nils und gab Leopold einen leichten Stoß. Leopold taumelte nach hinten, stürzte und schlug mit dem Kopf auf dem Boden auf. Nils öffnete den Karton und sah mehrere Mappen, die mit einem Bindfaden zusammengehalten wurden.

„Wo ist das Video?" Er drehte sich zu Leopold, der verwirrt auf dem Rücken lag und ihn mit leeren Augen anstarrte. „Das Video, wo hast du das Video?" Nils rüttelte Leopold an den Schultern, doch dieser brachte kein Wort hervor. Sein Kopf schwankte vor und zurück, wie bei einer Puppe.

„Verdammt!" Angewidert stieß Nils Leopold weg und sprang auf. Er packte die Kiste und drehte sie um. Aber sie war leer. Gab es dieses

Video überhaupt oder wollte ihn Leopold nur für dumm verkaufen? Im Treppenhaus setzte sich der Lift lautstark in Bewegung.

„Wo hast du dieses Video versteckt?" Nils versuchte es ein letztes Mal. Packte Leopold an den Armen und zerrte ihn auf die Beine. „Gibt es dieses Video überhaupt?", rief er.

„Video? Wovon sprechen Sie? Natürlich habe ich das Video. Hier ist es", sagte Leopold eingeschüchtert. Er griff in das Regal und zog eine DVD hervor. Nils warf einen Blick auf das Cover: „Fitzcarraldo".

„Das ist doch nur ein Scheißfilm", fluchte Nils und warf die DVD wütend auf den Boden. Dann packte er die Unterlagen und steckte sie in eine Plastiktüte. Hastig trat er hinaus auf den Flur und lief auf die Eingangstür zu. In diesem Moment hörte er, wie jemand den Schlüssel in das Schloss steckte und dann die Klinke nach unten drückte. Nils erstarrte und sah sich nach einem Versteck um. Er entdeckte eine Besenkammer im Flur und hielt den Atem an.

29

Levi drehte den Schlüssel im Schloss und stellte überrascht fest, dass die Tür nicht abgeschlossen war. Vorsichtig stieß er sie auf und trat in den Flur. Das alte Parkett knarrte unter seinen Schuhen. Er zuckte zusammen, als er die Gestalt in einem Spiegel an der rückwärtigen Wand bemerkte. Aber es war nur sein Spiegelbild. Langsam ging er weiter. Der Flur war düster und er wollte kein Licht machen. Links und rechts gingen Türen ab. Das Arbeitszimmer befand sich ganz vorn. Eine doppelflügelige Schiebetür am Ende des Flurs war einen Spaltbreit geöffnet. Ein Streifen Sonnenlicht schnitt wie ein Messer durch das Halbdunkel. Zögernd blieb er vor den hohen Türen stehen. Er wusste, dass er hier nichts zu suchen hatte. Er würde in ein privates Reich eindringen. Aber seine Neugierde siegte. Mit der Hand schob er die Flügeltüren auf und trat ein.

„Mein Gott", sagte Levi und musste durchatmen. Das Wohnzimmer von Olivia war groß und hell. Die untergehende Sonne schien durch riesige Fenster in den Raum. Vereinzelte Staubpartikel tanzten in den Lichtstrahlen und es war noch immer heiß. Überall im Zimmer standen exotische Pflanzen in großen Kübeln. Ein Erker, der auf die Straße hinausging, war mit bunten Blumen vollgestellt. Auf einer großen Couch, die in der Mitte des Raums stand, lagen Fotoalben. An der rückwärtigen Wand hingen Dutzende vergrößerte Fotos eines kleinen Mädchens mit hellen Haaren und Bilder eines blonden Mannes. Einige dieser Fotos waren mit schwarzem Stift umrandet. Darüber war mit schwarzer Farbe „Warum nur?“ auf die Wand geschrieben.

Langsam trat Levi näher. Er betrachtete ein großes Foto, das Olivia mit Mann und Kind zeigte. Es schien aus einer glücklichen, längst vergangenen Zeit zu stammen. Olivia hatte langes gelocktes Haar und strahlte. Auch über diesem Bild war mit schwarzer Farbe ein Satz geschrieben worden: „Wo seid ihr?“

Levi wusste kaum etwas über Olivias Familie außer den wenigen Informationen, die er im Netz gefunden hatte. Erst jetzt fiel ihm auf, dass Olivia noch kein privates Wort über sich gesagt hatte. Was genau war mit ihrem Mann und ihrer Tochter passiert? Weshalb waren sie verschwunden? Waren sie vielleicht einem Verbrechen zum Opfer gefallen? Jetzt verstand Levi natürlich auch, warum Olivia auf gar keinen Fall wollte, dass er in ihr Wohnzimmer ging. Denn was er hier entdeckte, war die persönliche Aufarbeitung eines Verlustes, der so entsetzlich gewesen sein musste, dass Olivia ihn nur auf diese Weise bewältigen konnte.

Schwer konnte sich Levi von der Wand losreißen. Er war hierhergekommen, um die Patientenakten zu holen, die Olivia aus dem Archiv entwendet hatte. Nicht, um in ihrem Privatleben herumzuschnüffeln. Er hatte ihr versprochen, das Wohnzimmer nicht zu betreten. Jetzt kam er sich wie ein Eindringling vor.

Mit einem schlechten Gewissen ging er zurück in den Flur und weiter in das Arbeitszimmer von Olivia. Es war mit bunten Möbeln eingerichtet und passte zu Olivias südländischem Flair. Das bunte Gemälde einer Dschungelstadt hing hinter dem Schreibtisch an der Wand. Die Farben waren leuchtend und verströmten eine Vitalität, die ihn beeindruckte. „Casa Caruso, Manaus de Flora" stand in schön geschwungenen Buchstaben darunter.

‚Olivia hat gesagt, dass die Akten in einem braunen Umschlag auf dem Schreibtisch liegen', dachte Levi. Aber dort türmten sich nur Unterlagen und Papiere.

Levi öffnete auf der Suche nach dem Kuvert die einzelnen Schubladen. Als er die unterste herauszog, entdeckte er die feinen Kratzspuren an der Kante. Er fuhr mit den Fingerspitzen über das Holz. Die Kratzer waren frisch. Jemand hatte das Schloss aufgebrochen. Vorsichtig zog er die Lade auf, sie war leer. Dann sah er das braune Kuvert auf dem Boden. Es war nichts darin. Die Akten fehlten.

Plötzlich hörte Levi ein leises Geräusch. Es kam aus dem Zimmer nebenan. Er stand auf und hielt den Atem an. Es klang, als ob sich ein Tier auf leisen Pfoten über einen Fliesenboden bewegen würde. Hatte Olivia eine Katze? Nein, das hätte sie sicher erwähnt. Wieder hörte er dieses leise zögernde Tappen. Kein Zweifel, es war noch jemand in der Wohnung.

Vorsichtig schlich Levi zur Tür und blickte hinaus. Alles war ruhig. Mit der Hand stieß er die Tür zum Nebenzimmer auf. Es war die Küche.

„Hallo, ist da jemand?", rief er in die Stille hinein. „Keine Angst, ich bin ein Freund von Olivia. Muss nur ein paar Sachen zum Anziehen für sie holen", redete er weiter. Der Boden der Küche bestand aus schwarz-weißen Fliesen, die wie ein Schachbrettmuster angeordnet waren. Ein weißer Tisch stand am Fenster. Darauf eine knallbunte Vase mit frischen Blumen. Eine Rotweinflasche lag auf dem Tresen unter einem Bord mit exotischen Gewürzen. ‚Hier ist niemand', dachte Levi und ging hinein.

Als er mitten in die Küche ging, quietschten die Türangeln. Im selben Moment erhielt er einen Stoß in den Rücken und torkelte nach vorn. Geistesgegenwärtig konnte er sich noch am Tisch abstützen. Sofort drehte er sich um und sah einen Mann in einer Kapuzenjacke, der Akten unter seinen Arm geklemmt hatte, nach draußen huschen.

„Stehen bleiben, Polizei!", rief Levi, aber der Unbekannte reagierte nicht darauf.

Levi hastete hinterher. Schnelles Laufen war mit seinem Bein nicht mehr möglich. Der Eindringling stand bereits vor der Eingangstür, rüttelte daran, aber das Schloss klemmte. Jetzt hatte ihn Levi erreicht und packte den Mann an den Schultern. Beide stürzten zu Boden. Der Unbekannte ließ die Akten fallen, um mit den Fäusten auf Levi einzuschlagen.

Levi spürte, wie ihm das Blut aus der Nase rann, versuchte aber trotzdem, den Mann festzuhalten. Mit einem wütenden Schnauben drehte sich der Unbekannte um. Levi konnte dessen Gesicht nicht erkennen, denn es war von einem Schal verdeckt. Zur Vorsicht hatte der Mann auch noch die Kapuze seiner Jacke weit in die Stirn gezogen. Mit den Händen stieß der Unbekannte Levi weg und griff nach den Unterlagen, die am Boden lagen. Levi stürzte zu Boden und sah, wie der Unbekannte die Tür öffnete. Levi kroch über den Flur und bekam den Mann an den Beinen zu fassen. Schläge prasselten auf Levi nieder, doch er ließ nicht locker und wurde von dem Eindringling über die Türschwelle gezerrt. Beide waren jetzt im Treppenhaus und Levi lockerte seinen Griff. Der Unbekannte befreite sich aus der Umklammerung, doch Levi erwischte in diesem Moment die Unterlagen und riss sie dem Mann aus der Hand. Der Mann bückte sich nach den Akten, aber Levi gab ihm einen Stoß und der Mann stürzte einige Stufen hinunter. Doch blitzschnell rappelte er sich wieder auf und rannte durch das Treppenhaus nach unten.

„Was ist das für ein Krach?", hörte Levi eine entrüstete Stimme hinter sich. Ächzend erhob sich Levi. Eine Frau in Jeans und T-Shirt stand vor ihm. Auf dem Arm wiegte sie ein kleines Kind.

„Was machen Sie in der Wohnung von Olivia?", fragte sie nervös und drehte ihr Kind zur Seite.

„Rufen Sie schnell die Polizei", flüsterte Levi und wischte sich mit dem Handrücken das Blut aus dem Gesicht. Er warf einen Blick hinter sich in Olivias Wohnung. Unauffällig schob Levi die Mappen unter sein Sakko. Dann hockte er sich erleichtert auf den Treppenabsatz und wartete auf die Polizei.

30

Der alte Mann lag auf dem Boden und sein Atem ging sehr flach. „Papa, was ist los mit dir?“ Olivia kniete sich neben ihren Vater, der sie mit weit aufgerissenen Augen anstarrte. Er stammelte nur unzusammenhängende Worte und schien unter Schock zu stehen.

„Die Kommission ist hier gewesen“, flüsterte er und krallte sich in Olivias Arm.

„Welche Kommission?“

„Es geht um die Vorkommnisse in der Klinik. Man wünscht meine Aufzeichnungen.“

„Welche Vorkommnisse?“, fragte Olivia. „Papa, wer war hier? Du hast am Telefon von einem Mann gesprochen. Kennst du ihn?“

„Natürlich. Es war jemand von der psychiatrischen Kommission. Das sage ich Ihnen doch die ganze Zeit!“ Mühsam richtete sich Leopold auf und glättete seine zerknitterte Hose. Dann rollte er den Ärmel seines Hemdes nach unten. „Wie kommen Sie hier in dieses Büro?“

„Das ist deine Wohnung.“ Olivia wollte noch etwas sagen, da fiel ihr Blick auf Leopolds Hemd.

„Halt! Was ist das?“ Olivia griff nach dem Arm ihres Vaters und deutete auf den winzigen Blutfleck auf dem hellen Hemd. „Woher kommt dieser Blutfleck? Zeig einmal her.“

„Rühren Sie mich nicht an.“ Leopold wollte seinen Arm wegziehen, aber Olivia hielt ihn fest.

„Lass mich nachsehen.“ Sie schob den Ärmel wieder nach oben und sah die Einstichwunde. Kein Zweifel, jemand hatte ihrem Vater etwas injiziert. „Wer hat dir diese Injektion gegeben? Versuche dich zu erinnern“, fragte sie ihren Vater, doch der starrte an ihr vorbei ins Leere. Dann sackte er plötzlich langsam zusammen. „Es dreht sich alles“, stammelte er noch mit leiser Stimme.

Von draußen hörte Olivia schnelle Schritte im Treppenhaus. Minuten später stürmte der Notarzt, den Olivia von unterwegs angerufen hatte, in die Wohnung.

„Gut, dass Sie da sind“, sagte Olivia. „Mein Vater ist plötzlich zusammengesackt.“

„Wie sieht es denn hier aus?“, sagte der Notarzt und blickte umher. Dann kniete er sich zu Leopold. „War das ein Überfall?“, fragte er Olivia.

„Ich habe keine Ahnung.“ Olivia schüttelte den Kopf und sah sich im verwüsteten Arbeitszimmer von Leopold um. „Mein Vater leidet unter Alzheimer. Er hat mich angerufen, weil jemand in der Wohnung gewesen ist. Außerdem ist ihm etwas injiziert worden.“ Sie deutete auf die Einstichstelle in Leopolds Oberarm.

„Ich werde mir das gleich genauer ansehen. Zunächst aber braucht Ihr Vater ein Beruhigungsmittel. Er ist völlig desorientiert.“

„Machen Sie nur“, erwiderte Olivia. „Ich kontrolliere in der Zwischenzeit, ob etwas fehlt.“

„Haben Sie die Polizei gerufen?“, fragte der Arzt, während er mit einer Lampe die Reaktionsfähigkeit von Leopold überprüfte.

„Das wollte ich gerade machen." antwortete Olivia und wählte den polizeilichen Notruf. Als sich jemand meldete, schilderte sie den Sachverhalt und gab ihre Adresse durch.

„Warum sollte ein Einbrecher Ihrem Vater eine Spritze geben?", wunderte sich der Notarzt. „Sind Sie sicher, dass Ihr Vater nicht das Zimmer selbst in einem Anfall verwüstet hat?"

„Er hatte noch nie einen Aggressionsschub. Wir haben seine Krankheit gut unter Kontrolle", erwiderte Olivia.

„Im Moment sieht es aber nicht danach aus", widersprach der Notarzt. „Ich empfehle, Ihren Vater in ein auf Demenz spezialisiertes Krankenhaus einzuweisen. Dort wird man sich ordentlich um ihn kümmern."

„Das kommt überhaupt nicht infrage", widersprach Olivia. „Ich kann sehr gut für meinen Vater sorgen."

„Das war nur ein gut gemeinter Rat. In jedem Fall braucht er jetzt erst einmal absolute Ruhe", sagte der Arzt. „Alles andere ist Ihre Entscheidung."

„Genau", sagte Olivia, „über das Leben meines Vaters entscheide immer noch ich."

Gemeinsam mit dem Notarzt half Olivia Leopold wieder auf die Beine.

„Ich bringe Ihren Vater ins Wohnzimmer", sagte der Arzt und schob Leopold auf den Flur hinaus.

In diesem Moment kamen zwei Polizisten in die Wohnung. Olivia erklärte ihnen, was passiert war, und die Polizisten machten sich Notizen.

„Was wurde gestohlen?", fragte einer von ihnen.

„Keine Ahnung. Aber ich glaube, nichts." Olivia zuckte ratlos mit den Schultern.

„Sehen Sie einmal gründlich nach und kommen Sie dann auf die Polizeidienststelle für das Protokoll. Ihr Vater ist krank, wie ich sehe", sagte ein Polizist und wechselte mit seinem Kollegen einen wissenden Blick.

„Er hat Alzheimer", antwortete Olivia wahrheitsgemäß. Sie spürte, dass die Polizisten nicht an einen Einbruch glaubten, sondern das Chaos auf ihren Vater zurückführten. „Danke, dass Sie so schnell gekommen sind", sagte sie, als sich die beiden Polizisten verabschiedeten.

Nachdenklich schaute sich Olivia um. Hatte ihr Vater vielleicht die Ordner selbst auf den Boden geworfen? Oder war doch jemand hier gewesen, weil er etwas gesucht hatte? Sie begann die Ordner wieder in den Regalen zu verstauen, um sich einen Überblick zu verschaffen.

Neben dem Schreibtisch sah sie die alte Holzkiste mit dem verblassten Aufdruck „Manaus". Daneben die Scherben eines Blumentopfs und die abgeknickte Orchidee.

„Niemals würde Leopold die Blume kaputtmachen, die ihn an Flora erinnert", flüsterte sie. „Es war jemand hier. Aber was hat er hier nur gesucht?"

Plötzlich entdeckte sie eine DVD mit zerbrochener Hülle auf dem Boden. Sie hob sie auf. „Fitzcarraldo" stand auf dem verblassten Umschlag. Die gleiche DVD steckte aber auch noch immer in dem Player.

„Wieso hat Papa mehrere gleiche Filme?", fragte sie sich halblaut. Sie klappte die Plastikhülle auf und zog die DVD heraus. Es war keine Originalscheibe, sondern eine Kopie ohne Etikett. Unschlüssig drehte Olivia die DVD in der Hand. Sie war völlig zerkratzt und hatte einen Sprung.

„Was ist wohl auf dieser DVD?"

Sie wollte sie wieder in die Hülle stecken, doch dann zögerte sie. Zuerst musste sie überprüfen, was sich darauf befand.

„Ich habe Ihrem Vater ein Beruhigungsmittel gegeben." Der Notarzt kam zurück und lehnte sich an den Türrahmen. „Er schläft jetzt."

„Können Sie etwas über das Mittel sagen, das ihm injiziert wurde?", fragte Olivia über die Schulter nach hinten.

„Das ist Sache der Polizei. Ich schicke eine Blutprobe Ihres Vaters ins Labor. Bis nächste Woche hat die Polizei dann das Ergebnis."

„Danke für Ihre Mühe", sagte Olivia.

„Das ist unser Job. Trotzdem empfehle ich, ihn wenigstens für die heutige Nacht stationär aufzunehmen", meinte der Arzt mit ernster Miene.

„Ich habe bereits gesagt, mein Vater bleibt hier. Ich kümmere mich um ihn", erwiderte Olivia.

„Muten Sie sich nicht zu viel zu. Sie sehen auch nicht sehr gesund aus", sagte der Arzt und deutete auf den Bluterguss an Olivias Schläfe.

„Das stammt nur von einem Fahrradunfall", meinte sie. „Mir geht es bestens."

Als der Notarzt verschwunden war, ließ sich Olivia schwer auf das Sofa fallen. Sie fühlte sich ausgelaugt und elend. Aber jetzt durfte sie nicht schlappmachen. Sie wollte unbedingt wissen, was auf der DVD war.

Die Wirkung der Schmerzmittel ließ langsam nach, und bei jedem Schritt glaubte sie, ein glühender Stab würde zwischen ihre Rippen gestoßen. Doch sie biss die Zähne zusammen und schob die DVD in den Player. Dann drückte sie auf Play. Sofort erkannte sie die Person auf dem Film.

Es war Lisa. Sie saß auf einem Stuhl in einem neutralen Raum und trug ein weißes Nachthemd.

„Zieh dein Nachthemd aus", befahl eine verzerrte Stimme aus dem Off.

Dann stoppte der Film plötzlich und Olivia sah nur noch weißes Flimmern auf dem Bildschirm. Die DVD war kaputt. Frustriert stoppte Olivia den Player und fragte sich nachdenklich: „Wie kam diese DVD in den Besitz meines Vaters?“

31

„Ich habe einen kurzen Blick in die Hölle geworfen." Olivia ließ Levi überhaupt nicht zu Wort kommen, der gerade bei ihr angerufen hatte.

„Die Hölle, in der sich Lisa befunden hat?", fragte Levi.

„Es gibt eine beschädigte DVD, die zeigt, dass Lisa missbraucht wird. Ich will dir das am Telefon nicht erklären. Kannst du in die Wohnung meines Vaters kommen?"

„Ja natürlich. Ich bin übrigens noch bei dir zu Hause."

„Weshalb so lange?" Olivia wurde mit einem Male hellhörig. Was hatte Levi noch immer dort zu suchen? „Du hättest doch bloß die Akten mitzunehmen brauchen."

„Jemand ist in deine Wohnung eingebrochen", sagte Levi. „Ich habe den Kerl dabei überrascht."

„Ein Einbruch in meiner Wohnung? Ist dir etwas passiert?", sprudelte es aus Olivia heraus. Sie spürte, wie sie unruhig wurde. Ein Fremder war in ihren vier Wänden gewesen. Das durfte nicht sein.

„Fast hätte ich den Einbrecher erwischt. Er hat es auf die Unterlagen in dem Kuvert abgesehen. Die konnte ich ihm zum Glück abnehmen“, hörte sie Levi.

„Moment, Moment. Jetzt mal langsam.“ Olivia atmete tief durch. Nahm der Stress denn nie ein Ende? Zuerst das verwüstete Arbeitszimmer ihres Vaters, dann ein Einbruch in ihrer Wohnung, um die Akten zu stehlen. Jemand wurde ziemlich nervös, seit sie sich mit dem Fall Lisa Manz beschäftigte. Doch langsam nahm die ganze Angelegenheit ziemlich gefährliche Dimensionen an.

„Ich musste natürlich mit der Polizei durch die Wohnung gehen.“ Levi räusperte sich, ehe er weitersprach. „Deshalb war ich auch in deinem Wohnzimmer und habe dort die Bildergalerie gesehen. Du kannst mit mir immer darüber reden, wenn dir danach ist.“

„Danke, aber dafür gibt es ja Psychiater“, erwiderte Olivia kurz angebunden. Was Levi jetzt wohl über sie dachte? Dass sie komplett verrückt war? Aber sie durfte sich nicht selbst in ein schiefes Licht rücken. Die Bilder an den Wänden waren ihre Form der Aufarbeitung eines Verlustes. Wenn sie mit den Bildern sprach, dann wurde ihre Familie wieder lebendig.

„Dieses Angebot ist sehr nett von dir. Aber ich gehe zu meinem Psychiater“, wiederholte sie – diesmal freundlicher.

„Manchmal ist ein Freund der bessere Gesprächspartner“, sagte Levi ruhig.

„Bist du ein Freund für mich?“, fragte Olivia zweifelnd.

„Ja, das bin ich.“

Levis Stimme wirkte beruhigend auf Olivia und deshalb glaubte sie ihm.

„Hier ist die Adresse meines Vaters.“ Sie nannte Levi die Straße und legte auf.

Notdürftig machte sie die Wohnung sauber. Dann sah sie noch schnell nach ihrem Vater, der tief und fest schlief. Kurz darauf schrillte die Türglocke. Als sie öffnete, stand Levi mit einem zerschlissenen Kuvert vor der Tür.

„Wie siehst du denn aus?" Olivia zuckte zurück und hielt sich vor Schreck die Hand vor den Mund.

„Ich habe mich wegen dir geprügelt", sagte Levi mit einem angedeuteten Lächeln. Als Levi an ihr vorbei in den Flur trat, fiel ihr auf, dass er ein wenig hinkte.

„Was ist mit deinem Bein?", fragte sie besorgt.

„Der Kerl hat mir eine darauf gegeben", meinte Levi betont gleichgültig und schwenkte die Unterlagen. „Hier sind die Patientenakten von Lisa", sagte er.

Levis Anwesenheit beruhigte Olivia und die Nervosität fiel von ihr ab. Vielleicht sollte sie ihm doch einmal von dem Verschwinden ihrer Familie erzählen. Aber nicht jetzt.

„Ein sehr großbürgerliches Domizil", meinte Levi, als er sich in der Wohnung von Olivias Vater ein wenig umgesehen hatte. „Warum wohnst du nicht hier im neunten Bezirk? Die Wohnung ist in der besten Lage. Und zu deiner Praxis ist es auch nicht sehr weit."

„Du machst wohl Witze." Olivia schüttelte amüsiert den Kopf. „Ich soll bei meinem Vater wohnen und dann vielleicht als ewiger Single enden?" Doch sofort wurde sie wieder ernst. „Außerdem hatte ich bereits eine eigene Familie und ein eigenes Leben", sagte sie leise. „Ach, vergiss es", schwächte sie sofort wieder ab.

Sie winkte Levi weiter in das große Wohnzimmer, von dem aus man einen fantastischen Blick auf die Votivkirche hatte.

„Schau dir das Video an", meinte sie und schaltete auf Play. „Es sind leider nur ein paar Sekunden zu sehen, aber die sagen bereits alles." Beide saßen sie auf dem Boden und ließen die kurze Sequenz einige Male laufen. Das Bild der zarten Lisa mit den großen traurigen Augen drang in ihre Köpfe und setzte sich dort fest.

„Was für ein Monster", murmelte Levi. „Wer spricht mit Lisa? Kommt dir die Stimme bekannt vor? Oder das Zimmer?"

„Das ist ein Behandlungsraum, so viel steht fest. Aber der kann überall in der Klinik sein", meinte Olivia.

„Die kurze Filmsequenz zeigt zwar, dass jemand die Situation von Lisa ausnutzt. Aber es ist kein Beweis. Gegen wen auch immer." Levi richtete sich langsam auf und setzte sich an den ausladenden Esstisch. „Das bringt uns leider nicht weiter."

„Aber dieses Video beweist doch einiges." Olivia blickte Levi fragend an. „Da sieht man ganz deutlich, dass Lisa manipuliert und dann wahrscheinlich missbraucht wird. Sicher von einem Arzt."

„Das nimmst du an. Aber man erkennt auf dem Film nicht, wer es ist", warf Levi ein. „Und auch die Stimme ist verzerrt."

„Das ist nicht gut." Olivia biss sich auf ihre Fingerknöchel. „Kann man nicht herausfinden, wann der Film gemacht wurde?", fragte sie. „Vielleicht kann ein Techniker die Tonspur bearbeiten, damit man die Stimme erkennt."

„Die DVD ist zerkratzt und hat überdies einen Sprung. Da ist nichts zu machen", dämpfte Levi ihre Erwartungen. „Vielleicht steht in den Krankenakten etwas, was uns weiterhilft."

„Das ist eine gute Idee", erwiderte Olivia mit frischem Engagement. „Wo sollen wir beginnen?"

„Widmen wir uns zunächst den Tagen vor Lisas Verschwinden", schlug Levi vor.

Schweigend studierten beide die Einträge. Mehrmals war Lisa in einem Behandlungsraum therapiert worden. Von jemandem mit dem Kürzel N. W.

„Also doch Nils Wagner“, sagte Olivia. „Ich habe gespürt, dass er lügt.“ Sie drehte sich zu Levi. „Mir hat Nils erzählt, dass er nichts mit Lisa zu tun hatte.“

„Soweit ich mich an die Vernehmungsprotokolle erinnern kann, wurde ein Nils Wagner nicht verhört“, überlegte Levi. „Ich werde mir das in meinen kopierten Unterlagen noch genauer ansehen.“

„Hier, das ist auch interessant.“ Olivia tippte auf eine Notiz. „Ein Student führte Therapiegespräche mit Lisa. So etwas ist laut unseren Statuten verboten.“

Konzentriert lasen sie die weiteren Aufzeichnungen. Aber sie enthielten nichts Aufschlussreiches mehr.

„Das ist jetzt die Nacht, in der Lisa verschwunden ist“, sagte Levi und schlug ein gefaltetes Blatt auf.

„Eine Schwester namens Emma Kern hat Nachtdienst gehabt“, las Olivia den Eintrag. „Die ist noch immer auf der Station. Da kann ich sie ja persönlich fragen.“

„Moment, wie heißt diese Schwester?“, unterbrach sie Levi.

„Emma Kern“, wiederholte Olivia.

„Das ist merkwürdig.“ Levi kratzte sich seinen kurzen Bart. „Wenn ich mich recht entsinne, gab sie bei unseren Befragungen an, dass sie zur fraglichen Zeit nicht auf der Station von Lisa Manz gearbeitet hat.“

„Aber hier steht genau das Gegenteil“, sagte Olivia. „Was ist das nur für ein Lügengebilde? Niemand sagt die Wahrheit.“

Erschöpft saß Olivia an dem großen Esstisch und stützte ihr Kinn auf die Arme. „Das ist einfach deprimierend.“

„Aber nicht doch“, munterte Levi sie auf. „Jetzt haben wir eine Zeugin, die offensichtlich gelogen hat. Wir werden ihr noch einmal auf den Zahn fühlen.“

„Und ich habe noch etwas, was uns vielleicht weiterhelfen kann. Wie konnte ich das nur vergessen." Olivia stand vorsichtig auf und ging hinaus in den Flur. Gleich darauf kam sie mit ihrer Umhängetasche zurück.

„Dieses Schmuckstück hat mir Jonathan bei seinem Termin in meiner Sprechstunde gegeben." Olivia zog das Medaillon hervor und hielt es Levi vor das Gesicht. „Er hatte Angst davor. Die beiden Schlangen mit den roten Augen haben ihn beunruhigt."

„Ein sehr auffälliges Stück", meinte Levi und nahm es Olivia aus der Hand. „Stimmt, es sieht ein wenig unheimlich aus", meinte er, nachdem er das Medaillon von allen Seiten eingehend betrachtet hatte.

„Ich habe mich gefragt, wie ein vierzehnjähriges Mädchen zu so einem wertvollen Stück kommt." Olivia wickelte die Kette um ihren Zeigefinger und ließ den Anhänger vor Levis Gesicht hin und her baumeln.

„Willst du mich hypnotisieren?", fragte er. „Vielleicht ist es ein Familienerbstück der Familie Stollwerk, das von der Mutter an die Tochter weitergegeben wurde."

„Oder Lisa hat es möglicherweise von ihrem Mörder erhalten", dachte Olivia laut nach.

„Beginnen wir zunächst mit der Familie von Lisa. Wir zeigen morgen Theresa Manz das Schmuckstück. Ich frage, ob es ihr gehört hat, und du beobachtest ihre Reaktion."

„Warum soll ich das tun?"

„Weil Menschen immer lügen."

32

Die Auffahrt zur Villa Manz war so angelegt, dass Besucher erst im letzten Moment das pompöse Haus sehen konnten. Für Olivia hatte aber dieses Haus nichts Beeindruckendes an sich, sie fand den ausufernden Landhausstil einfach kitschig.

„Sie schon wieder", sagte Theresa Manz, als sie in ihrem marokkanischen Kaftan die Freitreppe herunterschwebte.

„Oh, wen haben Sie denn heute mitgebracht?", fragte sie Levi und deutete auf Olivia. „Ihre Assistentin?"

„Das ist Doktor Hofmann, sie ist Psychiaterin", antwortete Levi und gab Olivia mit den Augen ein Zeichen, sich ruhig zu verhalten.

„Wollen Sie mich einweisen lassen?" Theresa lächelte gelangweilt und drehte sich um. „Da kommen Sie leider zu spät. Ich bin hier schon im größten Irrenhaus von Wien", sagte sie und ging durch die Eingangshalle in den Salon.

„Wir möchten Sie nicht lange stören, Frau Manz", begann Levi ruhig. „Ich habe nur eine einzige Frage."

„Das ist gut, denn mein Mann muss gleich zurück sein. Der mag es nämlich überhaupt nicht, wenn ehemalige Bullen hier herumschnüffeln."

„Kennen Sie diese Kette?", fragte Olivia barsch und kam Levi damit zuvor. Sie zog das Schmuckstück aus der Tasche und hielt es Theresa unter die Nase. Im selben Moment bereute sie ihr voreiliges Handeln, als sie Levis warnenden Blick bemerkte. Immer kam Olivia ihre Impulsivität in die Quere, aber sie musste sich zusammenreißen, denn Theresa Manz ging ihr unglaublich auf die Nerven. Diese wollte nach dem Anhänger greifen, doch Olivia zog es schnell weg. „Das ist ein Beweisstück", sagte sie.

„Was für ein Beweisstück?" Theresa blickte sie verständnislos an.

„Diese Kette gehörte Ihrer Tochter", meinte Levi.

„Warum fragen Sie das? Ich verstehe nicht", murmelte Theresa. „Der Fall ist doch abgeschlossen. Der Täter hat Selbstmord begangen. So hat es mir mein Mann geschildert. Stimmt das nicht?"

„Im Großen und Ganzen ist das richtig", sagte Levi, „aber es gibt noch einige offene Fragen."

„Haben Sie dieses Schmuckstück schon mal gesehen?", unterbrach ihn Olivia genervt und ignorierte Levis mahnende Blicke. „Sie brauchen nur mit Ja oder Nein zu antworten."

„Darf ich es noch mal sehen?", fragte Theresa und wirkte auf Olivia plötzlich sehr defensiv. ‚Man muss sie nur etwas forscher anreden, dann stürzt die kühle Fassade ein', dachte sie.

„Aber gerne."

Olivia reichte Theresa das Medaillon, die es von allen Seiten betrachtete.

„Nein. Ich kenne dieses Stück nicht. Trotzdem ist es eine wunderbare Arbeit. Diese Rubine sind sehr wertvoll. Wo haben Sie es gefunden?" Theresa zog die Augenbrauen zusammen. „Und wieso nehmen Sie an, dass es Lisa gehört hat?"

„Das können wir Ihnen leider nicht sagen." Levi lächelte unverbindlich.

„Machen Sie sich nicht lächerlich. Sie sind nicht mehr bei der Kriminalpolizei", warf Theresa ein. „Und haben damals bei der Jagd nach dem Mörder meiner Tochter kläglich versagt. Plagt Sie jetzt das schlechte Gewissen?"

„Sie kennen diese Kette also nicht?" Olivia sah, wie Levis Kiefermuskeln zuckten, und bewunderte ihn für seine Selbstbeherrschung. Sie wäre schon längst explodiert. Aber Levi ging mit keinem Wort auf Theresas Vorwurf ein. Trotzdem war deren Reaktion für Olivia sehr aufschlussreich. Denn anscheinend wurde Theresa von ihrem schlechten Gewissen gepeinigt. Deshalb projizierte sie die eigene Schuld auf jemand anderen.

„Ich kenne diese Kette nicht", wiederholte Theresa aufreizend langsam. Dann wuchtete sie sich aus dem tiefen Sofa und ging zu dem großen gedrechselten Buffet. „Diese ganze Fragerei macht mich ziemlich durstig", murmelte sie und goss sich ein Glas Champagner ein. Sie trank es in einem Zug leer und füllte es sofort wieder auf. Dann taxierte sie Levi und Olivia von oben bis unten.

„Gibt es sonst noch etwas? Wie gesagt, mein Mann kann jeden Augenblick hier eintreffen."

„War er auf Geschäftsreise?", fragte Levi.

„Er kommt von seiner Geliebten", antwortete Theresa und wendete sich ab. „Am Morgen kommt er immer zurück", flüsterte sie selbstvergessen.

„Warum konnten Sie Ihre Tochter eigentlich nie lieben?", fragte Olivia plötzlich. „Normalerweise lieben Mütter doch ihre Kinder."

„Ist das jetzt eine Therapiesitzung?" Theresa drehte ihr Glas zwischen den Fingern. „Lisa hat mein Leben zerstört. Ich wollte

Karriere machen. Aber Richard hat darauf bestanden, dass ich zu Hause bleibe. So etwas ist am Theater nicht möglich."

„Aber das hätte sich doch vereinbaren lassen", erwiderte Olivia. „Ein Kindermädchen könnten Sie sich jederzeit spielend leisten."

„Natürlich, aber das wollte Richard nicht. Er will keine fremden Personen im Haus. Sonst verliert er die Kontrolle. Sie kennen meinen Mann nicht. Alles muss nach seinem Willen gehen. Er will unumschränkte Macht ausüben. Das hat er auch bei Lisa versucht. Aber meine Tochter war stärker als ich. Sie hat sich ihm widersetzt. Wollte nichts von Zucht und Ordnung wissen. Da steckte er sie eben in eine Klinik." Plötzlich verstummte Theresa und zog den Kaftan vorn an der Brust zusammen. „Jetzt habe ich lange genug mit Ihnen geredet. Tut mir leid, dass ich Sie mit meiner Geschichte gelangweilt habe."

„Nicht doch", widersprach Olivia. Mit einem Mal hatte sie ein gänzlich anderes Bild von Theresa. Die arrogante Schauspielerin war in Wirklichkeit eine zutiefst verunsicherte Frau, die von ihrem Mann terrorisiert wurde. „Vielleicht sollten Sie mit jemandem darüber reden", schlug sie deshalb vor.

„Ein guter Tipp, aber zurzeit brauche ich noch keinen Psychiater", ließ Theresia sie kalt abblitzen. „Vielleicht kommt schon bald der richtige Zeitpunkt und ich werde reden", fügte sie sanfter hinzu.

„Aber jetzt müssen Sie mich entschuldigen, ich habe Wichtigeres zu tun, als mich mit Ihnen zu unterhalten." Sofort schlüpfte Theresa wieder in die Rolle der überheblichen Schauspielerin.

„Danke, dass Sie uns Ihre Zeit gewidmet haben, Frau Manz. Wir finden alleine hinaus." Levi nickte Theresa freundlich zu und nahm Olivia am Arm.

Als sie schon am Eingangsportal waren, hörten sie Theresa sagen: „Dieses Schmuckstück ist eine Jugendstilarbeit. Da bin ich mir sicher. Fragen Sie einmal bei Ginas Schmuck-Atelier im achten Bezirk nach. Gina ist eine begnadete Schmuckdesignerin. Sie kennt viele Künstler und auch die einschlägigen Kunsthändler. Sie kann Ihnen sicher weiterhelfen."

33

Lisa – fünf Jahre früher

Heute bin ich wieder beim Doktor.

„Zieh dich aus“, sagt er und es beginnt erneut dasselbe Spiel. So lange, bis ich Gefühle entwickle. Er fährt mir mit seiner Hand zwischen die Beine und filmt dabei mein Gesicht.

„Was fühlst du? Beschreibe die Gedanken, die dir dabei durch den Kopf gehen.“

„Ich will, dass es endlich aufhört“, sage ich und denke dabei nur noch ans Sterben.

Wie schön muss es sein, in einem Sarg zu liegen, umgeben von Stille. Keine Hände, die mich berühren, kein Laut, der zu mir dringt. Schwarze Erde umgibt mich. Ich schlafe und wache in einem unbekannten Land wieder auf.

„Das ist zu wenig“, sagt der Doktor. Diesmal klingt seine Stimme betrübt. „Du weißt doch, dass ich dir nur helfen will“, meint er gütig. „Alles geschieht zu deinem Besten. Ich mag dich.“

„Dann hör auf damit“, sage ich.

„Was bekomme ich dafür, wenn ich die Untersuchungen abschließe?“, fragt er lauernd.

Es ist ein Lichtstrahl in finsterer Nacht. Es ist eine Chance und ich muss sie nutzen.

„Ich sage nichts zu Hause“, flüstere ich und weiß im selben Moment, dass es die falsche Antwort ist. Der Doktor grinst und packt mich im Genick.

„Du willst mir drohen?“, fragt er und sein Atem streicht über meine Wangen. „Pass einmal auf, was jetzt mit dir passiert.“

Er packt mich und drückt mich in den Stuhl. Bindet meine Arme mit den Lederbändern fest, die an den Lehnen befestigt sind. Der Doktor nimmt eine Spritze vom Tisch und kommt damit langsam auf mich zu. Sticht mir damit in den Arm. Ich spüre eine gefährliche Müdigkeit, die sich in meinem Körper ausbreitet. Die Lederbänder werden geöffnet, ich sehe nur noch alles verschwommen. Spüre, dass etwas mit meinem Körper geschieht, aber ich weiß nicht, was los ist.

Als es vorbei ist und ich wieder meinen Trainingsanzug anhabe, sitze ich noch minutenlang in dem Zimmer des Doktors. Schweigend schreibt er den Bericht und sieht mich dann lange durchdringend an.

„Hattest du wieder sexuelle Fantasien, Lisa?“

„Es waren keine Fantasien. Es war echt“, sage ich und spüre, dass mir die Tränen in die Augen steigen. „Was hast du mit mir gemacht, du Schwein“, sage ich laut und immer lauter. Ich springe auf, hechte über den Schreibtisch, doch der Doktor ist blitzschnell zurückgewichen. Mein Schlag geht ins Leere.

„Noch immer so aggressiv wie am Anfang“, meint er kopfschüttelnd.

Er drückt auf einen Knopf. Sekunden später kommen zwei Pfleger herein und nehmen mich in die Mitte. Draußen steht ein Mann, den ich noch nie gesehen habe.

„Das ist Lisa", sagt der Doktor zu dem Mann. „Beginnen Sie mit ihr die Verhaltenstherapie."

„Sind Sie dabei?", fragt der Mann den Doktor.

„Ich werde mich von den Fortschritten überzeugen."

„Sind Sie auch Arzt?", frage ich den Mann.

„Ich bin Student. Das ist mein Praktikum", antwortet er. „Gehen wir in Ihr Zimmer, Lisa."

Langsam gehen wir den weißen Korridor entlang. Aus den Lautsprechern tönt einlullende Musik, und der Geruch, der in der Luft liegt, macht schläfrig.

„Ich muss mich beim Doktor immer ausziehen", flüstere ich, als wir in meinem Zimmer sind.

„Erzählen Sie mir mehr davon." Der Student nimmt ein schwarzes Notizbuch aus der Tasche und beginnt zu schreiben. Ich erzähle von dem Doktor und den Spielen, die er mit mir macht. Der Student notiert alles geduldig.

„Sie glauben mir doch", flüstere ich, als ich erschöpft in mein Bett zurücksinke.

„Natürlich glaube ich Ihnen." Der Student tätschelt meinen Arm und sieht mir mitleidig ins Gesicht. „Wir beginnen morgen mit der Verhaltenstherapie, dann wird Ihnen der Doktor nichts mehr tun."

Aber der Student lügt.

In der Nacht kommt der Doktor in mein Zimmer, um sich nach meinem Befinden zu erkundigen.

„Was hast du dem Studenten alles erzählt, Lisa?", fragt er und schiebt mein Nachthemd hoch. „Weshalb trägst du keinen Slip?", fragt er, während er meinen Hintern drückt. „Du wirst dich noch erkälten."

Der Student kommt jetzt jeden Tag zu mir, und ich erzähle ihm, was in der Nacht mit dem Doktor passiert. Der Student schreibt alles in sein Buch. Dann beginnt er, mich nach meinen Eltern zu befragen. Weshalb ich diese Aggressionen habe.

„Wir machen jetzt ein Spiel", sagt er eines Tages.

Er nimmt zwei Polster und legt sie auf die beiden Stühle in meinem Zimmer.

„Stell dir vor, die beiden Kissen sind deine Eltern", meint er dann. „Jetzt kannst du ihnen alles erzählen, was dich an ihnen stört."

Es dauert eine Weile, aber dann sprudelt es aus mir heraus. Die Kissen werden zu Personen und diese Personen zu Papa und Mama. Gegen Ende stürze ich nach vorn und beginne, mit meinen Fäusten auf die beiden Kissen einzuschlagen. Der Student packt mich mit seinen starken Armen und presst mich fest an sich.

Es fühlt sich gut an, von jemandem gehalten zu werden. Bei dem Studenten fühle ich mich sicher.

34

Ginas Schmuck-Atelier befand sich in einer ehemaligen Druckerei in einer ruhigen Seitenstraße im achten Bezirk. Levi parkte seinen Saab vor der Tür und beide stiegen aus.

„Eine ziemlich abgefahrene Location für ein Schmuck-Atelier", meinte Levi, als sie eintraten. Ausgefallene Schmuckstücke wurden auf Farbwalzen und in Letternkästen präsentiert, um so die Wertigkeit noch stärker hervorzuheben.

„Was kann ich für Sie tun?", fragte eine Frau mit rot gefärbten Haaren, die aus einem hinteren Zimmer kam.

„Theresa Manz, Ihre Kundin, hat uns zu Ihnen geschickt", sagte Levi und stellte sich und Olivia vor.

„Oh, die schöne sensible Theresa." Olivia war sich nicht sicher, ob Gina diesen Satz ironisch gemeint hatte oder nicht. „Wie kann ich Ihnen helfen?", fragte Gina.

„Haben Sie dieses Schmuckstück schon einmal gesehen?" Olivia zog das Amulett aus ihrer Umhängetasche und legte es auf eine antike Druckmaschine, die zu einem Tresen umfunktioniert worden war.

„Oh, ein schönes Stück." Nachdenklich betrachtete Gina den Anhänger. „Diese züngelnden Schlangen habe ich schon einmal gesehen. Es war auf dem Flohmarkt am Naschmarkt."

„Aber so ein wertvolles Stück gibt's doch nicht auf dem Wiener Flohmarkt", warf Levi ein.

„Doch. Dort befindet sich ein eigener Sektor für Jugendstil-Antiquitäten", widersprach Gina.

„Können Sie sich noch an den Händler erinnern, der es angeboten hat?", fragte Olivia.

„Nein. Aber es gibt nicht so viele Händler, die wertvolle Jugendstilarbeiten anbieten. Ich kann Ihnen die Namen aufschreiben."

„Das wäre wunderbar", sagte Olivia und wandte sich dann zu Levi. „Wenn wir wissen, von wem Lisa das Schmuckstück bekommen hat, dann sind wir schon ein großes Stück weiter."

Als ihnen Gina die Liste brachte, verabschiedeten sie sich und gingen nach draußen.

„Wir teilen uns am besten auf", sagte Levi, als beide zu seinem weißen Saab zurückgingen. „Ich versuche, mit Emma Kern zu sprechen und sie mit ihrer Lüge zu konfrontieren. Vielleicht sagt sie mir diesmal die Wahrheit."

„Dann klappere ich in der Zwischenzeit mit meinem Fahrrad die Vintageläden auf der Liste ab und frage, ob jemand den Anhänger kennt", sagte Olivia.

„Wo steht denn dein Fahrrad?", fragte Levi. „Die Polizei hat es nach dem Unfall doch sichergestellt."

„Simon hat es zu meiner Praxis gebracht. Er hat auch die beschädigten Teile repariert", antwortete Olivia. Als sie am Abend mit dem Taxi zu ihrem Vater gefahren war, hatte sie Simon angerufen und ihn gebeten, das Fahrrad in ihre Praxis zu bringen. Dass er auch das Licht erneuert und den Vorderreifen ausgewechselt hatte, war allerdings nicht ausgemacht gewesen. Sie hatte noch keine Zeit gehabt, sich dafür zu bedanken.

„Simon? Wer ist das?“, fragte Levi.

„Simon Berger ist ein junger Assistenzarzt aus der Klinik“, antwortete Olivia. „Ich war mit ihm im Kino.“

„Alles klar.“ Mehr sagte Levi nicht dazu, sondern konzentrierte sich wieder auf die Straße. Olivia betrachtete ihn verstohlen von der Seite. Aber die Miene von Levi war undurchdringlich.

„Lass mich einfach hier an der Ecke aussteigen“, sagte Olivia, als sie die Währinger Straße entlangfuhren. „Ich möchte ein wenig zu Fuß gehen und nachdenken.“

Sie fühlte sich noch immer nicht ganz fit, als sie langsam die Bergstraße zu ihrer Praxis hinunterging. Alle Termine für die nächste Zeit hatte sie bereits abgesagt, da sie ja nicht wusste, ob die psychiatrische Kommission ein Verfahren einleiten würde. In ihrer Praxis schluckte sie zwei Schmerztabletten und suchte aus dem Internet die Adressen der Vintageläden von Ginas Liste heraus. Sie druckte alles aus und prägte sich die Wege ein.

Simon hatte ihr Fahrrad in den düsteren Hinterhof gestellt, und als Olivia das Rad nach vorn auf die Straße schob, merkte sie, dass ihre Rippen trotz der Tabletten wieder zu schmerzen begannen.

„Vielleicht ist es doch keine so gute Idee, jetzt schon wieder mit dem Rad zu fahren“, murmelte sie leise. Doch dann stieg sie mit zusammengebissenen Zähnen trotzdem auf.

Den ganzen Nachmittag radelte Olivia von einem Laden zum nächsten, ohne das Geringste in Erfahrung zu bringen. Mehrmals versuchte sie Levi am Telefon zu erreichen, um ihren Frust loszuwerden, kam aber immer nur auf seine Mailbox. In keinem der Läden wusste jemand etwas über die Herkunft dieses besonderen Schmuckstücks.

Erschöpft fuhr Olivia am Ende ihrer Tour die Praterstraße entlang. Sie hatte noch zwei Vintageläden auf ihrer Liste und überlegte, ob es Sinn ergab, auch diese zu besuchen. Der Laden in der Praterstraße hieß „Paradise Lost“ und war im Erdgeschoss eines ehemaligen Palais untergebracht. Als Olivia durch die hohen Flügeltüren eintrat, glaubte sie, in einer Zauberwelt zu sein. Der Raum war groß wie ein Ballsaal und an die zehn Meter hoch. Die Wände bestanden aus blinden Spiegeln, die ihre Gestalt und die Ausstellungsstücke hundertfach duplizierten und ins Unendliche verzerrten. Obwohl der Raum so riesig war, hatte man ihn bis in den letzten Winkel mit Kutschen, Rüstungen, Tischen, Sofas, Schränken und Statuen vollgestellt. „Hallo, ist hier jemand?“, rief sie, doch niemand antwortete.

In der Mitte des Saals gab es einen schmalen Durchlass und Olivia musste sich zwischen alten Mänteln und Abendkleidern den Weg nach hinten bahnen. Sie erreichte ein weiteres Zimmer, das durch hohe verschnörkelte Glastüren von dem Verkaufsraum abgetrennt war. Durch die Scheiben sah sie einen leeren Schreibtisch und dahinter einen geöffneten Schrank.

Olivia zögerte einen Augenblick, doch dann drückte sie die Klinke nach unten. Im selben Moment legte sich eine Hand auf ihre Schulter und erschrocken zuckte sie zusammen.

„Dieser Raum ist privat“, hörte sie eine leise Stimme hinter sich. Überrascht drehte sie sich um und stand einem gepflegten Mann gegenüber, der einen schwarzen Anzug trug.

„Haben Sie mich erschreckt“, sagte Olivia und atmete tief durch.

„Ich bin Frederick, der Besitzer dieses Ladens“, sagte der Mann und musterte Olivia von oben bis unten. „Hatten Sie einen Unfall?“, fragte er und deutete auf die Platzwunde an ihrer Schläfe.

„Ein dummer Fahrradunfall“, meinte Olivia und lächelte verlegen.

„Ja, Fahrradfahren kann gefährlich sein. Was kann ich für Sie tun?“, fragte Frederick und blickte Olivia charmant an. Sein ganzes Auftreten wirkte weltgewandt und offen. Es passte so gar nicht in diesen chaotischen Laden.

„Gina aus dem Schmuck-Atelier hat mir den Tipp gegeben, Sie um Rat zu fragen“, sagte Olivia.

„Oh, Gina. Wie nett von ihr. Worum geht es?“

„Haben Sie das schon einmal gesehen?“ Olivia hielt Frederick das Schmuckstück entgegen.

„Ich darf doch?“, fragte Frederick höflich und nahm Olivia den Anhänger aus der Hand.

„Eine wunderschöne Arbeit“, meinte er nach eingehender Betrachtung und ließ das Amulett vor Olivias Augen hin und her baumeln. „Diese Schlangen kommen mir irgendwie bekannt vor. Ja, ich habe so ein Design bei meinen Stücken gesehen. Aber dafür muss ich erst nachschauen. Sie sehen ja selbst, ich ertrinke beinahe in meinen Schätzen“, sagte Frederick entschuldigend und machte eine ausladende Handbewegung.

„Ach bitte, seien Sie doch so nett und schauen Sie in Ihren Unterlagen nach. Ich sehe mich in der Zwischenzeit ein wenig um. Vielleicht finde ich ein kleines Geschenk für meinen Vater. Er hat bald Geburtstag“, sagte Olivia und steckte die Kette wieder ein.

„Woher kennen Sie Gina eigentlich?“, fragte Olivia, während sie sich zwischen den Mänteln und Abendkleidern wieder in den vorderen Raum kämpfte.

„Gina hat für mich Erbstücke meiner Familie verkauft“, sagte Frederick. „Daraus ist nach und nach eine Freundschaft entstanden. Jetzt lotst sie ab und zu Kunden zu mir, damit ich mir dieses Palais leisten kann.“ Frederick streckte die Hände zur Decke. „Die Erhaltungskosten sind enorm.“

„Warum mieten Sie keinen kleineren Laden?“, fragte Olivia.

„Ich habe meinen Eltern versprochen, das Palais zu behalten. Es ist seit 1693 im Besitz unserer Familie. Dafür lohnt es sich zu kämpfen.“

„Da haben Sie recht“, antwortete Olivia. „Leben Ihre Eltern noch?“, fragte sie.

„Vater ist schon lang gestorben und Mutter ging es danach sehr schlecht. Es verging keine Woche, in der wir nicht in der Psychiatrie mit ihr waren. Letztes Jahr hat sie ihren persönlichen Kampf aufgegeben.“

„Das tut mir leid, wie traurig.“ Einer spontanen Eingebung folgend fragte sie: „Haben Sie zufällig den Namen Lisa Manz schon einmal gehört?“

„Lisa? O ja, das war doch das arme Mädchen, das vor fünf Jahren ermordet wurde“, antwortete Frederick. „Ich habe damals die Polizei in der Klinik gesehen. Man hat überhaupt nichts Näheres erfahren. Alles wurde totgeschwiegen.“

„Persönlich haben Sie Lisa dort nie kennengelernt?“, hakte Olivia nach.

„Nein. Warum fragen Sie das alles? Gehörte der Anhänger vielleicht Lisa?“

„Das kann sein“, meinte Olivia ausweichend.

Frederick verschwand nach hinten, und Olivia ging durch die schmalen Gänge zwischen den Bergen von ledergebundenen Büchern und historischen Brettspielen, die in einem Teil des Saals gelagert waren.

Plötzlich fesselte ein Ausstellungsstück ihre Aufmerksamkeit, das an einer mit verblassten Trompe-l'oeil-Malereien verzierten Wand lehnte. Es war ein riesiger Spiegel, den sie in dem ganzen Wirrwarr zunächst überhaupt nicht bemerkt hatte. Langsam trat sie näher. Das Glas des Spiegels war verstaubt und der Rahmen mit schwarzen Flecken überzogen. Doch noch immer war das Dekor darunter zu erkennen. Es waren zwei Schlangen, die sich oben am Rand des Spiegels mit ihren Köpfen vereinigten und wie zwei Liebende züngelten. Ihre Augen leuchteten rot und wirkten böse.

Mit der Hand fuhr Olivia über den Rahmen und zog den Anhänger aus ihrer Tasche. Kein Zweifel, es war dasselbe Motiv. Der Spiegel und das Medaillon waren von demselben Künstler entworfen worden. In diesem Moment sah sie einen Schatten in dem halbblinden Spiegel. Als sie sich umdrehte, kam Frederick mit verkniffenem Gesicht langsam auf sie zu.

35

Levi stand in einer koscheren Fleischhauerei in der Nähe des Karmelitermarktes. Er hatte sich vorgenommen, wieder einmal gemeinsam mit Rebecca den Sabbat nach der jüdischen Tradition zu feiern, obwohl sie nicht sehr gläubig waren. Aber bei dem traditionellen Festmahl am Freitagabend konnte er mit Rebecca in einer angenehmen Atmosphäre reden. Ihre Ehe war zwar in eine Schieflage geraten, aber Levi liebte seine Frau noch immer und hoffte, dass sie ihn verstehen würde.

„Ich möchte ein großes Stück Fleisch für den Freitagabend bestellen", sagte Levi zu dem Metzger, der mit seiner Kippa, dem kleinen Käppchen, und den Schläfenlocken als orthodoxer Jude zu erkennen war.

„Welches Fleisch eines Paarhufers und Wiederkäuers möchtest du?", fragte ihn der Metzger.

„Gib mir ein wenig vom Rind", entschied Levi und sah zu, wie der Metzger alles in ein großes Notizbuch eintrug.

Als er wieder nach draußen auf die Straße trat, hatte er ein gutes Gefühl. Ja, er würde Rebecca seine Beweggründe erläutern, warum er den Fall Lisa Manz nicht so einfach abhaken konnte.

Plötzlich fiel ihm ein, dass er sich noch mit der Stationsschwester Emma Kern treffen musste. Während der polizeilichen Befragung vor fünf Jahren hatte sie offensichtlich die Unwahrheit gesagt. Und Levi wollte wissen, warum. Kurz entschlossen griff er zu seinem Handy.

„Ich möchte mit Stationsschwester Emma Kern sprechen", sagte er, als sich der Portier der Klinik meldete. Nach einer Pause erklang eine sympathische Frauenstimme.

„Schwester Emma hier."

„Frau Kern, ich bin Levi Kant von der Polizei. Ich müsste Ihnen ein paar Fragen stellen."

„Worum geht es denn?", fragte Emma vorsichtig.

„Um einen Fall, der bereits fünf Jahre zurückliegt", antwortete Levi.

„Ach, Sie meinen sicher den Mordfall Lisa Manz", sagte Emma sofort. „Ich habe damals der Polizei alles erzählt. Mehr gibt es dazu nicht zu sagen. Wenn Sie mich bitte jetzt entschuldigen, ich habe Dienst."

„Sie irren sich, Frau Kern. Es gibt eine Menge, das Sie mir erklären sollten. Zum Beispiel, weshalb ich bei den Patientenprotokollen auf Ihren Namen stoße. Und zwar in jener Nacht, in der Lisa aus der Klinik verschwunden ist." Levi hörte, wie Emma heftig aus- und einatmete, ehe sie etwas darauf erwiderte.

„Ich kann Ihnen nichts weiter dazu sagen."

Levi wollte noch etwas entgegnen, doch Emma hatte bereits die Verbindung getrennt.

‚Na gut', dachte Levi. ‚Dann komme ich eben einfach in die Klinik und rede dort mit dir.'

Aber zuvor musste er so wie jeden Donnerstag noch einen bestimmten Platz im zweiten Bezirk aufsuchen. Als er an dem

Blumenladen am Karmelitermarkt vorbeikam, winkte ihm Moses, der Blumenhändler, freundlich zu.

„Levi, habe dich diese Woche noch gar nicht hier gesehen."

„Ich hatte einiges zu erledigen", antwortete Levi. „Außerdem musste ich die Abschlussarbeiten meiner Studenten korrigieren. Das Semester ist ja zu Ende."

„Du wirkst angespannt, mein Freund. So wie früher, als du noch Polizist gewesen bist."

„Ich helfe privat einer Bekannten bei einer schwierigen Sache." Levi wollte nicht mehr darüber erzählen, deshalb wechselte er schnell das Thema. „Hast du die Blumen, so wie immer?", fragte er.

„Aber natürlich. Ich wusste doch, dass du vorbeikommst." Moses zog einen Bund Wiesenblumen aus einem Wasserkübel. „Schlicht und zäh. Genau so, wie du sie immer willst."

„Diese Blumen halten viel aus", sagte Levi. „Sie wachsen am Straßenrand, werden zertrampelt und blühen trotzdem wieder. Das ist Härte."

„Nicht Härte, das ist die positive Einstellung, die von den Blüten ausgeht. Nie den Kopf hängen lassen. Immer wieder aufs Neue erblühen. So hat es Gott gewollt."

„Hör auf, von Gott zu reden", sagte Levi. „Vor fünf Jahren hat er mir nicht geholfen."

„Gott ist nicht dein Angestellter, Levi. Er zeigt dir nur einen Weg. Ihn beschreiten musst du dann selbst. Damals bist du den falschen Weg gegangen und das Schicksal hat dich bestraft", sagte Moses.

„Vielleicht hast du recht. Ich feiere diese Woche seit Langem wieder den Sabbat mit Rebecca. Vielleicht hilft es bei unserer Ehe."

„Siehst du, Levi. Jetzt bist du auf dem richtigen Pfad." Moses nickte anerkennend.

„Ich hoffe es. Bis zum nächsten Mal.“ Levi hob grüßend die Hand, als er mit den Blumen den Laden verließ.

Sein Handy läutete. Es war eine unbekannte Nummer.

„Ich habe noch eine Stunde Dienst, können wir uns anschließend bei mir zu Hause treffen? Ich will in der Klinik kein unnötiges Aufsehen erregen“, sagte Emma Kern betont sachlich.

„Ja, das lässt sich machen“, antwortete Levi.

„Das Lügen muss endlich ein Ende haben. Bis in einer Stunde.“ Emma gab ihm ihre Adresse durch und legte auf.

Mit den Blumen unter dem Arm ging Levi über den Karmelitermarkt, bog dann in eine Seitenstraße ein, wo der Saab parkte, und fuhr weiter durch die Praterstraße Richtung Praterstern.

Dort war die Atmosphäre nicht mehr so friedlich. Trotz verstärkter Polizeipräsenz gab es hier einen regen Drogenhandel. Rivalisierende Banden trafen aufeinander und machten auch von ihren Schusswaffen rücksichtslos Gebrauch.

Levi war vor fünf Jahren in einen Schusswechsel zwischen Weißrussen und Albanern geraten, die um die Vormachtstellung im Kokainhandel kämpften. Eine verirrte Kugel hatte ihn erwischt, als er nachts über den windigen Vorplatz gegangen war. Es war auf dem Höhepunkt des Lisa-Manz-Falls geschehen. Plötzlich war er selbst mit dem Sterben konfrontiert gewesen. Die Schlagader war getroffen und der Blutverlust enorm. Seine Überlebenschancen waren minimal gewesen. Aber er hatte sich ins Leben zurückgekämpft und hatte nicht aufgegeben. So wie diese Wiesenblumen. Daran musste er jetzt denken, als er vor der Stelle stand, wo es passiert war. Jetzt bei Tageslicht sah alles friedlich und ungefährlich aus. Jugendliche lungerten auf den Bänken herum und Rentner fütterten die Tauben.

Er lehnte die Blumen an eine abbröckelnde Betonmauer und ging schnell weiter. Es war sein wöchentliches Ritual, das nicht einmal Rebecca kannte.

Eine Stunde später stand er vor dem Reihenhaus, in dem Emma Kern wohnte.

„Sie haben sich nicht verändert“, sagte Emma, als sie die Tür öffnete.

„Wir kennen uns doch gar nicht“, sagte Levi und machte ein verblüfftes Gesicht.

„Ich habe den Fall Lisa Manz in den Zeitungen verfolgt. Da habe ich auch ein Foto von Ihnen gesehen“, redete Emma weiter, um ihre Nervosität zu überdecken.

„Was möchten Sie mir erzählen?“, kam Levi auf den Punkt, als er sich in einem überladenen Wohnzimmer auf die Couch setzte. Während er auf eine Antwort wartete, blickte er diskret umher. Auf kleinen Beistelltischen standen Dutzende von Glaspferden in allen erdenklichen Posen und Größen. Aus einem Nebenzimmer war ein merkwürdiges Pfeifen und Saugen zu hören, so als würde man einen Blasebalg betätigen.

„Ja, es gibt etwas, das Sie wissen sollten“, antwortete Emma nach längerer Pause. „Ich hatte in jener Nacht Dienst.“

„Als Lisa Manz verschwunden ist“, vergewisserte sich Levi. „Erzählen Sie weiter.“

„Lisa war komplett verstört, als sie aus der Therapiesitzung kam. Sie hat in einem fort geweint und immer wieder gedroht, dass sie sich umbringen will. Ich hatte Mitleid mit ihr.“

„Haben Sie nicht den zuständigen Therapeuten informiert?“, fragte Levi.

„Nein, dafür hatte ich meine Gründe.“ Emma nahm eines der Glaspferdchen in die Hand und hielt es gegen das Licht. „Eine schöne

Arbeit. Böhmisches Kristall. Ich zeige sie oft meinem Sohn. Das freut ihn."

„Was geschah weiter?"

„Ich habe die Türen nicht wie vorgeschrieben abgeschlossen. So konnte sie entkommen."

„Wie? Lisa ist alleine geflohen?", fragte Levi verblüfft. „Wie ist das möglich?"

„Es hat ihr jemand geholfen", antwortete Emma.

„Kennen Sie denjenigen?"

„Leider nein, ich war zu dieser Zeit im Schwesternzimmer mit einem renitenten Patienten beschäftigt. Ich habe durch das Fenster nur zwei Personen gesehen."

„Und als Sie zurückkamen, bemerkten Sie, dass Lisa verschwunden war", ergänzte Levi.

„Ja."

„Die Polizei wurde erst drei Tage nach Lisas Verschwinden benachrichtigt", erinnerte sich Levi zurück. „Wann haben Sie die Klinikleitung informiert?"

„Bereits am nächsten Tag. Aber die Leitung wollte die ganze Angelegenheit diskret behandeln", sagte Emma und verstummte plötzlich. Levi horchte auf, denn das merkwürdige Geräusch war plötzlich nicht mehr zu hören.

„Entschuldigen Sie mich kurz", sagte Emma und stand schnell auf. Sie öffnete die Tür zum Nebenzimmer und verschwand. Auch Levi erhob sich, um einen Blick nach nebenan zu werfen. In dem Zimmer stand ein Hightech-Krankenbett, in dem ein junger Mann lag. Er war bis zur Brust in Decken gehüllt, nur seine Arme und sein Kopf waren zu sehen. Über dem Gesicht trug er eine durchsichtige Maske, die mit einem Schlauch an ein Atemgerät angeschlossen war. Der Plastikbalg senkte sich zischend auf und nieder. Es war das Geräusch, das Levi von draußen gehört hatte.

„Das ist Florian, mein Sohn“, sagte Emma, die bemerkt hatte, dass Levi hinter ihr stand. „Er hat das Locked-in-Syndrom“, sagte Emma und streichelte die Stirn ihres Sohnes. „Ein banaler Autounfall. Florian hatte nur eine leichte Gehirnerschütterung. Zwei Tage später brach er zusammen. Blutgerinnsel im Kopf. Seither pflege ich ihn, abwechselnd mit meiner Schwester.“

„Das tut mir leid“, sagte Levi.

„Das Bett und die Maschinen kosten Hunderttausende Euro“, sagte Emma. „Das verdiene ich nicht in zehn Jahren. Die Versicherung hat uns bisher nicht geholfen. Als mir die Klinikleitung ein Angebot gemacht hat, habe ich es angenommen.“

„Sie sollten eine Falschaussage machen“, schlussfolgerte Levi. „Aber warum?“

„Die Klinikleitung machte sich zunächst selbst auf die Suche nach Lisa“, antwortete Emma. „Man wollte sie ohne Polizei finden. Man hat mir für meine Aussage das Pflegebett mit den Maschinen kostenlos zur Verfügung gestellt.“

„Ich kann Sie irgendwie verstehen“, sagte Levi, der für sich bereits eine Entscheidung getroffen hatte. Er würde niemandem von Emmas Falschaussage erzählen.

„Wirklich?“, fragte Emma mit zittriger Stimme.

„Ja. Nur noch eine Frage. Wer hat Ihnen das Angebot gemacht?“, fragte er.

„Das war Nils Wagner.“

36

„Dieser Schlangenspiegel stammt von einem Kunden aus dem Burgenland", sagte Frederick zu Olivia. Beide saßen sie in Fredericks Büro. Auf dem Schreibtisch lagen eine Menge Ordner, aber Frederick konnte nicht mehr sagen, wie der Mann hieß, von dem der Spiegel stammte.

„Ich habe den Spiegel nicht selbst in Empfang genommen", sagte Frederick mit einem Achselzucken. „Es ist auch alles schon so lange her."

„Haben Sie keine Adresse des Verkäufers?", fragte Olivia.

„Ich sehe nochmals in unserem Archiv nach", erwiderte Frederick und ging zu einem abgewetzten Schrankkoffer.

„Da drinnen wollen Sie etwas finden?", fragte Olivia, als sie einen Blick in den Schrankkoffer warf. Er war bis zum Rand mit Zetteln, Rechnungen und Briefumschlägen angefüllt.

„Es gibt eine geheime Ordnung in diesem Koffer", meinte Frederick augenzwinkernd. Er kniete sich vor den Koffer, wühlte eine Weile darin herum und zog dann einen zerknüllten Zettel hervor.

„Voilà!“, sagte er und hielt das Papier in die Höhe. „Hier haben wir die Adresse.“ Er betrachtete den Zettel von allen Seiten. „Leider kann man nicht mehr viel darauf lesen. Er ist eben schon ziemlich alt. Tut mir leid.“

„Schade“, meinte Olivia enttäuscht.

„Aber Burgenland kann ich noch entziffern. Fahren Sie doch einfach mal hin“, meinte Frederick. „Ein Ausflug an den Neusiedlersee ist doch etwas Schönes.“

„Dafür habe ich leider keine Zeit“, seufzte Olivia. ‚Es wäre ja zu einfach gewesen, wenn ich den Besitzer sofort gefunden hätte‘, dachte sie.

Sie machte ein Foto vom Spiegel und verabschiedete sich von Frederick. Erneut versuchte sie Levi zu erreichen, kam aber wieder nur auf seine Mailbox. Seufzend wählte sie die Nummer der Pflegerin, die auf ihren Vater aufpasste.

„Wie geht es Vater?“, fragte sie.

„Ich habe endlich mit ihm geredet“, antwortete die Pflegerin ernst.

„Worüber? Ist etwas passiert?“, fragte Olivia mit banger Stimme.

„So geht das nicht mehr weiter. Ihr Vater muss in ein Heim.“

„Was sagen Sie da?“, entrüstete sich Olivia.

„Sie haben mich schon richtig verstanden, Frau Doktor.“ Die Stimme der Pflegerin klang eisig und abweisend. Olivia wusste, dass es keinen Sinn hatte, weiter mit ihr am Telefon zu diskutieren. „Ich bin gleich bei meinem Vater, dann können wir das besprechen.“

„Gut“, antwortete die Pflegerin und legte auf.

Kurz darauf stand sie im Flur der großen Altbauwohnung vor zwei sperrigen Überseekoffern mit verblichenen Hotelaufklebern. Es waren die Koffer von Leopold und Flora, die seit ihrer Rückkehr aus Brasilien auf dem Speicher gestanden hatten.

„Weshalb stehen die Koffer hier?“, fragte Olivia die Pflegerin, die gerade mit einem Putzlappen aus der Küche kam.

„Ihr Vater hat bereits gepackt. Er ist damit einverstanden, noch heute in ein Heim zu gehen“, sagte die Pflegerin und verschränkte die Arme vor der Brust.

„Was hat er denn gemacht?“

„Er hat sämtliche Milch- und Saftflaschen aus dem Kühlschrank geholt und auf dem Boden ausgeleert. Dann hat er sich ausgezogen und hineingelegt. ‚Das ist ein Bad für mich und Flora‘, hat er gesagt.“

„Ist das denn so schlimm?“, fragte Olivia.

„Es hat Stunden gedauert, bis ich ihn unter der Dusche sauber gemacht und die Küche geputzt habe“, beschwerte sich die Pflegerin.

„Wo ist mein Vater jetzt?“ Olivia musste sich beherrschen, um nicht laut zu werden. Wahrscheinlich hatte die Pflegerin recht, dachte Olivia und ihr Zorn verflog. Sie wusste aus Erfahrung, wie schwierig Leopold sein konnte, wenn er einen seiner Schübe hatte. Aber war es wirklich nötig, Leopold so zu verunsichern, dass er tatsächlich bereit war, in ein Heim zu gehen?

„Ihr Vater ist in seinem Arbeitszimmer.“

Olivia stürmte den Flur entlang und riss die Tür zu Leopolds Arbeitszimmer auf.

Ihr Vater saß auf einem Stapel Bücher und weinte. In den Händen hielt er den notdürftig geklebten Blumentopf, in dem die abgeknickte Orchidee von Flora steckte. Als er Olivia bemerkte, wendete er sich ab. „Ich will nicht gehen. Du willst mich loshaben. Ich soll aus deinem Leben verschwinden“, flüsterte er.

„Das ist doch kompletter Blödsinn. Ich lasse dich nie alleine und bleibe immer bei dir. Du kannst deine Koffer ruhig wieder auspacken“, antwortete Olivia und musste schlucken.

„Aber die böse Frau hat gesagt: ‚Sie kommen in ein Heim. So kann es mit Ihnen nicht mehr weitergehen‘“, widersprach ihr Vater.

„So kann es nicht mehr weitergehen", flüsterte Olivia. Diese Worte dröhnten in ihrem Kopf und ein brennender Schmerz fuhr in ihr Herz. Sie erinnerte sich an den Abend des Geburtstagsfestes ihrer Tochter.

Nach dem gemeinsamen Bad zogen sich Olivia und Juli besonders schick an.

„Was ist mit Papa?", fragte Juli, als sie ins Wohnzimmer kam.

„Warte einen Augenblick, mein Schatz", sagte Olivia und schob ihre Tochter in das Kinderzimmer.

Beunruhigt ging sie zu Michael, der regungslos auf der Couch lag.

„Komm, reiß dich zusammen. Heute ist Julis Geburtstag. Hast du das Geschenk besorgt? Und es in das rosa Papier eingepackt? Juli wird vor Freude hüpfen, wenn sie die Barbiepuppe sieht", flüsterte Olivia.

„Nein, das habe ich nicht", antwortete Michael müde.

„Warum nicht, wo ist das Geschenk? Lass mich es einpacken. Wir haben noch ein wenig Zeit."

„Ich habe leider das ganze Geld verspielt und unsere letzten Ersparnisse vom Sparbuch sind auch draufgegangen. Ich war so nahe daran, zu gewinnen. Aber es sollte nicht sein. Ich bin ein Versager. Es tut mir leid."

„So kann es nicht weitergehen, Michael. Ich halte das nicht mehr aus."

Wie sehr sie diese Worte bereute. Wie gerne hätte sie alles rückgängig gemacht und ihr altes Leben wieder zurück. Aber es war zu spät. Denn noch am selben Abend waren ihr Mann und ihre Tochter spurlos aus ihrem Leben verschwunden.

37

Nils Wagner legte den Hörer auf und dachte nach. Soeben hatte er mit dem Portier der Klinik gesprochen. Und was dieser ihm mitgeteilt hatte, beunruhigte ihn.

„Was ist los?", fragte der Mann, der auf einem Stuhl vor Nils' Schreibtisch saß. Nils hatte sich mit ihm getroffen, um gemeinsam die weitere Vorgehensweise zu besprechen. Zuvor hatte er alle belastenden Unterlagen, die Leopold Hofmann über ihn gesammelt hatte, durch den Reißwolf gejagt. Für einen kurzen Augenblick war er entspannt gewesen und hatte sich sicher gefühlt. Doch nach diesem Telefonat war die Situation wieder anders. Deshalb saß der Mann auch in seinem Büro und blickte ihn erwartungsvoll an.

„Dieser Ex-Polizist Levi Kant schnüffelt noch immer in der alten Sache herum."

„Das ist ja nichts Neues", sagte der Mann und zog die Augenbrauen hoch. „Was beunruhigt dich daran so?"

„Kant war wieder bei Emma Kern", sagte Nils. „Unser Portier hat heimlich ein Telefonat von ihr mit diesem Levi Kant belauscht."

„Sie wird doch nichts sagen?“, fragte der Mann und war mit einem Mal nervös. „Wieso befragt er sie nach fünf Jahren erneut?“

„Wahrscheinlich hat er die Patientenprotokolle gelesen und da ist ihm etwas aufgefallen.“

„Wie kann das sein? Wieso kommt er an unsere vertraulichen Berichte? Die unterliegen doch dem Datenschutz“, brauste der andere Mann auf.

„Kant lässt eben einfach nicht locker“, antwortete Nils resigniert. „Außerdem arbeitet er nicht alleine. Eine Psychiaterin ist bei ihm. Ich habe sie zwar unter Druck gesetzt, aber sie ist sehr stur. Sie hat höchstwahrscheinlich die Protokolle aus unserem Archiv entwendet.“

„Dann kannst du sie anzeigen.“

„Nein. Wir können es nicht beweisen und es würde zu viel Staub aufwirbeln. Aber vielleicht wird sie bald gestoppt. Die Kammer wird ein Verfahren gegen sie einleiten, dafür setze ich mich ein.“

„Wer ist diese Frau überhaupt?“ Der Mann klang genervt.

„Olivia Hofmann“, antwortete Nils. „Eine sehr engagierte Psychiaterin.“

„Hofmann? Doch nicht etwa die Tochter von Leopold Hofmann, dem angesehenen Psychiater?“, fragte der Mann.

„Genau. Das ist sie. Sie hatte einen Unfall und war im Krankenhaus.“

„Also ist sie im Augenblick keine Gefahr für uns.“

„Nein, sie ist leider schon wieder draußen.“

„Ach verdammt. Dann schnüffelt sie weiter herum.“

„Die Vergangenheit holt uns eben ein.“ Nils trommelte nervös mit den Fingern auf seine Oberschenkel.

„Was redest du für einen Unsinn. Lisa ist an allem schuld. Sie war durch und durch böse. Sie mit ihren Spielchen. Deswegen mussten wir sie doch ständig kontrollieren und bestrafen. Du hast dich von ihrem süßen Aussehen um den kleinen Finger wickeln lassen."

„So war das nicht", sagte Nils und musste an das zarte Mädchen mit den großen Augen denken. Warum nur war damals alles so gekommen? Warum musste ausgerechnet Lisa in der Klinik bei ihm auftauchen? Warum musste er solche Gefühle für Lisa entwickeln? Wie gerne würde er das Rad der Zeit zurückdrehen und alles anders machen. Aber dafür war es jetzt zu spät. Wenn man einmal mit dem Bösen in Berührung gekommen ist, dann lässt es einen nicht mehr los. Dann sinkt man immer tiefer in den Morast. Bis man untergeht.

„Wieso kann Olivia Hofmann eigentlich noch weiter als Psychiaterin arbeiten?", riss ihn der Mann aus seinen trüben Gedanken. „Ich denke, du hast sie vom Dienst suspendiert."

„Sie ist auch nur in beratender Funktion mit dem Ex-Polizisten Levi Kant unterwegs. Ihre Praxis ist geschlossen. Das habe ich bereits überprüft."

„Hast du nicht gesagt, dass vor Jahren ihr Mann und ihre Tochter verschwunden sind? Damit kann man doch bei der Kommission Zweifel säen. Vielleicht hat sie ja tatsächlich etwas mit dem Verschwinden ihrer Familie zu tun", meinte der Mann.

„So weit würdest du gehen?", fragte Nils. „Du würdest die Existenz von Olivia Hofmann ruinieren?"

„Natürlich. Bevor sie unser Leben ruiniert", antwortete der Mann kalt.

„Wie gehen wir jetzt weiter vor?", fragte Nils. Er fühlte sich erschöpft und am Ende seiner Kräfte. Am liebsten würde er zur Polizei gehen und hätte alles erzählt.

„Ich kläre das eigenmächtige Vorgehen dieses Ex-Bullen mit dem Polizeipräsidenten, und du siehst zu, dass Olivia Hofmann nicht weiter herumschnüffelt."

„Ich habe schon mit dem Polizeipräsidenten geredet. Es hat aber anscheinend nichts genützt."

„Weil du eben nicht weißt, wie man Personen richtig unter Druck setzt, Nils", meinte der Mann abfällig. „Jetzt nehme ich die Sache in die Hand."

„Aber denke immer daran, dass Kant ein hartnäckiger Schnüffler ist", gab Nils zu bedenken.

„Was redest du? Levi Kant ist doch kein Gegner für uns. Er ist schon längst tot", sagte Richard Manz und erhob sich mit einem Lächeln.

38

Levi stand unschlüssig vor dem Aktenschrank in seinem Arbeitszimmer. Aus dem Wohnzimmer war Rebeccas Stimme zu hören, die geduldig einer Schülerin Chopins Lebensgeschichte erzählte. Unbewusst musste Levi lächeln, denn Rebecca verstand es, durch spannende Geschichten das Klavierspiel aufzulockern und zu etwas Aufregendem zu machen.

Als die erste Chopin-Etüde durch die Räume perlte, gab er sich einen Ruck und öffnete den Schrank. Bis auf einen Ordner hatte er bereits alles durchgesehen. Seufzend griff er nach der letzten Aktenmappe, die die Aufschrift „Nicht verwertbare Zeugenaussagen" trug, und setzte sich damit an seinen Schreibtisch.

Mit der Musik im Ohr las er sich durch die Protokolle. Nachdem Lisa aus der Klinik verschwunden war, gab es einen Suchaufruf in den Medien. Über ein Dutzend Personen meldete sich, die Lisa Manz gesehen haben wollten. Fast alle Hinweise hatten sich als falsch erwiesen. Doch eine Aussage erregte Levis Interesse. Eine Zeugin hatte in der Ruster Bucht am Neusiedlersee ein blondes Mädchen gesehen, das Richtung Bahnhof gegangen war. Die Beschreibung des

Mädchens passte auf Lisa Manz und die örtliche Polizei hatte das Mädchen erreicht, noch bevor es mit der Lokalbahn nach Wien fuhr.

„Wie heißen Sie?"

„Mein Name ist Birgit Stöger."

„Wo wohnen Sie?"

„In Wien, im zehnten Bezirk."

„Was machen Sie hier?"

„Ich habe meinen Freund Nils besucht."

Levi runzelte die Stirn und dachte angestrengt nach. Laut Protokoll hatte das Mädchen eine frappierende Ähnlichkeit mit Lisa. Außerdem gab es diesen Freund Nils.

Kurz entschlossen griff Levi nach seinem Handy und wählte Birgit Stögers Nummer, die er aus seinen alten Akten hatte. Er hörte das Läuten und hoffte, dass die Nummer noch aktuell war. Doch er hatte Glück, denn sie war sofort am Apparat.

„Ich brauche eine Auskunft", sagte Levi, nachdem er sich als Polizist vorgestellt hatte.

„Worum geht es?", fragte Birgit abwartend.

„Vor fünf Jahren waren Sie in der Ruster Bucht bei Ihrem Freund Nils."

„Ja", antwortete Birgit gedehnt.

„Wie heißt dieser Nils mit Nachnamen?", fragte Levi.

„Das ist fünf Jahre her. Ich kann mich nicht mehr erinnern", antwortete Birgit.

„Sie können sich nicht mehr an Ihren Freund erinnern?", wunderte sich Levi.

„Er war kein Freund, nur ein guter Bekannter. Sie wissen schon ...", antwortete Birgit ausweichend.

„Jetzt hören Sie mir einmal zu. Es geht um einen Mordfall. Wenn Sie mir den Nachnamen nicht sagen, dann ist das Behinderung der

Ermittlungen. Haben Sie das verstanden?“, sagte er scharf. „Ich kann Sie auch vorladen lassen.“

„Jetzt fällt es mir wieder ein“, antwortete Birgit eingeschüchtert. „Der Name war Wagner. Nils Wagner.“

„Und wo wohnte dieser Nils Wagner?“

„Es war der Bungalow 210 in der Ruster Bucht. Was hat Nils denn angestellt?“, fragte Birgit neugierig.

„Das darf ich Ihnen nicht sagen. Aber Sie haben Glück, dass Sie noch am Leben sind.“

Nachdem Levi das Gespräch mit Birgit beendet hatte, wählte er die Nummer von Olivia.

„Ich habe eine Spur“, sagte er sofort, als Olivia abhob. „Wir müssen an den Neusiedlersee fahren.“

„Ich kann jetzt nicht.“

„Aber es ist wichtig. Es geht um ...“

„Vater geht es schlecht. Ich muss mich um ihn kümmern“, unterbrach ihn Olivia.

„Tut mir leid“, antwortete Levi.

„Ich melde mich später“, sagte Olivia kurz angebunden und legte sofort auf.

Levi stützte das Kinn in seine Hände und überlegte. ‚Soll ich auf Olivia warten? Nein, sie hat heute keinen Kopf dafür. Aber vielleicht sollte ich mir diesen Bungalow einmal genauer ansehen?‘, dachte er.

Langsam wuchtete er sich aus seinem Stuhl und griff nach der abgetragenen Lederjacke, die zusammengeknüllt in der untersten Schreibtischlade lag. Vor fünf Jahren hatte er die Jacke in die Lade gestopft und sich geschworen, sie nie wieder zu tragen. Vorsichtig breitete er sie auf seinem Schreibtisch auf. Am Ärmel war auf dem Leder noch immer eingetrocknetes Blut zu sehen. Mit dem Ärmel hatte Levi versucht, den Blutverlust zu stoppen, denn die Kugel hatte ihn am Oberschenkel erwischt und die Schlagader getroffen. Er wischte die Erinnerung daran weg und schlüpfte schnell in die Jacke, deren Leder an manchen Stellen schon brüchig geworden war.

‚Passt noch immer', dachte er und griff nach seinen Autoschlüsseln.

„Was machst du da?" Rebecca stand in der Tür und fuhr sich verwirrt durch ihre langen grauen Haare.

„Ich muss nur kurz weg", sagte Levi verlegen.

„Ist das die Jacke? Du weißt schon." Mit spitzen Fingern deutete Rebecca auf die Lederjacke.

„Ja! Das ist sie", antwortete Levi. „Du musst das verstehen, Rebecca. Ich kann einfach nicht anders."

„Du hast mir versprochen, dass du nicht mehr an diesen Fall denkst", sagte Rebecca vorwurfsvoll.

„Können wir das am Abend besprechen?", antwortete Levi bittend. „Ich kann dir alles erklären. Ich muss es einfach tun. Ich bin es Lisa schuldig."

„Wie du meinst. Es macht mich nur sehr traurig, dass du dein Versprechen brichst. Aber ich vertraue dir trotzdem."

Was sollte er machen? Levi wusste, dass Rebecca bitter enttäuscht von ihm war, aber durfte er deswegen den Mordfall Lisa Manz unaufgeklärt lassen? Nein, das war unmöglich. Levi presste die Lippen zusammen und ging nach draußen. Als er die Wohnungstür hinter sich schloss, hatte er ein schlechtes Gewissen, aber er konnte nicht anders.

In Gedanken versunken fuhr er mit dem Saab auf der Südautobahn Richtung Neusiedlersee. Als er die Ruster Bucht erreichte, war es bereits später Nachmittag. Levi parkte seinen Wagen am Ufer und ging langsam an dem Schilfgürtel entlang. Schmale Stege führten zu den Ferienhäusern, die auf Stelzen im Wasser standen und von dem Weg aus nicht sichtbar waren. Endlich hatte er die richtige Nummer gefunden und bahnte sich einen Weg durch das meterhohe Schilf, das den schmalen Steg überwucherte.

Das Haus war komplett aus Holz und flach wie ein Bungalow. Auf der rückwärtigen Seite gab es nur eine Eingangstür und mehrere längliche, vergitterte Fenster. Langsam ging Levi auf einer schmalen Plattform um das Haus herum. Zum Wasser hin verbreiterte sich die Plattform zu einer großen Terrasse. Hier besaß der Bungalow eine verglaste Front, von der aus man einen spektakulären Blick über den See hatte. Auf der Terrasse standen einige Gartenmöbel und an einem Holzpfosten war ein kleines Segelboot vertäut. Die Glastüren waren aufgeschoben, aber es war niemand zu sehen. Levi trat in das Wohnzimmer. Auf einem Stuhl lagen Jeans-Shorts und ein Top. Es war die Kleidung eines jungen Mädchens. Vom Wasser her hörte er leises Plätschern. Er drehte sich um und schirmte die Augen ab, um in der untergehenden Sonne etwas zu erkennen. Im See trieb eine Luftmatratze und darauf lag ein Mädchen. Es trug nur ein Bikinihöschen und die langen blonden Haare wehten im Wind.

‚Kann das Lisa sein?', dachte Levi. Hatte Olivia doch recht gehabt mit ihrer Vermutung, dass Lisa ihren Tod nur vorgetäuscht hatte und noch am Leben war? Vielleicht war sie bei Nils Wagner untergetaucht aus Angst vor ihrem Vater. Levi trat wieder hinaus auf die Terrasse.

„Lisa!", rief er. Das Mädchen drehte sich um und winkte ihm zu. Ihr Gesicht war zart und sie wirkte sehr jung.

„Lisa! Komm zurück zum Haus!", rief er noch einmal. Das Mädchen drehte die Luftmatratze um und paddelte mit den Händen auf den Bungalow zu. Geschickt zog sie sich an der Terrasse hoch und schob sich die langen Haare aus dem Gesicht. Das Mädchen war vielleicht vierzehn Jahre alt und sehr hübsch. Doch es war nicht Lisa.

„Hallo, ich bin Lydia", sagte das Mädchen mit einem harten Akzent. „Bist du ein Freund von Nils?"

„Ja“, antwortete Levi enttäuscht. „Zieh dir etwas an.“ Er warf dem Mädchen ein Handtuch zu.

„Nils mag es, wenn ich ohne Kleidung herumlaufe. Das ist viel gesünder, sagt er“, meinte Lydia und wickelte das Handtuch um ihren Körper.

„Wo ist Nils denn?“, fragte Levi.

„Er wollte uns Wein und Chips kaufen“, antwortete Lydia. „Muss gleich wieder hier sein.“

„Dann warte ich drinnen auf ihn“, sagte Levi und ging zurück in das Wohnzimmer.

Ein schwacher Parfümgeruch lag in der Luft, als er in das große Wohnzimmer mit der amerikanischen Küche trat. Von dem Raum gingen zwei Türen ab. Als er eine der Türen öffnete, sah er ein kleines Schlafzimmer. Hier war der Parfümgeruch intensiver, so als wäre noch vor Kurzem jemand hier gewesen. Es gab ein breites Bett, einen Einbauschrank und zwei grobe Holzklötze, die als Nachttischchen dienten. Seitlich neben dem Bett war ein Spiegel befestigt, der vom Boden bis zur Decke reichte und überhaupt nicht hierher passte. Nachdenklich stand Levi vor dem Spiegel und bückte sich. Auf dem Boden waren feine Schleifspuren zu erkennen, so als wäre der Spiegel bewegt worden. Langsam fuhr er mit den Fingerspitzen an den Kanten entlang und entdeckte einen winzigen Knopf. Er drückte darauf und lautlos schob sich der Spiegel zur Seite. Dahinter befand sich ein kleiner fensterloser Raum, der früher als begehbare Garderobe gedient hatte. Aber Nils Wagner hatte ihn zweckentfremdet. In einem Regal befanden sich Dutzende DVDs und Fotoalben. Eine Kamera auf einem Stativ stand mitten im Raum. Das Objektiv zeigte zum Schlafzimmer. Ein kurzer Blick auf die Rückseite der Spiegeltür verriet Levi, dass es sich um einen Einwegspiegel handelte. Nils hatte seine Sexspiele heimlich gefilmt.

Vorsichtig griff er nach einem Fotoalbum und schlug es auf. Darin befanden sich Bilder von jungen Mädchen. Alle waren nackt und in aufreizenden Posen abgelichtet worden. Hastig blätterte Levi die Alben durch. Bei einem Bild stoppte er. Es war ein Foto von Lisa.

Levi war so mit dem Sichten der Fotos beschäftigt, dass er die Schritte erst hörte, als es bereits zu spät war.

„Eine schöne Sammlung erotischer Fotografien, finden Sie nicht?", hörte er die Stimme von Nils Wagner in seinem Rücken.

„Besonders gut gefällt mir Lydia. Sie sieht genauso aus wie Lisa."

„Das Mädchen ist fast noch ein Kind", antwortete Levi und blieb mit dem Rücken zu Nils stehen.

„Sie ist eine Elfe. Kommt aus der Ukraine und ist drüben bei den Ungarn gestrandet. Ich habe sie nach Österreich geholt. Dafür ist sie mir dankbar."

„Trotzdem ist sie minderjährig und das ist strafbar."

„Aber nur, wenn mich jemand anzeigt", meinte Nils höhnisch. „Sie sind übrigens unerlaubt hier eingedrungen."

„Das spielt jetzt keine Rolle mehr. Bei einer Hausdurchsuchung wird dieses belastende Material gefunden und Sie kommen wegen Sex mit Minderjährigen und Mord ins Gefängnis", sagte Levi und drehte sich langsam um. Nils lehnte in der Tür und hielt eine Pistole in der Hand.

„Von welchem Mord sprechen Sie?" Nils wischte sich mit dem Handrücken den Schweiß von der Stirn.

„Von dem Mord an Lisa Manz. Sie haben Lisa Manz getötet." Levi ging unmerklich auf Nils zu. „Dann haben Sie das arme Mädchen verbrannt."

„Halten Sie den Mund. Sie verstehen nichts." Die Stimme von Nils war nur noch ein heiseres Flüstern. „Was wissen Sie schon von wahrer Liebe. Je verbotener diese Liebe war, desto intensiver wurde sie für mich. Diese Fotos haben wir auf dem Höhepunkt unserer Leidenschaft gemacht. Damals konnte uns niemand etwas anhaben. Leider hat der Vater von Lisa meine Liebe zu ihr entdeckt und mich unter Druck gesetzt. Ich sollte Lisa mit verbotenen Hypnosetherapien behandeln, damit sie ihre Aufmüpfigkeit verliert. Das war gegen meinen Geschmack, aber es ging nicht anders. Richard Manz hatte zu viel gegen mich in der Hand. Richard ist ein Psychopath, den sollten Sie einsperren. Er kontrolliert alles." Mit dem Pistolenlauf deutete Nils auf das Album, das Levi noch immer in Händen hielt. „Diese Fotos sind ein Beweis für unsere Liebe."

„Ich sehe da nur ein junges, verängstigtes Mädchen, das von Ihnen betatscht wird. Das wollte Lisa plötzlich nicht mehr – richtig?", fragte Levi. „Das konnten Sie natürlich nicht akzeptieren."

„Ich habe sie vor dem Studenten gewarnt", sagte Nils. „Aber sie wollte nicht auf mich hören."

„Wie hieß der Student?" Levi wurde mit einem Mal hellhörig.

„Fragen Sie nicht so viel. Das nützt Ihnen doch nichts mehr", antwortete Nils ungehalten und machte mit der Pistole eine Bewegung. „Legen Sie das Album zurück. Und dann raus hier. Sie entweihen diesen Ort."

Mit erhobenen Händen ging Levi zurück in das große Wohnzimmer. Die Sonne versank als orangefarbener Ball im See und das Licht flutete den Raum wie Blut.

„Wir warten, bis es dunkel wird. Dann treten Sie Ihre letzte Reise an."

„Sie haben nicht dem Mumm, mich zu töten", sagte Levi, um Nils zu verunsichern. Der Mann stand mit dem Rücken zur Wand. Levi musste Nils das Gefühl geben, dass er ihn verstand, dass er diese verrückte Liebe zu einem vierzehnjährigen Mädchen nicht für unmöglich hielt.

„Es war ein Rausch der Gefühle, nicht wahr?", redete er weiter. „Sie sehen ein junges Mädchen, schön und unschuldig wie eine Elfe. Der Vater hatte dieses Mädchen mit sadistischen Spielen terrorisiert und es in die Klinik eingewiesen. Dort warteten Sie, um Lisa endgültig zu vernichten." Langsam ließ Levi die Arme sinken.

„Nicht um Lisa zu vernichten, sondern um sie zu erlösen. Mein Gott, warum ist es nur so weit gekommen?", flüsterte Nils und bewegte die Waffe auf und ab. „Hände schön oben lassen."

„Wenn Sie mich jetzt erschießen, wie wollen Sie dann meinen Tod der Polizei erklären?", fragte Levi. „Außerdem ist Lydia noch hier."

„Lydia wird schweigen. Ich könnte Sie für einen Einbrecher gehalten haben." Auf Nils' Stirn bildeten sich kleine Schweißperlen. „Dann habe ich einen Schuss in Notwehr abgegeben, weil Sie mich bedroht haben."

„Das nimmt Ihnen keiner ab."

„Besser wäre es aber, wenn man keine Leiche findet."

„Werden Sie mich dann genauso verbrennen wie Lisa?"

„Nein, ich versenke Sie im See."

39

Nachdem Olivia die Pflegerin aus der Wohnung gewiesen hatte, wählte sie die Nummer einer Lernschwester, die sie von ihrer Arbeit in der Klinik her kannte.

„Marie, kannst du heute Abend auf meinen Vater aufpassen? Er hat sich ziemlich aufgeregt und ich möchte ihn nicht alleine lassen."

„Sie haben Glück, Frau Doktor. Heute habe ich Zeit."

Kurze Zeit später traf Marie in der Wohnung ein.

„Papa, das ist Marie. Sie kümmert sich um dich", sagte Olivia zu ihrem Vater. Leopold nickte nur verwirrt.

„Ich bin müde."

„Du kannst gleich schlafen."

Gemeinsam mit Marie half sie Leopold aus seinem schwarzen Anzug. Denn er hatte sich extra für das Heim reisefertig angekleidet. Als sie Leopold ins Bett verfrachtet hatten, begann Olivia mit dem Auspacken der Koffer. Als sie damit fertig war, schob sie die beiden Schrankkoffer in das Arbeitszimmer ihres Vaters. Dann stellte sie Bücher und Ordner wieder zurück in die Regale und stützte den geknickten Stiel der Orchidee mit einem dünnen Stab. Sie nahm sich vor, gleich morgen, wenn die Geschäfte geöffnet hatten, eine frische Blume für ihren Vater zu besorgen.

Auf Zehenspitzen schlich sie dann hinüber ins Schlafzimmer. Marie, die Lernschwester, die an Leopolds Bett saß, blickte von ihrem Buch auf.

„Wie geht es meinem Vater?“, fragte Olivia leise.

„Er schläft ganz entspannt.“

„Ich muss noch einmal weg. Kann ich dich mit ihm alleine lassen?“, fragte sie Marie.

„Kein Problem, Frau Doktor. Bei mir ist Ihr Vater in guten Händen.“

Olivia ging in den Flur und rief Levi an. Doch sie erreichte nur seine Mailbox.

‚Levi hat gesagt, dass er auf eine heiße Spur gestoßen ist‘, dachte sie. ‚Was kann er nur damit gemeint haben?‘ Sie versuchte es erneut, aber diesmal war Levis’ Telefon komplett ausgeschaltet. Nervös ging Olivia im Flur auf und ab. ‚Welche Spur hat er gemeint?‘

Schließlich hielt sie es nicht mehr aus und wählte die Festnetznummer von Levi.

„Rebecca Kant“, meldete sich eine sanfte Frauenstimme.

„Hier spricht Olivia Hofmann, ich bin die Psychiaterin …“

„Ich weiß, wer Sie sind“, sagte Rebecca kurz angebunden.

„Tut mir leid, dass ich Sie störe. Aber ich kann Levi am Handy nicht erreichen. Er hat von einem Termin im Burgenland gesprochen. Wissen Sie vielleicht, was er damit gemeint hat?“, fragte sie.

„Ich kümmere mich nicht um die Termine von Levi. Denn ich bin nicht seine Sekretärin“, antwortete Rebecca kühl.

„So habe ich das auch nicht gemeint. Aber wissen Sie zufällig die Adresse, zu der er wollte?“

„Nein. Und jetzt lassen Sie mich bitte in Ruhe.“

„Bitte, sehen Sie doch auf seinem Schreibtisch nach. Es ist wirklich dringend“, sagte Olivia mit flehender Stimme.

„Na gut“, ließ sich Rebecca dann doch erweichen.

Es dauerte einige Zeit, und Olivia glaubte schon, dass Rebecca einfach aufgelegt hatte. Doch dann war sie wieder am Telefon.

„Ich habe hier einen Zettel mit einer Adresse am Neusiedlersee gefunden“, sagte Rebecca und gab Olivia die Daten durch. „Ist etwas mit Levi nicht Ordnung?“, fragte Rebecca dann zögerlich. „Ist er in Gefahr?“

„Nein. Sie brauchen sich keine Sorgen zu machen. Es geht nur um eine Zeugenbefragung.“

„Levi ist kein Polizist mehr“, sagte Rebecca leise. „Damals habe ich wochenlang an seinem Bett gesessen, als er so schwer verletzt war. Ich will nicht, dass sich dieses Drama wiederholt.“

„Kein Grund zur Besorgnis. Levi geht es gut“, versuchte Olivia sie zu beruhigen.

„Das hoffe ich“, antwortete Rebecca. „Sagen Sie ihm, dass ich ihn liebe und auf ihn warte.“

Rebecca legte auf und Olivia stand noch eine Weile ratlos im Flur.

‚Wie komme ich jetzt ins Burgenland?‘, dachte Olivia. Sie hatte kein Auto und es war bereits später Nachmittag. Deshalb spielte sie mit dem Gedanken, die Fahrt auf den nächsten Tag zu verschieben. Aber dass Levi nicht zu erreichen war, beunruhigte sie. Nein, sie musste wissen, was passiert war. Sie zögerte ein wenig, bevor sie dann die Nummer von Simon Berger wählte.

„Hallo, Simon, ich bin’s, Olivia.“

„Olivia, was für eine Überraschung.“ Simon schien sich echt zu freuen, von Olivia zu hören. „Wollen wir uns treffen? Hör mal, es tut mir leid wegen neulich, du weißt schon. Meine unsensiblen Fragen.“

„Ach, vergiss es“, antwortete Olivia. „Kannst du mich ins Burgenland an den Neusiedlersee fahren?“

„Ja, klar doch. Sonnenuntergang am Neusiedlersee? Das hört sich ja richtig romantisch an.“ Simon war sofort Feuer und Flamme.

„Nein, es geht nur um eine Autofahrt“, bremste ihn Olivia ein. „Ich suche jemanden. Kannst du mir diesen Gefallen tun?“

„Schade, und ich dachte schon, du willst mit mir zu einem romantischen Abendessen am See.“

„Was ist jetzt?“, fragte Olivia leicht genervt. Sie hatte wirklich keine Lust, mit Simon zu flirten.

„Ja, natürlich mache ich das für dich. Soll ich dich bei deiner Wohnung abholen?“, fragte Simon. „Ich kann in zehn Minuten dort sein.“

„Nein, ich bin im neunten Bezirk bei meinem Vater.“ Olivia nannte Simon die Adresse.

Fünfzehn Minuten später hielt ein schwarzer Mercedes SUV vor dem Haus. Simon sprang leichtfüßig aus dem Wagen und klingelte an der Tür.

„Hat ein wenig länger gedauert, der Verkehr“, entschuldigte sich Simon, als Olivia nach unten kam.

„Toller Wagen, muss eine Menge Geld gekostet haben“, meinte Olivia nach einem Blick auf den Mercedes.

„Ach, der SUV ist das Geschenk einer Freundin, ist auch schon über fünf Jahre alt. Fährt aber immer noch“, sagte Simon und tätschelte die Kühlerhaube des Wagens, als wäre er ein Pferd.

„Ist dir hier jemand reingefahren?“, fragte Olivia beiläufig und deutete auf einen langen Kratzer am vorderen Kotflügel.

„Das ist nur ein Parkschaden. Das ist meiner Freundin vor ein paar Tagen passiert“, meinte Simon leichthin.

Simon beugte sich zu Olivia. „Ich interessiere mich nicht sonderlich für Autos“, flüsterte er verschwörerisch.

„Das ist ein echter Pluspunkt“, meinte Olivia, die sich an die Autobesessenheit von Michael zurückerinnerte. „Wie sieht es mit Spielen aus?“, fragte sie spontan.

„Spielen? Was meinst du damit?“ Simon sah sie verständnislos an.

„Na, ich meine Würfelspiele, Poker und dergleichen.“

„Nein, das ist nicht meine Welt. Warum fragst du?“

„Ist mir nur so eingefallen“, wich Olivia aus. Schmerzlich wurde ihr bewusst, dass sie noch immer Michaels Spielschulden abzahlen musste. „Komm, lass uns fahren.“

Während sie im nachmittäglichen Verkehr durch die Stadt krochen, erzählte Simon von seiner Arbeit in der psychiatrischen Klinik.

„Warum arbeitest du in der psychiatrischen Klinik als Assistenzarzt?“, fragte Olivia. „Willst du dich später noch spezialisieren? Als Facharzt in bestimmten Bereichen kannst du eine Menge Geld verdienen.“

„Ich mache mir nicht so viel aus Geld“, antwortete Simon und blickte starr geradeaus. „Ich will den Menschen helfen, die psychische Probleme haben.“

„Das findet man selten bei jungen Leuten“, sagte Olivia. „Die meisten sind auf das schnelle Geld aus.“

„Tja, bei mir ist das eben anders“, meinte Simon. Er warf einen schnellen Blick zu ihr. „Würdest du mich als Patienten nehmen?“, fragte er dann unvermittelt.

„Du meinst als deine Psychiaterin?“

„Genau.“ Noch immer blickte Simon starr geradeaus.

„Ja, warum nicht. Hast du ein Problem mit deinen Mädchen?“, fragte Olivia ironisch.

„O. K. Dann bin ich ab sofort dein Patient.“ Simon hielt ihr die Hand hin. „Einverstanden?“

„Du musst erst eine Erklärung unterschreiben", meinte Olivia, der jetzt alles ein wenig seltsam vorkam.

„Hast du so etwas dabei?" Simon setzte den Blinker und fuhr in eine Parkbucht. „Gib her, ich unterschreibe."

„Was ist los mit dir?" Olivia verschränkte die Hände vor der Brust.

„Ich rede erst, wenn ich dein Patient bin."

„Gut, hier ist die Erklärung", seufzte Olivia und zog ein verknittertes Stück Papier aus ihrer Tasche. Rasch setzte Simon seine Unterschrift auf das Blatt, ohne den Inhalt zu lesen. Dann gab er Gas und fuhr weiter in Richtung Neusiedlersee.

„Vor fünf Jahren habe ich Lisa zur Flucht aus der Klinik verholfen", sagte er, während er einen Wagen überholte. „Ich war als Student in der Klinik. Dort habe ich sie kennengelernt. Sie tat mir leid. Ihr Vater hat Psychoterror auf sie ausgeübt. Aber in der Klinik hat Nils Wagner sie therapiert. Da kam sie vom Regen in die Traufe. Deshalb musste ich ihr helfen."

„Wieso hast du das damals nicht der Polizei erzählt?" Unbewusst rückte Olivia zur Seite und betrachtete Simon plötzlich mit anderen Augen. Seine Miene war verkniffen, und er umklammerte mit beiden Händen das Lenkrad so fest, dass seine Knöchel weiß wurden.

„Wenn ich das zugegeben hätte, dann wäre ich gefeuert worden. Ich hätte meinen Studienplatz verloren. Das durfte ich einfach nicht riskieren."

„Du musst das alles der Polizei mitteilen", insistierte Olivia. „Oder soll ich das für dich machen?"

„Du unterliegst der ärztlichen Schweigepflicht als meine Psychiaterin", meinte Simon. „Deshalb darfst du nichts erzählen." Simon presste die Lippen zusammen und drückte weiter aufs Gas. „Ich habe Lisa in dem Abbruchhaus einquartiert. Dort sollte sie warten, bis man die Suche nach ihr eingestellt hätte. Dann wollte ich sie ins

Ausland bringen. Dort wäre sie vor ihrem Vater und vor Nils sicher gewesen."

„Du warst also die letzte Person, die Lisa vor ihrem Tod gesehen hat", sagte Olivia.

„Nein! Die letzte Person war Lisas Mörder."

40

Lisa – fünf Jahre früher

Der Student taucht mitten in der Nacht in meinem Zimmer auf. Plötzlich steht er vor mir und sieht mich merkwürdig an. Ich schrecke hoch.

„Sei still“, sagt er und hält mir den Mund zu. „Du willst doch von hier verschwinden.“

„Ja“, hauche ich, als er die Hand von meinem Mund wegnimmt. „Das will ich. Mich ekelt vor diesen Spielen mit Nils. Er will immer mehr, will immer weitergehen.“ Jetzt sprudelt alles aus mir heraus. Ich will, dass der Student mir zuhört.

„Ist ja gut“, unterbricht er mich. „Ich habe schon verstanden. Deswegen bin ich ja hier. Zieh dich an“, befiehlt er.

„Wo bringst du mich hin?“

„Ich bringe dich an einen sicheren Ort. Dort sucht dich keiner. Dann sehen wir weiter“, flüstert der Student. „Beeile dich.“

Hastig schlüpfe ich in meine Kleider, schnappe meinen Rucksack.

„Den Rucksack kannst du nicht mitnehmen."

„Doch, den brauche ich. Er ist ein Geschenk meiner Mutter", widerspreche ich.

„Na, meinetwegen."

Vorsichtig schleichen wir aus dem Zimmer. Der Student kennt sich aus mit den Überwachungskameras. Deshalb drücken wir uns auch an den Wänden entlang. Durch die Glastüren sehe ich die Rezeption. Dort sitzt eine Schwester und liest eine Zeitschrift.

„Warte hier", flüstert der Student. Die Tür ist merkwürdigerweise offen. Sonst ist sie immer abgesperrt. Der Student ist erleichtert. Jetzt ist nur noch die Krankenschwester ein Hindernis. Wir ducken uns hinter einem Wäschewagen und warten. Der Student drückt meine Hand. Das macht mir Mut.

Schließlich steht die Schwester auf und geht nach hinten. Der Student huscht durch das Foyer und beugt sich über den Tresen. Ich folge ihm und sehe, wie er dahinter herumfummelt. Lautlos öffnen sich die großen Türen in die Freiheit.

„Los, raus, nimm die Treppe! Du wartest auf dem Parkplatz auf mich", flüstert er und dreht sich wieder zu dem Tresen. „Ich muss die Überwachungskamera wieder aktivieren."

Hastig laufe ich die Treppe nach unten. Mein Herz pocht bis zum Anschlag. Es gibt also doch noch Menschen, die mir helfen. Ich bin nicht allein auf der Welt.

Der Parkplatz ist dunkel. Geduckt pirsche ich mich hinter den abgestellten Autos bis zur Einfahrt. Der Portier döst vor sich hin. Im Schatten des Pförtnerhäuschens unterlaufe ich die Kameras. Dann bin ich draußen. Ich warte eine Ewigkeit. Endlich taucht der Student auf. Er ist ganz normal durch den Haupteingang gekommen.

„Mein Nachtdienst ist zu Ende“, sagt er und zieht eine Schachtel Zigaretten aus seiner Jacke. Er klopft eine Zigarette aus dem Päckchen und hält sie mir entgegen.

„Da, rauch eine, das beruhigt“, meint er.

Er gibt mir Feuer und ich inhaliere, beginne zu husten. Der Student lacht und drückt meine Schulter. Noch einmal drehe ich mich um und sehe die Schwester am Fenster. Ob sie uns erkannt hat? Doch das ist mir egal.

„Los, komm“, sagt der Student und zieht mich weiter.

Schweigend gehen wir durch die nächtlichen Straßen. Ich fühle mich glücklich und beschützt. Stecke meinen Arm unter den des Studenten. So fühle ich mich sicher und geborgen. Die Umgebung wird immer dunkler. Überall vernagelte Fenster und leer stehende Geschäfte. Vor einem alten Haus mit grauer Fassade bleiben wir stehen.

„Da sind wir“, sagt der Student und tritt mit dem Fuß die Tür auf. Drinnen ist es kalt und finster. Er nimmt mich an der Hand und führt mich zu einer Treppe.

„Wir gehen in den Keller“, sagt er. „Du brauchst dich nicht zu fürchten.“

„Ich habe keine Angst, wenn du bei mir bist“, sage ich und umklammere seine Hand noch fester.

„Das ist gut.“ Der Student führt mich durch ein verwinkeltes Kellerlabyrinth. „Wir sind gleich da.“

Vor einem Verschlag aus Holzbrettern stoppt er.

„So, da wären wir. Es ist nicht sehr bequem. Aber hier bist du vorläufig in Sicherheit.“

„Es ist so dunkel“, sage ich und bin jetzt doch ein wenig ängstlich.

„Es gibt kein Licht“, sagt der Student. „Aber ich habe für dich schon eine Matratze und Decken hergebracht.“

„Warum bist du so gut zu mir?“, frage ich und drehe mich zur Seite, damit er meine Tränen nicht sieht.

„Du sollst die Chance auf ein normales Leben bekommen.“

Dann packt mich der Student an den Schultern und leuchtet mir mit seiner Taschenlampe mitten ins Gesicht.

„Du musst jetzt sehr tapfer sein.“

41

Auf einem Parkplatz vor der Ruster Bucht stoppte Simon den Wagen und beugte sich zu Olivia.

„Ich kann mich doch auf deine Schweigepflicht verlassen? Das kostet mich sonst meine Approbation."

„Ich will aussteigen!" Olivia rüttelte an der Tür, doch sie ließ sich nicht öffnen.

„Der Wagen hat eine Kindersicherung für die Türen", meinte Simon. „Wann habe ich meinen nächsten Termin bei dir?", fragte er dann. „Wir haben ein Patient-Arzt-Verhältnis, nicht wahr?"

„Ja. Ruf mich wegen eines Termins an", sagte Olivia gestresst und hörte das trockene Klacken, als die Zentralverriegelung aufsprang. Hastig öffnete sie die Tür und stieg aus. Sie musste sich an den Wagen lehnen und tief Luft holen. Wie sollte sie sich verhalten? Simon hatte recht, sie war an die ärztliche Schweigepflicht gebunden. Hatte Simon ihr wirklich die Wahrheit gesagt? Sein Verhalten war mehr als merkwürdig gewesen. Simon war nicht nur der charmante junge Mann, für den sie ihn anfangs gehalten hatte. Simon hatte auch seine dunklen Seiten.

„Ist das hier die Adresse, zu der du willst?", hörte sie Simons Stimme hinter sich.

Olivia drehte sich um. Simon lehnte an dem Wagen mit den Händen in den Taschen seiner Jeans. Die letzten Strahlen der Sonne strichen über das Schilf, das leise im Wind rauschte. Olivia blickte umher. Auf dem Parkplatz standen nur wenige Autos. Plötzlich entdeckte sie das weiße Saab Cabrio von Levi. Mit geschlossenem Verdeck sah es ganz anders aus, deshalb hatte sie das Cabrio nicht sofort erkannt.

„Ja. Hier bin ich richtig. Du kannst ruhig zurückfahren. Hier werde ich schon erwartet", sagte sie.

„Ganz wie du meinst." Simon wirkte enttäuscht, ging dann aber doch zurück zu seinem Wagen und stieg ein. „Pass auf dich auf, Olivia", meinte er noch durch das geöffnete Fenster.

„Danke, dass du mich gefahren hast", sagte Olivia. „Und zeige deiner Freundin den Parkschaden."

„Ich werde es Tesi sagen." Simon winkte ihr noch einmal zu. Dann verschwand der Geländewagen in der untergehenden Sonne.

Olivia drehte sich um und ging über einen schmalen Steg durch das Schilf auf den Bungalow zu. Der Wind wurde stärker und das Schilf rauschte unheimlich. Plötzlich hörte sie zwei Stimmen aus dem Bungalow, die sich durch das Knistern und Rascheln der Blätter schoben.

„Ich habe Lisa geliebt und ihr das kostbare Amulett aus unserem Familienbesitz geschenkt. Meine Großmutter hätte mir das nie verziehen. Aber was macht man nicht alles aus Liebe." Das war die Stimme von Nils, daran gab es für Olivia keinen Zweifel. Plötzlich fügte sich alles zusammen.

„Von welcher Art Liebe sprechen Sie? Lisa wurde von Ihnen missbraucht, und als das Mädchen Sie bei der Polizei anzeigen wollte, haben Sie Lisa umgebracht. Aber dafür werden Sie jetzt zur Rechenschaft gezogen", drang die Stimme von Levi durch das Rauschen.

„Ich habe sie doch vergöttert. Mit ihr wollte ich ein neues Leben beginnen."

„Mit einem vierzehnjährigen Mädchen? Erzählen Sie doch keine Märchen. Sie haben sie für Ihre schmierigen Fantasien benutzt."

„Natürlich war diese Liebe unmöglich. Das war mir schon klar." Nils klang kraftlos. „Aber hier in diesem Haus hatten wir wenigstens die Illusion von Glück."

„Ich kann mir nicht vorstellen, dass ein junges Mädchen diese Liebe empfinden kann."

„Was verstehen Sie denn schon von Liebe", geiferte Nils. „Natürlich war es für Lisa etwas anderes als für mich. Ich wusste, dass es eine verbotene Liebe war. Ich habe versucht, es zu unterdrücken, aber meine Gefühle für Lisa waren einfach zu stark."

„Deshalb haben Sie Lisa umgebracht", hörte Olivia wieder Levi.

„Hören Sie auf damit!" Nils' Stimme wurde schrill und zittrig, es hörte sich an, als stünde er knapp vor einem Nervenzusammenbruch. „Es war so entsetzlich für mich, als sie tot war."

„War das jetzt ein Geständnis?", fragte Levi. Doch Nils schwieg.

Vorsichtig schlich Olivia an der Holzfassade des Bungalows entlang, um einen Blick hineinwerfen zu können.

„Sie haben Lisa getötet. Gestehen Sie endlich Ihre Tat!" Levis Stimme klang hart und bestimmt, so als dulde er keinen Widerspruch.

„Sie sollen den Mund halten, sonst töte ich Sie!", keuchte Nils.

Olivia erstarrte und hielt die Luft an. Fieberhaft überlegte sie, wie sie Levi helfen konnte. Während sie sich nach einer Waffe umsah, zerriss plötzlich ein Schuss das Rauschen, und Störche flatterten aufgeregt in den abendlichen Himmel.

„Levi, was ist passiert?“, schrie Olivia und rannte den Steg entlang auf die Terrasse. Die großen Glastüren waren weit aufgeschoben und die Sonne blendete Olivia. Sie sah nur die schattenhaften Umrisse eines Mannes, der mit ausgestreckten Beinen auf dem Boden saß und mit dem Rücken an der Wand lehnte. Neben dem Mann lag eine Pistole.

„Mein Gott!“, rief Olivia und ließ ihre Tasche fallen. Sie rannte in das Wohnzimmer und blieb kurz vor dem Mann am Boden stehen. Das Gesicht des Mannes fehlte und das Gehirn hatte sich großflächig mit Blut und Knochenteilen auf der Wand verteilt. Olivia zuckte zurück und begann zu würgen. In diesem Moment legte sich eine Hand auf ihre Schulter.

„Du sollst dir das nicht ansehen, Olivia.“

Mit einem erstickten Schrei wirbelte Olivia herum. Levi stand mit ernstem Gesicht vor ihr.

„O mein Gott. Was für ein Glück. Dir ist nichts passiert“, flüsterte sie und umarmte ihn. „Ich habe euer Gespräch gehört und dann den Schuss. Ich hatte solche Angst.“

„Es ist vorbei.“ Vorsichtig schob Levi sie zurück zur Terrasse.

„Ist das Nils?“, fragte Olivia und versuchte, an Levi vorbei einen Blick in das Wohnzimmer zu werfen.

„Ja, Nils Wagner hat sich gerade vor meinen Augen erschossen“, sagte Levi mit leiser Stimme. Er griff nach seinem Handy und wählte eine Nummer.

„Hallo, Reiter. Hier ist Levi. Wie es aussieht, hat sich der Mörder von Lisa Manz erschossen.“

Als Levi das Gespräch beendet hatte, trat er hinaus zu Olivia.

„Du darfst nicht mehr hineingehen. Das ist jetzt ein Tatort.“

„Sag mir, was passiert ist“, bat Olivia leise.

Als Inspektor Reiter mit der örtlichen Polizei eintraf, hatte Levi Olivia bereits alles über das Geheimzimmer in dem Bungalow erzählt.

Die junge Freundin von Nils hatte man im Ort aufgegriffen und bereits auf die Wache gebracht. Abwesend saß Olivia in der Dunkelheit auf der Terrasse und trank eine Tasse Tee, die ihr eine Polizistin zubereitet hatte. Teilnahmslos beobachtete sie die beiden Männer, die den Leichnam von Nils in einem grauen Blechsarg nach draußen brachten.

„Frau Doktor Hofmann. Sie haben gehört, dass Nils Wagner den Mord an Lisa Manz zugegeben hat?“ Inspektor Reiter stand mit einem altmodischen Notizbuch vor ihr.

„Ja, ich glaube schon. Es ging alles so schnell. Nils betonte immer wieder, dass er Lisa geliebt hat. Aber dass es eine verbotene Liebe war. Ihr Tod war entsetzlich für ihn.“ Olivia versuchte, sich an den genauen Wortlaut des Dialogs zu erinnern, aber es fanden sich nur Bruchstücke in ihrem Gedächtnis.

„Ihr Tod war entsetzlich? Sind Sie ganz sicher?“, fragte Reiter und hockte sich vor Olivia auf die Holzplanken. „Das klingt wie ein Schuldeingeständnis.“

„Ich weiß es einfach nicht mehr, aber ich glaube schon“, seufzte Olivia, denn sie wollte nicht mehr reden oder denken, sondern nur noch schlafen.

„Danke.“ Reiter erhob sich und klappte sein Notizbuch zusammen. „Jetzt haben wir den Fall Lisa Manz endgültig abgeschlossen.“

42

Lisa – fünf Jahre früher

Ich warte in der Dunkelheit. Draußen regnet es, ich höre das gleichmäßige Platschen der Regentropfen auf das Kopfsteinpflaster des Hinterhofs. Etwas Schwarzes huscht an mir vorbei. Es ist eine Ratte.

„Ich habe dir etwas zu essen gebracht." Der Student kommt und ich atme erleichtert auf.

„Ich will hier weg", sage ich und schniefe laut. „Ich muss raus."

„Das geht jetzt nicht. Die Polizei sucht dich überall. Sogar im Fernsehen war dein Gesicht." Der Student ist gestresst. Als der Strahl der Taschenlampe sein Gesicht streift, sehe ich die hektischen roten Flecke auf seinen Wangen.

„Ich habe nicht gedacht, dass so eine große Suche nach dir gestartet wird. Ganz Wien will dich finden. Das macht mich richtig nervös", sagt er mit belegter Stimme. „Was für eine Scheißidee, dich aus der Klinik zu holen."

„Aber du hast mich gerettet. Dafür bin ich dir ewig dankbar."

„Niemand darf erfahren, dass ich dir geholfen habe. Ist dir das klar?"

„Sicher. Aber kannst du mich nicht in die Arme nehmen? Das gibt mir die Kraft, hier zu warten", sage ich.

„Meinetwegen. Komm her." Der Student breitet die Arme aus und drückt mich an sich. Ich spüre seinen warmen Atem und hebe den Kopf. Drücke ihm einen Kuss auf die Lippen.

„Was ist, wenn wir uns ineinander verlieben?"

In diesem Moment höre ich ein Geräusch aus dem Ganglabyrinth. Es ist ein leises Tappen, das sich in dem Kellergewölbe bricht und von den Ziegelwänden widerhallt. Es ist ein Geräusch, das sich zu bedrohlichem Klopfen steigert. Ich kralle mich an dem Studenten fest.

„Was ist das? Bitte lass mich nicht allein. Ich fürchte mich hier so."

„Das sind bloß die Katzen hier im Haus. Sie sind auf der Jagd nach Mäusen", beruhigt mich der Student.

„Aber dieses Tappen hat sich wie Schritte angehört. Vielleicht ist noch jemand hier in dem Keller."

„Wer sollte das denn sein? Das Haus ist unbewohnt. Da kommt außer uns keiner rein. Sei ganz unbesorgt. Hier ist sicher niemand." Der Student drückt mir einen flüchtigen Kuss auf die Stirn. „Ich mache mich dann vom Acker."

„So bleib doch wenigstens noch ein paar Minuten", bettle ich. Doch der Student schüttelt verneinend den Kopf.

„Ich komme morgen wieder", sagt er zum Abschied. „Versuche zu schlafen."

Der Strahl seiner Taschenlampe tanzt wie ein Irrlicht durch den verlassenen Keller und verflüchtigt sich in den Gängen. Eine schwere Dunkelheit legt sich wie ein erstickendes Kissen über mich. Erschwert mir das Atmen. Mein Herz pocht und droht beinahe zu zerspringen. Blind vor Angst kritzle ich in mein Tagebuch.

Mitten in der Nacht erwache ich. Sitze kerzengerade auf meiner Matratze und lausche. Wieder höre ich das leise Tappen. Es ist mehr ein Trippeln. Panisch greife ich nach dem Anhänger, den mir der Doktor geschenkt hat.

„Es bringt dir Glück, Lisa", hat der Doktor gesagt.

Aber ich spüre, dass es genau das Gegenteil bewirkt. Hektisch reiße ich deshalb das Schmuckstück von meinem Hals und stecke es in den Rucksack. Das Amulett zieht das Böse an, denke ich und bereue, dass ich es nicht weggeworfen habe.

Doch das Trippeln hört nicht auf, im Gegenteil. Es kommt immer näher. Und es ist keine Katze. Es ist ein Mensch, der mich durch die Ritzen des Verschlags beobachtet.

43

Vier Wochen später

Olivia saß in einem veganen Restaurant im zweiten Bezirk und wartete auf Levi. Der Selbstmord von Nils Wagner hatte in der Öffentlichkeit wie eine Bombe eingeschlagen. Ein renommierter Psychiater, der sich in einem Ferienhaus mit minderjährigen Mädchen vergnügt, war ein gefundenes Fressen für die Journalisten, besonders in der ereignislosen Sommerzeit. Olivia hatte es abgelehnt, mit den Zeitungen zu reden. Nur Anna, ihrer Freundin, gab sie ein exklusives Interview, in dem sie ihre Sicht der Dinge darlegte. Dass Nils diesen fatalen Hang zu jungen Mädchen hatte, daran gab es nichts zu rütteln. Doch Nils als kaltblütigen Mörder konnte sie sich noch immer nicht vorstellen. Mit Levi hatte sie seit den Ereignissen im Burgenland nur einmal kurz telefoniert. Er war mit Rebecca zu einem längeren Urlaub aufgebrochen. Für heute hatten sie sich zum Mittagessen verabredet, um mit genügend Abstand den Fall Revue passieren zu lassen.

„Schön, dich zu sehen“, hörte Olivia plötzlich die Stimme von Levi. Sie war so in Gedanken versunken, dass sie ihn überhaupt nicht bemerkt hatte.

„Hallo, Levi.“ Olivia stand auf und küsste ihn freundschaftlich auf die Wange. Levi war braun gebrannt und wirkte merklich entspannt. Die tiefen Falten auf seiner Stirn waren fast verschwunden, und Olivia fand, dass er ziemlich gut aussah.

„Wie war dein Urlaub?“, fragte sie, nachdem sie das Essen bestellt hatten.

„Ich glaube, mit Rebecca kann es langsam wieder so werden wie früher“, meinte Levi vorsichtig und stocherte in seinen veganen Nudeln herum. „Aber das braucht noch eine Weile. Wir haben uns ziemlich voneinander entfernt. Das haben wir im Urlaub festgestellt. Und wie läuft es bei dir? Wie geht es deinem Vater?“, wechselte Levi das Thema.

„Vater hat jetzt eine Ganztagespflege und abends bin ich bei ihm“, sagte Olivia.

„Ist das nicht anstrengend? Immer zwischen den Wohnungen zu pendeln.“

„Ich wohne jetzt bei ihm“, meinte Olivia und kaute lange auf einem Tofustück herum.

„Oh!“ Levi verzog den Mund. „Ist ja eine große Wohnung. Da könnt ihr euch aus dem Weg gehen.“

„Es ist nicht für immer“, erwiderte Olivia. „Aber ich muss Geld einsparen, um mir die Pflegerin und die Medikamente leisten zu können. Deshalb mache ich auch keinen Urlaub, sondern arbeite durch.“

„Das ist stressig für dich“, meinte Levi.

„Ist schon o. k.“, wiegelte Olivia ab. „Was ist mit dem Aktenschrank in deinem Arbeitszimmer?“, fragte sie dann.

„Der ist auf dem Sperrmüll gelandet und die Akten im Reißwolf.“

„Weißt du, dass mir eine Sache nicht aus dem Kopf geht?“, machte Olivia einen Anlauf.

„Ach, und welche?“ Levi beugte sich interessiert über den Tisch.

„Warum hat Jonathan in meiner Praxis gesagt, dass Lisa zurückgekehrt ist?“

„Du glaubst also immer noch, dass Lisa nur untergetaucht ist, um Nils und ihrem Vater zu entkommen?“

„Ich denke laut nach, aber möglich wäre es doch. Ich kann mir nicht vorstellen, dass Nils das Opfer seiner Begierde ermordet und dann verbrannt hat.“

„Mmhh.“ Levi runzelte die Stirn. „Ich habe darüber auch mit Reiter gesprochen. Es gibt doch den Zahnabdruck. Den müsste jemand manipuliert haben. Aber wer soll dann die Tote gewesen sein?“

„Vielleicht eines jener namenlosen Mädchen, wie du sie in dem Haus von Nils getroffen hast?“, meinte Olivia.

„Dann hätte sie aber einen Komplizen gebraucht. Alleine konnte sie das niemals durchziehen“, gab Levi zu bedenken.

„Stimmt. Aber wer war dann die Person, die Jonathan gesehen hat?“

„Vielleicht hat er sich ja auch getäuscht.“

„Er hat sie aber fotografiert. Ich habe das Foto gesehen. Es könnte Lisa sein.“

„Schade, dass wir das Handy von Jonathan nie gefunden haben.“

„Ich habe das Foto aber noch.“ Olivia erinnerte sich, dass ihr Jonathan am Abend vor seinem Tod eine Mail mit dem Foto geschickt hatte. Plötzlich wurde Olivia nervös und konnte nicht mehr still sitzen.

„Komm, wir fahren zu mir und sehen uns das Bild noch einmal an.“

Sie zahlten und gingen zu Levis Wagen, der im Halteverbot parkte.

Kurze Zeit später waren sie in der großen Wohnung von Olivias Vater.

„Geh du nur nach hinten in das große Wohnzimmer. Ich sehe kurz nach Vater", sagte Olivia. Doch in diesem Moment wurde die Tür zum Zimmer von Leopold geöffnet und er trat in den Flur.

„Olivia, Michael, nett, euch zu sehen. Wo habt ihr mein Enkelkind Juli gelassen?", fragte er und musterte Levi eingehend. „Der Bart steht dir gut, Michael."

„Papa, das ist Levi, ein Bekannter."

„Da wird Michael aber nicht erfreut sein", sagte Leopold. In diesem Moment kam auch die Tagesschwester aus der Küche.

„Ihrem Vater geht es heute sehr gut. Er ist fast wieder der Alte. Kommen Sie, Leopold, es wird Zeit für Ihren Mittagsschlaf", sagte sie fürsorglich und hängte sich bei Leopold ein, um ihn sanft ins Zimmer zu geleiten.

„Ist nicht einfach, die Situation, für dich", meinte Levi, als sie im Wohnzimmer vor Olivias Computer saßen.

„Ich mache das Beste daraus", sagte Olivia und presste die Lippen zusammen. „Hier ist das Foto."

Die Person darauf war unscharf und nicht gut zu erkennen.

„Kannst du das Bild vergrößern?", fragte Levi.

„Ja." Olivia blies das Bild auf, doch dadurch wurde es noch unschärfer.

„Das bringt nichts", meinte Levi resigniert. „Aber vielleicht kann uns jemand helfen." Er zog sein Handy aus der Tasche und wählte eine Nummer. Ein Mann meldete sich, und Levi schilderte ihm, worum es sich handelte. Er gab dem Mann Olivias E-Mail-Adresse und versandte das Bild.

„Du schickst uns das Foto so schnell wie möglich zurück", sagte er und steckte sein Handy ein. „Jetzt müssen wir warten."

Kurze Zeit später traf eine Mail auf Olivias Computer ein.

„Es ist das Foto", sagte Olivia und klickte auf das Bild. Die Aufnahme war zwar nicht optimal, aber man konnte zumindest erkennen, dass es sich eindeutig um eine Frau handelte, deren Gesicht im Profil zu sehen war.

„Es könnte Lisa sein", murmelte Levi und machte das Bild größer.

„Das heißt, Lisa hat ihren Tod nur vorgetäuscht", konstatierte Olivia atemlos.

„Warte." Levi beugte sich vor und kniff die Augen zusammen. „Etwas fällt mir an dem Foto auf. Aber was?"

Levi lehnte sich zurück und schloss die Augen. Olivia beobachtete ihn neugierig. Was hatte er entdeckt? Was war an dem Bild so ungewöhnlich? In der Vergrößerung war das Gesicht verpixelt, aber man konnte eine blonde Haarsträhne und die feinen Gesichtszüge erkennen. Es musste Lisa sein.

Plötzlich riss Levi die Augen auf und klopfte auf die Tischplatte.

„Ich weiß jetzt, was mir aufgefallen ist. Nimm den Laptop mit", sagte er zu Olivia. „Wir müssen sofort los."

„Wohin fahren wir?", fragte Olivia und blickte Levi überrascht an.

„Das wirst du gleich sehen."

44

Dunkle Wolken verdeckten die Sonne, und es sah nach Regen aus, als Levi den Saab vor dem pompösen Eingangstor abbremste und etwas in die Gegensprechanlage murmelte. Das Tor öffnete sich lautlos und er brauste die gewundene Auffahrt hinauf.

„Glaubst du, dass sich Lisa im Haus ihrer Eltern versteckt?“ Olivia blickte Levi zweifelnd an.

„Warte nur ab“, sagte er und stieg aus. Olivia folgte ihm mit dem Laptop. An einer niedrigen Mauer lehnte ein Mountainbike und ein Helm hing am Lenker. Daneben stand ein schwarzer Geländewagen, der Olivia bekannt vorkam. Wie schon zuvor erwartete Theresa Manz sie auf der Freitreppe. Der Wind wehte ihr die blonden Haare ins Gesicht und aus der Ferne wirkte sie wie ein junges Mädchen.

„Haben Sie Sehnsucht nach mir?“, fragte sie Levi ironisch.

„Ich möchte Ihnen nur etwas zeigen.“ Levi ging nicht auf Theresas Frage ein.

„Da bin ich aber gespannt“, sagte Theresa und drehte sich um. Sie gingen in den großen Salon und Olivia stellte den Laptop auf den Tisch.

„Ich zeige Ihnen jetzt ein Foto, und Sie sagen mir, ob sie die Person darauf erkennen“, sagte Levi und klappte den Laptop auf.

„Und wenn ich mich weigere?“ Theresa blickte provokant von Levi zu Olivia. „Was sagt denn unsere Psychiaterin dazu?“, fragte sie. „Ist das nicht bereits eine Beeinflussung? Ich werde gezwungen, jemanden zu erkennen.“

„Jetzt übertreiben Sie ein bisschen“, sagte Olivia. „Das war nur eine simple Bitte.“

„Also gut, zeigen Sie schon her.“

Levi drehte den Laptop mit dem Foto zu Theresa. Olivia beobachtete sie, die nur sekundenlang auf das Foto blickte und dann den Rechner wieder zu Levi herumschob. Ihre Miene wurde hart und hinter ihren Augen ging eine Wand hoch.

„Tut mir leid, die Frau kenne ich nicht. Wer soll das denn sein?“

„Das sind Sie!“

„Ich? Sie sind komplett verrückt.“ Theresa rutschte auf dem Sofa zurück und blickte Hilfe suchend zu Olivia. „So sagen Sie doch etwas. Muss ich mir das gefallen lassen?“

„Sind Sie die Frau auf dem Foto?“ Olivia achtete auf Theresas Reaktion. Theresa schluckte und fuhr sich durch die Haare.

„Ich bin das nicht.“

„Doch! Das sind eindeutig Sie. Sehen Sie diesen Punkt hier?“ Levi deutete auf einen schwarzen Punkt auf dem Gesicht der Frau.

„Ja und? Eine Fliege, eine dreckige Linse, was weiß denn ich“, erwiderte Theresa, doch Olivia bemerkte, dass deren Stimme leicht zitterte. Plötzlich wirkte Theresa wie ein in die Enge getriebenes Tier.

„Das ist ein Leberfleck. Genau solch einen Leberfleck mit drei Zacken haben Sie auf der Wange“, sagte Levi ruhig. „Woher wussten Sie von dem Abbruchhaus und Lisas Rucksack?“, fragte er sofort weiter.

„Na und? Das ist kein Beweis. Das ist nichts." Theresa zog unvermittelt die Beine an und krümmte sich auf dem breiten Sofa zusammen. „Ich habe die beiden beobachtet", flüsterte sie. „Er hat sie in dem Keller versteckt und dann geküsst. Es war widerlich. Zwei Jahre lang liebten wir uns. Wir haben bereits Pläne für ein gemeinsames Leben geschmiedet. Und auf einmal wollte er mich verlassen."

„Wer wollte Sie verlassen?", fragte Olivia sanft, um Theresa nicht zu irritieren.

„Simon, ein junger Arzt. Damals war er noch Student. Ich habe ihn bei meinen Besuchen in der Klinik kennengelernt. Wir hatten zwei Jahre lang ein Verhältnis. Es war das Glück auf Erden. Endlich wurde ich geliebt. Aber Simon war genauso wie Nils in Lisa vernarrt. Diese kleine Schlampe hat mein Leben zerstört."

Plötzlich wurde eine Tür geöffnet und Simon trat in den Salon.

„Was redest du da? Das war ein Irrtum, Theresa. Ein schrecklicher Irrtum. Ich wollte Lisa nur helfen. Es war Mitleid, was ich für sie empfunden habe. Mehr nicht", sagte Simon. Sein Gesicht war bleich und seine Augen starrten entsetzt auf Theresa. Simon konnte sich nur mühsam beherrschen. „Ich habe keine Affäre mit Lisa gehabt. Wie konntest du nur dein eigenes Kind töten? Was für eine schreckliche Frau habe ich nur geliebt."

„Aber du liebst mich doch noch immer?", fragte Theresa aufgewühlt.

„Nein", antwortete Simon kühl.

„Was hast du hier zu suchen?", fragte Olivia, die sich langsam von ihrer Überraschung erholte. „Steckst du mit ihr unter einer Decke?"

„Nein. Ich wollte mit Theresa über Lisas Vater sprechen, der durch seinen Sadismus Lisa in die Klinik gebracht hat. Aber Theresa weiß angeblich von nichts. Sie weiß ja nicht einmal, dass Lisa ein Tagebuch geschrieben hat."

„Du hast mir die Seiten aus Lisas Tagebuch geschickt. Stimmt's?", fragte Olivia.

„Ja, ich wollte, dass du nicht aufhörst mit deiner Suche nach der Wahrheit", sagte Simon.

„Sie geben also zu, Ihre Tochter aus Eifersucht getötet zu haben", wandte sich Levi an Theresa. „Sie sind ein gefühlloser Mensch."

„Pah, das Gegenteil ist der Fall. Ich habe zu viele Gefühle. Ich will doch nur geliebt werden. Wenn man nicht geliebt wird, dann hasst man eben. Auch Medea hat ihre Kinder aus Rache getötet."

„Wir sind hier aber nicht am Theater, sondern im wirklichen Leben."

„Was ist schon die Wirklichkeit. In meiner Realität habe ich meine Tochter geliebt. Wir sehen aus wie Schwestern, sagte ich oft, wenn wir uns gemeinsam im Spiegel betrachteten. Aber sie wollte keine Schwester haben, sondern eine Mutter. Aber ich hatte keine Muttergefühle für sie."

„Haben Sie auch Jonathan Stade getötet?", unterbrach Olivia das selbstmitleidige Gerede von Theresa.

„Ja. Heißt dieser grässliche Typ so? Ich habe den Namen sofort wieder vergessen. Er war ein Spanner und hat Lisa im Keller beobachtet. Dabei hat er auch mich gesehen, als ich sie zur Rede stellte."

Plötzlich sprang Theresa vom Sofa auf und ging zu einem großen Spiegel, der über dem Buffet an der Wand des Salons hing.

„Warum nimmst du mir Simon weg? Du hast mir bereits meine Karriere weggenommen. Dein Vater denkt nur noch daran, wie er dich kontrollieren kann. Mich vergisst er völlig. Und zum Schluss nimmst du mir meinen Liebhaber. Das darf ich einfach nicht zulassen."

Theresa redete mit ihrem Spiegelbild, als wäre dort drinnen tatsächlich Lisa. Dann drehte sie sich wieder um. Olivia hatte den

Eindruck, als würde Theresa diesen Auftritt genießen, als wäre sie auf einer Bühne und würde vor Publikum spielen.

„Ich habe Lisa gesagt, dass sie böse ist, aber sie hat nur geweint. Sie wollte mein Mitleid. Hat sich an mich geklammert und ‚Mama hilf mir!' gerufen. Da habe ich sie weggestoßen. Sie ist dabei so unglücklich mit dem Kopf auf eine Kante der Steintreppe gestürzt, dass sie sofort tot war. Es war ein Unfall, das müssen Sie mir glauben. Dieser Jonathan hat alles beobachtet und wollte Geld von mir. Das habe ich ihm auch gegeben, aber durch seine Therapie bekam er ein schlechtes Gewissen", sagte Theresa und wies mit dem Finger auf Olivia. „Ihnen hätte er alles erzählt. Da musste ich handeln und habe ihn aus dem Fenster gestoßen. Im Grunde ist Lisa an allem schuld. Sie hat unsere Familie kaputtgemacht."

Während Theresa wie auf einer Bühne monologisierte, stand Levi auf und telefonierte mit der Polizei.

„So lange haben Sie dieses böse Geheimnis für sich behalten. Jetzt wird die Polizei gleich hier eintreffen. Dann können Sie endlich die Wahrheit sagen. Machen Sie sich darauf gefasst, dass auch die Presse gleich bei Ihnen auftauchen wird."

„Die Presse?" Theresa hob den Kopf. „Kommt auch das Fernsehen?", fragte sie. „Mein Gott, ich muss mich zurechtmachen. Wie sehe ich aus?", fragte sie in die Runde.

„Wie eine Mörderin", antwortete Levi ungerührt.

„Ich will das nicht hören!" Theresa hielt sich die Hände über die Ohren. „Ich schaffe es auf die Titelseite der Zeitungen. Ich werde berühmt sein. Endlich. Das ist mein letzter großer Auftritt."

45

Der Friedhof von Döbling war eine Oase der Stille am Rande der hektischen Großstadt Wien. Hier fanden illustre Persönlichkeiten wie der berühmte Burgschauspieler Josef Kainz oder der Wegbereiter für die Gründung des Staates Israel Theodor Herzl ihre letzte Ruhestätte. Neben diesen Persönlichkeiten befand sich hier auch die Grabstätte ihrer Mutter Flora. Da Leopold nicht mehr in der Lage war, das Grab zu pflegen, hatte Olivia diese Aufgabe übernommen.

An einem heißen Sommertag ging Olivia durch die von alten Bäumen beschattete Hauptallee. Vor dem schlichten Grabstein ihrer Mutter blieb sie stehen und bemerkte die frischen Blumen in der Vase. Es war ein Strauß aus bunten Wiesenblumen, so wie ihre Tochter Juli sie immer geliebt hatte. Wer hatte den Strauß hierher gebracht? Nachdenklich setzte sie sich auf eine Bank vor dem Grab.

Die Stille, die sie umgab, war entspannend. Von ihrem Platz aus konnte Olivia bis zu einem Seitenausgang des Friedhofs sehen. Ein Mann und ein vielleicht neunjähriges Mädchen gingen langsam auf den Ausgang zu. Olivia konnte ihren Blick nicht von den beiden losreißen, denn sie erinnerten sie schmerzlich an ihre Familie. Der Mann hatte längere blonde Haare und das Mädchen trug die dunklen Haare zu zwei Zöpfen geflochten. Kurz vor dem Ausgang drehte sich das Mädchen plötzlich um und winkte Olivia zu.

„Juli!“, rief Olivia und sprang auf. Als der Mann ihre Stimme hörte, zuckte er zusammen, packte das Mädchen und ging schnell weiter.

„Michael, Juli!“ Olivia rannte hinterher, ihre Stimme überschlug sich beinahe. Als sie den Ausgang erreichte, war sie völlig außer Atem. Hektisch blickte sie nach links und rechts, aber sie konnte die beiden nicht mehr entdecken. Ein Wagen bog vom Parkplatz auf die Straße und fuhr an Olivia vorbei. Für den Bruchteil einer Sekunde sah Olivia das Gesicht des Mädchens, das aus dem Rückfenster zu ihr blickte. Das Mädchen hatte Olivias dunkle Haare und ihre hellen Augen.

Eine Täuschung war ausgeschlossen. Ein Irrtum unmöglich. Das Mädchen im Auto war ihre Tochter. Es war Juli.

„Juli“, rief sie erneut und hastete hinter dem Wagen her. Doch der Fahrer beschleunigte, und der Wagen war bald nur noch ein dunkler Punkt, der immer kleiner wurde, bis er sich endgültig auflöste.

Olivia hockte am Straßenrand und vergrub ihr Gesicht zwischen den Knien. Ihr Herz pochte und drohte zu zerspringen. Sie konnte nicht weinen, sondern fühlte nur eine unendliche Leere in ihrem Inneren. Ein Vakuum, das sich immer weiter ausbreitete, bis kein Platz mehr für Gefühle und Empfindungen übrig blieb.

Nach einer Weile stand sie auf und ging zurück zum Friedhof, wo ihr Fahrrad an der Mauer lehnte. Aber sie schaffte es nicht, das Schloss zu öffnen, so sehr zitterten ihre Finger. Sie lehnte sich an die Friedhofsmauer und atmete tief durch. Versuchte wieder klar zu denken und das Erlebte mit ihrem Verstand zu erfassen. Michael und Juli waren vor fünf Jahren verschwunden. Weshalb sollten sie ausgerechnet jetzt hier auf dem Friedhof unterwegs sein? Doch dann fiel ihr wieder ein, dass heute Floras Geburtstag war. Und Juli hatte ihre Großmutter sehr gerne gehabt. Das war der Grund für ihren Besuch.

Olivia hob den Kopf und schloss die Augen. Sie spürte die Sonnenstrahlen auf ihrer Haut. Die Wärme beruhigte sie ein wenig. Mit einem Mal wusste sie, was zu tun war. Sie griff in ihre Umhängetasche und holte ihr Handy heraus. Mit dem Handy in der Hand ging sie auf und ab. Was würde er von ihr denken? Würde er sie für überspannt halten, wenn sie ihn jetzt anrief und ihm von ihrer Beobachtung erzählte?

‚Egal', dachte sie und wählte seine Nummer. Es dauerte eine Weile, und Olivia dachte schon, er wäre nicht erreichbar. Doch dann hörte sie seine Stimme und erzählte ihm alles.

46

Levi Kant trat hinaus auf den windigen Betonplatz am Praterstern. In der Hand hielt er einen Strauß Blumen, wie so oft zuvor. Doch diesmal legte er sie nicht als Erinnerung an den Schusswechsel vor die abbröckelnde Betonmauer, sondern im Gedenken an Lisa. Jetzt, da Lisas Mörderin überführt war, konnte er endlich loslassen und sich wieder seiner Familie widmen. Rebecca hatte wegen seiner Besessenheit viel erdulden müssen, doch das würde sich jetzt ändern. Er würde ab jetzt ganz für seine Frau da sein und sie anspornen, ihr Talent als Pianistin zu nutzen und weiterzuentwickeln. Vielleicht würde Rebecca mit seiner Hilfe sogar öffentlich auftreten.

Mit verschränkten Armen stand Levi auf dem Gehsteig und blickte auf den bunten Blumenstrauß auf dem Boden, dem einzigen Farbklecks in dieser Betonwüste. Er ließ die vergangenen Wochen Revue passieren. Olivia hatte er seit ihrem gemeinsamen Besuch bei Theresa Manz nicht mehr gesehen. Wie es ihr wohl mit ihrem Vater ging? Irgendwann nach dem Sommer würde er sich mit ihr treffen, um noch einmal in aller Ruhe über den Fall zu reden. Ein Prozesstermin gegen Theresa Manz war noch nicht festgelegt, da ihre Anwälte auf

Unzurechnungsfähigkeit plädiert hatten. Jetzt waren die Gutachter an der Reihe, während Theresa einstweilen in einer geschlossenen Anstalt untergebracht war. Ein Ziel allerdings hatte Theresa bereits erreicht: Sie war als die „Todesmutter“ auf die Titelseiten der größten Zeitungen und Magazine gekommen.

Theresa hatte auch zugegeben, mit ihrem SUV den Unfall von Olivia verursacht zu haben. Jonathan Stade hatte sie einen Medikamentencocktail gemixt und ihn dann gezwungen, diesen zu trinken. Von den vielen Tabletten verwirrt, war Jonathan auf das Fensterbrett gestiegen, und es bedurfte nur eines leichten Stoßes, damit er nach unten stürzte. Das alles erzählte Theresa dem Untersuchungsrichter so enthusiastisch, als würde sie von einer neuen Rolle reden. Nur wie sie die Leiche von Lisa in den Steinbruch nach Sankt Margarethen gebracht hatte, darüber schwieg sie beharrlich. Natürlich fiel der Verdacht sofort auf ihren früheren Liebhaber Simon Berger, doch dieser hatte ein Alibi. Levi war das egal. Der Mord an Lisa Manz war gesühnt und nur das zählte.

„Hoffentlich geht es dir in einer anderen Welt besser, Lisa“, sagte er leise und dachte an das traurige Mädchen, das ein so tragisches Schicksal hatte erleiden müssen.

Das penetrante Klingeln seines Handys riss Levi aus seinen Gedanken.

„Hallo, Olivia“, sagte er überrascht, denn mit ihrem Anruf hatte er nicht gerechnet.

„Du musst sofort kommen. Ich habe Michael und Juli gesehen!“, sagte Olivia atemlos, ohne sich mit einer Begrüßung aufzuhalten.

„Jetzt einmal ganz langsam. Was sagst du da? Erzähle mir alles der Reihe nach.“ Levi ging über den windigen Betonplatz und setzte sich auf eine Bank. Konzentriert hörte er zu, was Olivia ihm berichtete. „Vielleicht sahen die beiden Michael und Juli nur ähnlich. Wahrscheinlich täuschst du dich", versuchte er Olivia zu besänftigen.

„Juli hat mir zugewinkt. Auf gar keinen Fall täusche ich mich. Hilfst du mir? Bitte!"

Levi zögerte für einen kurzen Moment. Er kannte Olivia zu gut und wusste, dass sie die Suche nach ihrem Mann und ihrer Tochter niemals aufgeben würde.

„Wo bist du jetzt?", fragte er ruhig.

„Auf dem Friedhof." Olivia nannte ihm eine Straße.

„Warte dort, bis ich komme", sagte Levi und trennte die Verbindung.

Er steckte sein Handy in die Tasche und stand auf. Sein weißer Saab parkte auf dem Platz gegenüber. Als Levi darauf zuging, drehte er sich noch einmal um. Der Wind hatte die Blumen ein Stück zur Seite geweht, doch noch immer leuchteten sie bunt in der Sonne. Das war ein gutes Zeichen. Levi öffnete das Stoffverdeck des Saab und setzte sich in den Wagen. Eigentlich hatte er vorgehabt, nach Hause zu fahren und zu kochen. Unschlüssig klopfte Levi mit den Fingern auf das Lenkrad.

Dann startete er den Wagen und fuhr los.

NACHWORT DER AUTOREN

Liebe Leserin,
lieber Leser,

wir möchten einmal recht herzlich DANKE sagen, dass Sie unseren Thriller „Böses Geheimnis“ gelesen haben. Hoffentlich haben Sie die spannende Lektüre mit Levi Kants genossen!

Wenn Ihnen dieser Thriller gefallen hat, dann freuen wir uns immer sehr über eine kurze Rezension/Buchbewertung bei Amazon.de.

Nicht vergessen: Ab sofort gibt's **B.C.SCHILLER-NEWS**. Sie brauchen sich nur auf unserer website anmelden:
www.bcschiller.com
Wir freuen uns auch über jede Nachricht von Ihnen an unsere B.C. Schiller Email Adresse: bc.schiller@blue-velvet.com

Das war's auch schon. Alles Liebe an Sie und bleiben Sie gesund und glücklich :)

Barbara & Christian Schiller

P.S. Natürlich freuen wir uns auch riesig, wenn Sie unser Fan auf Facebook und/oder Follower auf Twitter werden.

www.twitter.com
www.facebook.com

Probieren Sie auch unsere neue Thriller-Reihe mit der ungewöhnlichen Ermittlerin **Targa Hendricks!**

Fall 1: Targa – **Der Moment, bevor du stirbst**
Fall 2: **Immer, wenn du tötest – ET: Mai 2018**

27886813R00148

Printed in Poland
by Amazon Fulfillment
Poland Sp. z o.o., Wrocław